Hans S. Petersen

Geest

EUROPA
VERLAG

Hans S. Petersen

Geest

Roman

Europa Verlag
Hamburg · Wien

Für John

Die Deutsche Bibliothek – CIP-Einheitsaufnahme

Ein Titelsatz für diese Publikation ist bei
Der Deutschen Bibliothek erhältlich.

Deutsche Erstausgabe

Lektorat: Imke Sörensen
Umschlaggestaltung: Kathrin Steigerwald, Hamburg
Foto: Andreas Reeg, Hamburg
Satz: H & G Herstellung, Hamburg
Druck und Bindung: Wiener Verlag, Himberg bei Wien
ISBN 3-203-81019-0

Informationen über unser Programm erhalten Sie beim
Europa Verlag, Neuer Wall 10, 20354 Hamburg
oder unter www.europaverlag.de

Bodil

Der erste Mord geschah gegen sechs Uhr morgens, etwa vier Kilometer außerhalb des Dorfes in einer Kiefernlichtung.

Bodil kam mit dem Fahrrad von einer Geburtstagsfeier, sie fuhr einen einsamen Weg entlang, aber sie kannte jeden Strauch und jedes Schlagloch und fühlte sich sicher.

Von Osten her fiel das erste grau-orange Licht durch die dünnen Äste und glitzerte in den Tautropfen. Bodil spürte den Wind, beißend um diese Tageszeit, sie schloß den weißen Baumwollmantel enger um den Körper und bog um eine scharfe Kurve, mitten in den Scheinwerferkegel hinein.

Sie legte die Handfläche schützend vor die Augen, empört darüber, einen Wagen mit angeschaltetem Fernlicht mitten auf der Straße zu sehen.

Die Angst kam kurz darauf, und Bodil war schockiert von ihrer Heftigkeit und der Fähigkeit, den Körper vollständig lahmzulegen.

Das Dorf lag in der Geest: Man konnte den Horizont anstarren und immer weiter anstarren, und er schien nie festumrissen vorhanden zu sein, sondern sich immer weiter in der Ferne zu verlieren, besonders bei Nieselregen, geschweige denn bei Schneegestöber, aber auch bei Wind, der den Staub von der oberen Erdschicht löste und dadurch einen Schleier schuf, in dem sich der Horizont verwirbelte.

Zwischen der Ferne des Horizonts und den endlosen Felderfluchten standen in kleinen Häufchen vereinsamte Nadelbäume, von denen mehrere bereits ihre Nadeln verloren hatten und sich nackt, mit gesenkten, halb geknickten Ästen dem stetig wehenden Westwind aussetzten.

Sonst gab es nur spärliche Vegetation, keine großen, prächtigen, wildwachsenden Blumen, höchstens krautartige Pflanzen – Moose und Flechten in den Straßenrändern und den niedrigen Knicks; Gerste, Roggen und überall Kartoffeln; dazwischen Kuhweiden und vereinzelte Pferdekoppeln.

Karin

In dem Moment, als sie aus dem Badezimmer kam und das Gesicht ihrer Mutter sah, wußte sie, daß etwas Scheußliches vorgegangen war.

Ihre Mutter starrte das Radio an, als könnte sie mit diesem Starren die Tonwellen aus den Lautsprechern zwingen. Dabei drückte ihr Gesicht eine Gier aus, die Karin nicht verstand, denn wie konnte man zur gleichen Zeit Trauer, Erschütterung und Gier ausdrücken?

Und doch setzte Oma dieses Gesicht immer auf, wenn sie von alten Tagen sprach. In der letzten Zeit sprach sie viel von alten Tagen, als sei die Gegenwart zu schrecklich oder zu farblos, als daß sich Oma mit ihr hätte befassen mögen.

Es konnte nicht allein die Scheußlichkeit der Gegenwart sein, die sie in die Vergangenheit zurückflüchten ließ, denn ihre Geschichten aus der Vergangenheit waren blutig und schauderhaft. Sie erzählte von Elsbeth, der Magd.

»Ein Neugeborenes«, sagte sie mit jenem Ausdruck und jener Stimme, in denen sich Abscheu, Trauer und Gier mischten. »Ein blutiges Kind am Kreuz. Überall Blut, nicht nur von den Händen und Füßen und dem Schädel tropfte es, es war überall, es war am ganzen Körper. Nachts war es in die Kirche gebracht worden, und tags darauf, frühmorgens, wurde es vom Pastor wieder abgenommen.

Der Pastor versuchte, es vor seiner Gemeinde zu verheimlichen. Er wußte um die Schuld seiner Schäflein, wußte, daß sie gesündigt hatten, alle, auch er, nicht nur derjenige, der das Kind gezeugt hatte oder die, die ihre Spielchen getrieben hatten mit Elsbeth, sondern sie alle, sie alle, die es geduldet und nachher mit Fingern auf sie gezeigt hatten, die ihre Türen verschlossen und ihre Ohren verstopft hatten, als sie anklopfte und flehte um Gnade und Barmherzigkeit. Auch er, der Pastor, hatte nicht aufgemacht.

Er wollte der Gemeinde die Schande ersparen, aber die Gemeinde wußte längst davon, alle wußten davon, selbst Maitje, die Holländerin, die in der Kate unten am Sumpf wohnte und Männer empfing um Geld, auch sie wußte davon.

Sie hatte sich den ganzen Weg geschleppt bis zur Kirche auf ihren Beinen, deren Hüftschalen entzündet waren vom Rheuma, sie hatte sich vorwärts gestoßen mit ihren Knotenstöcken, und als sie stöhnend vor der Kirche stand, gebeugt und stinkend, sah sie die Gemeinde der Reihe nach an und sagte kein Wort, und die Kirchtür ging auf, und der Pastor trug das Bündel eingehüllt in ein weißes Tuch, das sich an der Unterseite schon rot verfärbte, und er blieb stehen vor der Menge.

Sie standen schweigend dort in einem Halbkreis um ihn, sie atmeten schwer, sie waren alle im Sonntagsstaat, und alle hatten sie gewußt, was nächtens in der Kirche vorgegangen war.«

Das war lange vor Omas Geburt passiert, zu dem Zeitpunkt war Uroma noch ein halbes Kind gewesen – aber für Oma war die Geschichte wirklicher als die Gegenwart, die sie sowieso nicht sah, eingesperrt wie sie war in ihrer Gruft aus einem mit Möbeln vollgestellten Zimmer, überheizt und ungelüftet.

Dort saß sie und wartete auf Besuch, und ihre Augen brannten und tränten, und sie erinnerte sich.

Mutter wandte die Augen vom Radio ab und sah Karin an, als würde sie ihrer erst jetzt gewahr.

»Bodil«, hauchte sie, und anfangs dachte Karin nur daran, wie komisch dieses Hauchen doch war, es paßte gar nicht zu Mutter, sie sprach sonst immer rauh und kehlig.

Dann aber schoß ihr das Bild des Mädchens durch den Kopf, das in der Nacht geschändet und ermordet worden war, und obwohl sie davon nichts wußte und nur die Gier und das Entsetzen im Gesicht ihrer Mutter sah und den hingehauchten Namen gehört hatte, erlosch das Bild in ihr.

Sie ging an den Küchentisch und hob die Milchflasche auf. Sie schob sich das Glas zurecht und goß die Milch in einem dicken Strahl ins Glas, so daß sie über den Glasrand hinwegspritzte und an ihrer Gesichtshaut kribbelte. Dann brach sie in Tränen aus, und das Glas glitt über den Tischrand, fiel zu Boden und zerschellte.

»Scherben bringen Glück«, waren die ersten Worte, die sie ihre Mutter bewußt sagen hörte, als sie aus der Dumpfheit erwachte.

Karin sah zu Boden und betrachtete die weiße Lache auf dem roten Linoleum zu ihren Füßen.

Und sie dachte an die rote Lache, oder vielmehr den kleinen Fleck, beim allerersten Mal, auf ihrem Laken, und an das Entsetzen, das sie verspürt hatte angesichts der Aussichten, sie würde in jenem Moment ihres Blutes entleert.

Sie sah die Milch an und dachte an das Blut, dann dachte sie an Bodil und wieder an das Blut, und danach wieder an die Milch, und in ihrem Mund breitete sich ein Geschmack von Fäulnis aus.

Sie blickte von der Lache auf und faßte ihre Mutter ins Auge: »Wie ist es passiert?«

»Das willst du nicht wissen«, sagte die Mutter und wandte sich ab.

Einmal, das war schon länger her, hatte Karin Bodil gefragt, wie ein Orgasmus sich anfühlen täte.

Sie hatte gewußt, daß ein Orgasmus etwas zum Anfühlen war, nicht zum Berühren-anfühlen, sondern zum Innerlicherleben-anfühlen – so erklärte sie sich den Unterschied der Wörter immer, durch Zusätze, da Wörter allein nicht genügten und allzu viel bedeuten konnten.

Bodil hatte gekichert. Nicht überlegen gekichert, nicht so, daß man dachte, du blödes Miststück. Sie hatte einfach gekichert und war rot geworden. Und sie hatte gesagt, es fühlt sich ganz toll an, wie Achterbahnfahren, ein wahnsinniges Kitzeln im Magen. Daraufhin hatte sie das Gefühl in den Kopf verlegt, und es sich dann langsam über den gesamten Körper ausbreiten lassen. Zuletzt hatte sie einen so angeschaut, und dann hatten sie beide gelacht, und die Röte war aus ihren Gesichtern gewichen.

»Aber ich bin dort unten angefaßt worden«, hatte Bodil geflüstert und wieder gekichert.

Iiihhhh, hatte man gedacht.

Fleischer

Bei einer solchen Geschichte kam er nicht gerne aufs Land, da war ihm die Stadt einfach lieber.

Du meine Güte, auf dem Lande waren sie viel schlimmer in einer solchen Situation, sie kannten sich darin nicht aus, sie standen der Gewalt völlig wehrlos gegenüber – der gegen Menschen, ihre Tiere brachten sie ja um wie sie sich ein Staubkorn aus dem Auge wischten.

Gerüchte fegten umher, alle kannten ihn, und alle erwarteten, er würde den Fall im Handumdrehen lösen, damit sie endlich wieder zur Ruhe kämen.

Aber gleichzeitig behinderten sie seine Arbeit an allen Ecken und Enden, weil sie nie mit der Sprache herausrücken wollten, weil sie ihm mißtrauten, weil ihr Nachbar womöglich lauschen könnte, weil sie niemandem etwas Böses nachsagen wollten, oder – was am schlimmsten war – weil sie behaupteten, niemandem etwas Böses nachsagen zu wollen und anschließend tratschten bis zum Überdruß und es einem unmöglich machten, Wahrheit und Lüge voneinander zu scheiden.

Wenn man sie nach der Aufklärung des Verbrechens wieder verließ, war einem immer noch nicht klar, was an dem Erzählten reines Garn gewesen war und was die lautere Wahrheit, und ob man nicht mittels eines Märchens an die Lösung gekommen war.

Dabei fuhr er gerne übers Land, eher der Gerüche wegen als der Landschaft, die war ja sowieso pfannkuchenmäßig. Die Gerüche dagegen waren es nicht, vor allem im Frühjahr und Herbst, wenn sie den Mist auf die Felder fuhren, oh dieser Geruch, der kein Geruch war, sondern eine einzige Potenzierung von Düften, und der seine Frau in den Wahnsinn getrieben hatte.

Vor dem Scheidungsrichter hatte sie erklärt, er rolle die Fenster herunter statt herauf, wenn sie an Feldern vorbeiführen, auf denen gerade naturgedüngt würde, um dem Richter klarzumachen, wie meschugge ihr zukünftiger Ex-Ehemann war. Den Geruch von Mist und Gülle hatte sie ihm nicht verdorben. Er rollte das Fenster herunter und holte tief Luft.

So fuhr er ins Dorf hinein, und sein Gesicht war tiefrot, als er vor dem Dorfpolizisten anhielt und aus dem Wagen stieg. Er sah glücklich aus mit diesem Gesicht, und der Dorfpolizist fragte sich, ob hier wohl wieder jemand Urlaub machen wolle unter dem Vorwand, einen Fall aufzuklären.

»Fleischer«, sagte der Kommissar aus der Kreisstadt, ohne auch nur zu grüßen oder nach dem werten Befinden zu fragen.

»Feddersen«, erwiderte der Dorfpolizist und beschloß, den anderen unter keinen Umständen zu mögen.

Ein wenig schweißte es ja doch zusammen, an der Leiche eines blutjungen Mädchens zu stehen, über deren Haut sich die ersten braunen Flecken ausbreiteten, und der fünf Zähne aus dem Mund gebrochen waren.

Fleischer forderte Feddersen auf zu erzählen, was man bis jetzt vom Tathergang wußte, und betrachtete in der Zwischenzeit die Leiche.

Er hatte keine Tochter, hätte aber durchaus eine in diesem Alter haben können, wenngleich ihm das weniger zu schaffen machte als das Wissen darum, wie oft er schon Mädchen in ihrem Alter und mit ihrem wohlgeformten Körper sinnlich nachgeblickt hatte.

Feddersen starrte ihn unverwandt an, mit straff gespanntem Körper, die Hände an der Hosennaht, wie er vermutlich beim

Barras vor dem Leutnant gestanden hatte. Oder gehörte er zu den Jahrgängen, die nicht eingezogen worden waren?

»Bitte?« fragte Fleischer.

»Ich bin am Ende.«

»Sie Ärmster. Und wer, meinen Sie, hat das Mädchen umgebracht? Sie kennen sich doch aus im Dorf«.

»Der Türke.«

»Ach, Sie haben Türken im Ort?«

»Einen Iraner«, verbesserte sich Feddersen.

»Sie haben also einen Iraner im Ort, aber Türken haben den Mord begangen. Wie interessant.«

»Türken, Iraner, ist doch gehupft wie gesprungen.«

»Da fragen wir wohl besser den Iraner«, sagte der Kommissar.

Es gab im Dorf keine Pension, geschweige denn ein Hotel. Deshalb kam er privat bei einer Witwe unter, die im Sommer den größten Teil ihres Hauses an Urlauber vermietete und selbst in der Mansarde wohnte.

Ihr Haus lag dem Elternhaus der Toten schräg gegenüber. Die Witwe hieß Neurath. Sie stammte aus Ostpreußen und war mit einem der letzten Trecks über das bereits aufbrechende Eis des kurischen Haffs in den rettenden Westen geflohen.

Den rettenden Norden, verbesserte sie sich und lachte aufgeräumt. Der Kommissar half ihr dabei, da er dachte, eine schwatzhafte Person wie sie könne nur von Vorteil für die weiteren Ermittlungen sein.

Er bemerkte, wie aufgeregt sie über den Lauf der Dinge war, aufgeregt viel mehr als entsetzt, obgleich sie doch das ganze Leben des Mädchen über in dessen unmittelbarer Nachbarschaft gewohnt hatte. Er wollte nicht behaupten, daß sie mitleidlos schien, er war sich darüber im klaren, daß sie voller widerstreitender Gefühle sein mußte; aber einmal bemerkte sie: »Wie wenig hier sonst passiert«, dann sagte sie: »Es ist unser erster Mord, hier war es sonst noch nie wie im Fernsehen«, und er wußte, daß ihr vorherrschendes Gefühl das der Gier nach dem Kitzel war.

»'67 ist er gestorben«, sagte sie. »Mein Mann.«

»Und seitdem leben Sie alleine?«

»Hier draußen lebt man nicht richtig allein. Hier draußen erleben alle alles gemeinsam«.

Natürlich log sie, aber er mochte ihr nicht widersprechen.

»Was machen Sie denn so den lieben, langen Tag?« fragte er.

»Geht das Sie etwas an?« fragte sie zurück und war plötzlich gar nicht mehr die biedere, äußerst redselige Frau, als die er sie kennengelernt hatte. Er schrieb es sich hinter die Ohren.

Auf der anderen Straßenseite, vor einer grün gestrichenen Scheune, stand ein dünnes, winzig kleines Mädchen mit flachsblonden Haaren. Sie sah unentwegt auf das Haus der Ermordeten, als erwarte sie, durch ihr Starren herauszubekommen, wie es um dessen Bewohner bestellt war. Im Arm hielt sie einen Strauß Astern. Der Kommissar dachte, sie würde ihn ganz zerdrücken, wenn sie länger dort stehen bliebe.

»Das ist eine Nissen«, sagte die Witwe Neurath. »Ein liebes Mädchen, aber sehr verschlossen. Sie ist wahrscheinlich auf einen Beileidbesuch geschickt worden und traut sich nicht, die Arme.«

Zuerst hörte der Kommissar nur das Quietschen ungeölter Räder, dann wunderte er sich, daß er dieses leise Geräusch überhaupt vernahm, daraufhin dachte er über die Stille nach, die hier herrschte, als sei er noch nie auf dem Land gewesen. Als er aus seinen Tagträumen erwachte, stand der Mann mitten auf der Straße, eine Deichsel in der Hand.

Sie gehörte zu einem kleinen Holzwagen, in dem lauter Gras lag. Hinter dem Wagen saß ein Pudel und schnupperte in die Gegend. Der Mann trug einen weiten, grauen Staubmantel, eine ausgebeulte braune Hose, Handschuhe mit abgeschnittenen Fingern und über dem schwarzbraunen Hemd eine lose hängende Krawatte mit farbenfrohem Blumendruck. In seinen Mundwinkeln bildeten sich Schaumblasen, wölbten vor und zerplatzten.

Er stand gebückt und schaute schräg zur Seite, direkt auf das Mädchen. Wenn sie den Kopf drehte und zurückschaute, surrte sein Kopf in die entgegengesetzte Richtung, zum Fenster der Witwe Neurath, und sein Gesicht nahm einen verdutzten und verschämten Ausdruck an.

Dann, nach einer Weile, trippelte er vorsichtig auf das Mädchen zu, wandte sich jedoch immer wieder halbwegs um, wenn sie ihn ansah. Der Hund bewegte sich nur schrittweise mit, blieb sitzen, bewegte sich wieder, und der Wagen quietschte. Die Witwe öffnete das Fenster, und sie hörten den Mann »Oh, mein Papa ...« singen, rostig, kaum wahrnehmbar.

Der Mann fragte, ob er sich die Hose ausziehen solle, woraufhin das Mädchen den Kopf schüttelte.

»Aber, wieso denn nicht?« fragte der Mann. »Meine Beine lieben die frische Luft.«

»Das ist Manni der Trottel«, flüsterte die Witwe. »Er ist der Onkel der Toten. Stellen Sie sich das einmal vor, er und Onkel.«

Der Kommissar nickte und entschied, sich den Irren einmal näher anzusehen.

Manni

Mit dem Dachschaden war er nicht geboren. Es gab Leute, die so geboren waren, aber nicht Manni. Er war ein wundervolles Kind gewesen, das hübscheste Kind des ganzen Dorfes, das hatten alle gesagt. Seiner Mutter sagten sie, er würde noch sämtlichen Mädchen den Kopf verdrehen, wenn er in die Jahre käme.

Sie errötete, stritt es ab und meinte, es sei noch nicht aller Tage Abend, man solle den Tag nicht vor dem Abend loben, der Herrgott habe seine eigenen Wege, und diese Häufung von Sinnsprüchen machte deutlich, daß sie nicht wußte, wovon sie sprach. Aber sie sollte es lernen.

Mannis Vater war Sozialdemokrat gewesen, wie seine ganze Familie, oder zumindest sein Vater und Großvater, eine Sippe von Stellmachern und Flickschustern, die von Dorf zu Dorf gezogen waren, ihre Dienste feilgeboten und nebenbei für ihre Idee der Klassensolidarität geworben hatten, für die Vision einer besseren Gesellschaft, in der Wolf und Lamm friedlich nebeneinander grasten.

Niemand hatte weder der Mutter noch Manni diesen sozialistischen Familienzug jemals wirklich verziehen, obwohl sich der Widerwille des Dorfes mit den Jahren gemindert hatte, zumal nach dem Tod des Vaters, und gar nachdem Manni selbst seinen Dachschaden weghatte.

Verziehen hatten sie dem Vater nie, daß er seinen Sohn, geboren am 20. April 1939, nicht nach dem Führer benannt, sondern einfach Manni gerufen hatte, ohne kirchliche Taufe, ohne Schmauß und ohne die versteckten Getränkevorräte anzubrechen.

Mannis Vater war Schmied, denn als Stellmacher ließ sich schon damals kaum etwas verdienen, und er konnte von Glück sagen, daß er kurz nach Mannis Geburt eingezogen worden war.

Die überwiegende Mehrzahl des Dorfes hatte sich nämlich geschworen, notfalls lieber mit dem unbehuften Pferd oder der abgebrochenen Sichel ins Nachbardorf zu wandern, als sich mit einem Sozi und potentiellen Vaterlandsverräter zu verbrüdern.

Insgeheim atmeten sie nach seiner Einberufung jedoch auf, denn es hätte ihnen viel abverlangt, ihren Entschluß tatsächlich umzusetzen und zuzusehen, wie eine Familie mit einem Neugeborenen im Elend versank.

Niemand sagte es laut: Aber ein Krieg hatte manchmal sein Gutes.

Allerdings wandte sich die Kriegsgunst zuletzt von Mannis Vater ab, als er auf diese Mine trat, in den Ardennen, in lausiger Kälte, bei ganz leichtem Schneefall. Der Schnee dämpfte die Explosion, und die Kameraden des Vaters berichteten Jahre später ihren Schützenvereinskumpanen, der Laut habe sich wie das leise Knistern angehört, das erklang, wenn man mit der Hand an den Seidenstrümpfen einer Frau entlangstrich.

Woher ihre rissigen Finger wußten, wie sich Seidenstrümpfe anfühlten, war nicht ganz klar; aber klar war das Entsetzen in ihren unklaren Stimmen.

Dem Dorf hätte es nach Kriegsende gut zu Gesicht gestanden, einen hundertprozentigen Sozialdemokraten in seinen Reihen zu wissen, bei all den anderen Hundertprozentigen, die jahrelang den Ton angegeben hatten.

Manni erzählte man abwechselnd, die Mine habe seinen Vater zerfetzt, oder sie habe ihn in die Luft gejagt.

Er lief in den Monaten nach dem Todesfall öfter aus dem Dorf und in die Felder; ab und zu verharrte er dort, mit schräggelegtem Kopf, und schaute in den Himmel und wünschte sich etwas – nämlich den Vater, der in die Luft gejagt worden war, aus ihr wieder herabrieseln und vor seinen Augen zusammengesetzt zu sehen, damit er zu ihm hinrennen konnte, um ihn zu fragen, wie das denn sei, zerfetzt zu werden.

Davon wurde er jedoch nicht geistesgestört, obgleich ihn die Schuldgefühle schwer peinigten. Vor allem, wenn die Mutter allein im Bett weinte, und er sich vorstellte, der Vater wäre noch hier, wenn er artiger gewesen wäre, denn wie oft hatte die Mutter nicht gesagt: »Das werde ich Papa erzählen«, und wie oft hatte er sich daraufhin nicht inbrünstig gewünscht, sein Vater möge nie, nie, nie mehr auftauchen?

Es gab eben Wünsche, die besser unerfüllt blieben, und obschon er das nicht derart formulieren konnte, hörte er seiner Mutter zu, bis sie sich in den Schlaf geweint hatte, oder er eingeschlafen war, oder er anfing zu weinen und von ihr getröstet werden mußte, und er hoffte so sehr, daß sich die Zeit zurückdrehen ließ und alle an der entsprechenden Gabelung einen anderen Weg einschlagen könnten.

Er wurde jedoch nie alt genug um einzusehen, daß es so einfach nicht ging. Später noch, als er mit seinem Kastenwagen über die Landstraßen rumpelte und für seine Hühner Gras pflückte, war er fest davon überzeugt, daß in dem Moment, wo er das Dorf beträte, der Vater auf ihn zutreten und sich mit ihm unterhalten würde, als wäre nie irgendetwas vorgefallen, und schon gar keine Mine.

Seine Mutter hatte zwei Jahre lang standgehalten, oder vielmehr hatte sie ihren Mann so lange betrauert.

Sie wußte nicht genau, worauf sich ihre Trauer bezog, denn sie hatte ihn in den Kriegsjahren kaum gesehen; vierzehn Tage hier, vierzehn Tage dort, alles in allem nicht einmal anderthalb Monate in fünf Jahren, und selbst diese Tage waren nicht schön gewesen. Nicht so, wie sie sie sich vorgestellt hatte in den Monaten dazwischen, dazu waren sie sich zu fremd geworden: er stets weit dort draußen, wohin sie ihm nicht folgen konnte, und nur leidenschaftlich bei ihr, wenn er in sie eindrang, und dann war sie weit fort und fühlte sich wie eine Feldmatratze, amtlich dazu angehalten, ihm Fügsamkeit zu leisten.

In jenen Nächten hatte sie ihm oft, ähnlich wie Manni, den Tod gewünscht, und jetzt, da ihr gedankenloses Verlangen in Erfüllung gegangen war, konnte sie ihm nichts anderes entgegensetzen als Trauer und Wut.

Es war aber auch nicht einfach, sich einem anderen zuzuwenden, selbst wenn sie gewußt hätte, wie man solches anstellte. Sie litten keine Not, sie und ihr Sohn, zumindest keine körperliche, aber teilte sich ein geistiger Mangel nicht doch körperlich mit, vertrocknete man nicht innerlich und verwahrloste äußerlich, wenn lediglich Trauer und Wut da waren und keine Mittel, sie zu lindern?

Sie versuchte, ihre ganze Liebe dem Sohn mitzuteilen. Sie wußte, daß sie sich hierin nichts zuschulden kommen ließ. Und doch, wie konnte sie wissen, ob ihm nicht in Wirklichkeit etwas abging, wenn seine Mutter derart verweste?

Der Mann, den das Schicksal am Ende für sie aussuchte, damit auch für sie ein wenig Wärme abfiel, stammte aus Pommern. In Wirklichkeit war er selbst noch das reinste Kind, und gleichzeitig war er der Anlaß, der ihren Sohn in ein ewiges Kind verwandelte. Im Nachhinein kam es ihr so vor, als sei sie dazu verdammt, neben Kindern zu leben, da sie ihr wegstarben, indem sie anfingen, Männer zu werden, oder verschwanden, weil sie es nicht ertrugen, andere in ewige Kinder zu verwandeln.

Das erste Mal sah sie ihn, als er in zerlumpten Kleidern die Auffahrt hinaufkam. Er humpelte und stützte sich an einem roh zubehauenen Ast ab. Sie sah ihn, und die emailierte Blechkanne glitt ihr aus der Hand. Sie zersprang nicht, als sie auf den Schotter traf, sondern rollte lediglich zur Seite. Der Ersatzkaffee gluckste aus ihrer Tülle.

Danach sah sie ihn auf den Feldern bei der Ernte. Er führte die Sense in weitem Bogen aus, und es zischelte, wenn sie in die Getreidehalme schnitt. Sie sah ihn später, als er hinter dem Pflug herging und die abgeschälten Erdwälle seitwärts und feucht in die Furchen fielen.

Dann sah sie ihn nicht mehr, denn sie lagen in ihrem Zimmer. Es war stockdunkel, und sie hörte nur seinen schweren Atem und spürte den Hauch und seine Lippen auf ihren Schultern, ihrem Gesicht und ihren Lippen, und zuletzt in ihrer Scham.

In dem Moment ging die Tür auf, quietschte in den Angeln, und Manni stand im Rahmen, und der Lichtstrahl bohrte sich in das Gesicht von Stefan, dem Pommer. Manni stieß einen Schrei aus und lief davon.

Er war mit dem Fahrrad bis an die Grenze des Nachbarortes gefahren. Sie fanden das Fahrrad und kurz darauf auch ihn mitten in dem frischgepflügten Feld. Den Wagen, der ihn angefahren hatte, fanden sie dagegen nie.

In den ersten Monaten nach dem Unfall sprach Manni kein Wort. Es ließen sich keine Verletzungen feststellen, nur schaute er nicht aus den Augen, wie ein frischverunglücktes Kind aus den Augen zu schauen hatte, gelähmt oder verängstigt oder unverständig. Der Unfall hatte ihm lediglich einen leichten Silberblick beigebracht, und obwohl sie nach diesen ersten Monaten dachten, alles würde sich noch richten, sahen sie sich bitter getäuscht.

Seine Gesichtszüge verzerrten sich mit den Jahren immer mehr. Es war, als habe der Unfall Nerven zertrennt, die seine

Denkvorgänge und die Koordination der Gesichtsmuskulatur hätten regeln sollen, und das Gesicht verfiel zusehends, von Tränen benetzt, die ihm täglich mehrere Male grundlos aus den Augen flossen.

Er war Manni der Trottel.

Else, seine Mutter, kam neun Monate nach dem Unfall mit einer Tochter nieder, die sie auf den Namen Stinna taufen ließ, und diese Tochter sollte später all die Versprechen von Schönheit einlösen, die Manni als Kind abgegeben hatte. Else heiratete Stefan kurz nach ihrer zweiten Entbindung. Es war keine glückliche Ehe. Es schien so, als stünde der Schatten des Sohnes zwischen den beiden und ließe sich einfach nicht bannen.

Stefan verschwand zehn Jahre nach der Hochzeit. Er kehrte einige Jahre später zurück. Ihm fehlten zwei Finger. Sonst sah er aus wie vor seiner Flucht. Er sprach nie von den Jahren in der Fremde, vielleicht, weil die Fremde ihm nicht fremder vorgekommen war als das Zusammensein mit seiner Frau; aber auch davon sprach er nicht.

Sie richteten sich gemeinsam ein, so gut es eben ging. Mit der Zeit glaubten sie sogar, ein gewisses Behagen aneinander zu finden, bis der Mord an Stinnas Tochter dazwischenkam und Else dachte, jetzt würde alles wieder von vorne anfangen. Dabei wußte sie gar nicht, was denn von vorne anfangen sollte, da im Dorf noch nie ein Mord passiert war.

Karin

Stinna war ja selbst kaum erwachsen.

Karin konnte es nicht lassen, bei dem Gedanken zu schmunzeln, allerdings nur in sich hinein, denn es gehörte sich nicht, bei einem Beileidsbesuch zu lächeln. Lieber dachte man an etwas Trauriges. Sie strengte sich an, aber es gelang ihr nicht ganz. Sie war bezaubert von der Vorstellung, daß Stinna selbst kaum erwachsen war. Warum ihr das in diesem Moment nur einfiel. Sie war tatsächlich ein mißratenes Kind, Vater hatte ganz recht.

Sie drückte sich in die entfernteste Ecke, nachdem sie die Blumen abgegeben und einen Knicks gemacht hatte, in die Ecke hinter dem runden Tischchen, auf dem die Schale mit den Katzenpfötchen stand und die Lampe mit dem Porzellanständer und dem Schirm, der so aussah wie die Blütenblätter von Tulpen. Ihre Augen wanderten über die Anwesenden, die sie kaum beachteten, höchstens mit einem Streifblick aus verweinten Augen. Karin zeihte sich der Taktlosigkeit, weil sie geknickst hatte, als sei dies die Damenwahl gewesen auf einem Ball.

Vor Else hatte sie sich immer gefürchtet. Eigentlich war diese Furcht kaum zu verstehen, so wie Else dasaß, stocksteif, mit tausend Löckchen in dem schneeweißen Haar, und Augen, die immerfort blinzelten, daß einem vom Zusehen ganz anders wurde. Sie sprach kaum, aber wenn sie etwas sagte, wirkte sie mild, und ihre Lippen waren weich.

Sie war gar nicht die zischelnde Schlange, als die sie Karin immer geträumt hatte, wenn sie ihre Tierträume hatte, diese Träume, in denen Bodil als Gazelle aufgetreten war, mit hohen, grazilen Sprüngen. Jetzt lag sie ausgeweidet in einem Eisschrank.

Else gegenüber saßen die beiden Schwestern Petersen, jede eine Bibel im Schoß. Sie lasen beide daraus vor, jede eine andere Stelle, und es war ein einziges unverständliches Gebrabbel.

Sie wußten es beide, denn sie schauten sich immer wieder wütend an, als reiche ein Blick von der einen, um die andere zum Verstummen zu bringen. So waren sie immer; nie konnten sie sich einigen, welche Bibelstelle zu welcher Gelegenheit paßte.

Beide waren Lehrerinnen gewesen, und beide mit Lehrern verheiratet, und beide zur gleichen Zeit verwitwet, weil ihre Männer nachts gemeinsam zum Aalfischen in die Flensburger Förde gestochen waren.

Ausgerechnet in der Nacht brach einem Butterdampfer das Ruderblatt, und er dümpelte steuerlos in der Förde herum. Es war eine kalte Nacht gewesen, und die Männer der Petersen-Schwestern waren wahrscheinlich erfroren, bevor sie ertranken. Zumindest sagte man, in ihren Lungen habe sich kein Wasser befunden.

Das konnte aber auch daran liegen, daß sie in die Schiffsschraube geraten waren, die noch fünf Minuten nach dem Aussetzen der Steuerfähigkeit rotiert haben sollte, da mochte einer verstehen, wie so etwas passieren konnte.

Die Schwestern wurden aber nicht erst wegen dieses Unfalls fromm. Karin erinnerte sich noch gut daran, wie sie schon lange vorher vor jeder Stunde ein Gebet gesprochen hatten – jede jeweils vor ihrer Klasse. Jedoch ohne die Schüler zu zwingen, es ihnen nachzutun, »denn«, so pflegten sie zu sagen, »Gott zwingt durch seine Liebe, nicht in der Gestalt von alten Schnepfen.«

Nach dem Unfall sagten sie es nicht mehr. Sie beteten auch nicht mehr vor ihren Klassen und gingen kurz darauf in Rente, nahmen ihren Mädchennamen wieder an und demonstrierten ihre Gläubigkeit nur noch sonntags in der Kirche, wo sie auf der ersten Bank synchron und einig sangen und geduldig zuhörten – oder wenn sie jemanden trösten mußten oder meinten trösten zu müssen, wie jetzt Else und Stinna, und sich nie darauf einigen konnten, wie diese Trostworte lauten sollten.

Else sah Karin an. Ein kurzes Lächeln kräuselte ihre Lippen. Karin lächelte zurück, und dann kam Stinna in die Stube, eine Kanne dampfenden Tee in der einen Hand, in der anderen eine Schale mit Plätzchen.

Die Witwe Neurath stand mit einem Ruck auf und nahm ihr die Schale aus der Hand. Danach setzte sie sich wieder und seufzte, nicht besonders laut, einfach nur voller Behagen, bis sie Karins Augen spürte, aufsah, und die Kehlgeräusche aussetzten.

Es klingelte. Karin schreckte auf, weil sie dachte, jetzt sei Pause und sie könne heim. Sie sah die Nacken der beiden Schwestern, die unverwandt zur Tür guckten, und wähnte sich in der ersten Klasse.

Deshalb fühlte sie sich völlig verwirrt, als die Tür aufging und Feddersen und der fremde Polizist eintraten.

Sie hatte den Polizisten schon einmal gesehen, vorhin, durchs Fenster, bei der Witwe Neurath, und als sie die Witwe anschaute, lief deren Gesicht rot an.

Der Kommissar gefiel ihr. Er hatte kastanienbraune Augen, aus denen er wunderbar traurig und zugleich verständnisvoll blickte. Die Schwestern Petersen erhoben sich geschwind. Er deutete einen Diener an, hob ihre Hände halbwegs an die Lippen und hauchte sie an, so daß die beiden rot wurden bis unter die Haarspitzen. Dabei wirkte er auf Karin weder geziert noch abstoßend. Sie hätte selbst gern einen Handkuß bekommen; aber den enthielt er ihr vor.

Feddersen mochte sie weniger; er war immer nur hinter den Leuten her, besonders hinter den Jugendlichen.

Nach jedem Schützenfest und jeder Dorffete wartete er draußen irgendwo und ließ die Alkoholsünder hoppsgehen oder nahm die frisierten Mofas mit auf die Wache und rückte sie nicht wieder heraus, sondern verlangte ein saftiges Bußgeld, das man nie und nimmer aufbringen konnte.

Vater meinte, es sei eine verantwortungsvolle Aufgabe, die Süffel daran zu hindern, betrunken ins Auto zu steigen. Sie solle einfach mal Revue passieren lassen, wieviel junge Kerle in den letzten Jahren auf ihren zu schnellen Mofas, Mopeds und Motorädern umgekommen seien, dann wisse sie Feddersen schon zu schätzen. Natürlich hatte er recht – Vater hatte immer recht –; aber im Recht sein und einem Sympathie einflößen waren zwei Paar Schuhe.

Der Kommissar ging zu Manni hinüber und reichte ihm ein Kleeblatt. »Bringt Glück«, sagte er.

Manni bellte vor Glück.

Der Kommissar drehte sich um: »Mein tiefstes Beileid«, sagte er in die Runde. Karin hatte einen Kloß im Hals und versuchte, ihn in den Schlund zu würgen.

»Sie müssen ihn unbedingt fangen und bestrafen, Herr Kommissar«, forderte Anna mit lauter Stimme. »Unbedingt.

Auge um Auge, Zahn und Zahn. Sowas hält das Dorf nicht aus.«

»Anna, bitte«, zischte Erna. »Das Alte Testament, zu dieser Stunde.«

»Ich werde ganz sicher versuchen, ihn zu fangen«, sagte der Kommissar. Er hatte eine angenehme, dunkle Stimme. »Bestrafen werde ich ihn leider nicht können – oder vielleicht eher Gottseidank. Das muß schon das Gericht auf sich nehmen. Hat von Ihnen irgendjemand zur fraglichen Zeit etwas Verdächtiges gesehen oder gehört?«

»Es war frühmorgens, Herr Kommissar«, sagte Stinna und sah überhaupt nicht nach Trauer aus. »Um diese Zeit schlafen wir gemeinhin.«

»Wie man's nimmt«, sagte die Witwe Neurath durch die Zähne.

»Bitte?« fragte der Kommissar.

»Nichts«, sagte die Witwe schnell.

»Und vorher? Ist da kein Fremder ins Dorf gekommen, hat sich niemand auffällig benommen?«

»Wieso muß es unbedingt ein Fremder gewesen sein?« fragte Else. »Trauen Sie uns Dörflern solche Taten nicht zu?« Sie sagte immer Sachen, die einfach nicht paßten und peinlich waren und ganze Tischgesellschaften zum Verstummen brachten – und noch schlimmer, die meistens zutrafen.

Der Kommissar lächelte versonnen, sagte aber nichts.

Else erhob sich, und ihre kleinen Augen mit der gelblichen Hornhaut waren zusammengezogen: »Haben Sie den Ausländer schon befragt?«

»Bitte, mißverstehen Sie mich nicht«, sagte der Kommissar. »Mir liegt nichts ferner, als Ihnen Ungelegenheiten bereiten zu wollen. Dazu achte ich Ihre Trauer zu sehr, das müssen Sie mir glauben. Aber ich habe auch eine Aufgabe zu erledigen. Sie müßten das doch verstehen, Sie sind doch am allermeisten daran interessiert, daß der Täter gefaßt wird.«

»Und«, sagte Else leise; aber nicht so leise, daß der Kommissar so hätte tun können, als habe er sie nicht gehört.

»Und?« wiederholte er und hob dabei die Stimme am Ende des Wortes.

»Waren Sie beim Ausländer?« fragte Else geduldig.

»Ich dachte, es muß nicht unbedingt ein Fremder gewesen sein.« Der Kommissar drehte sich um und betrachtete die Standuhr, die laut tickte und jedes andere Geräusch verschluckte. »Schöne Uhr haben Sie da. Bornholm oder Schwarzwald? Wissen Sie, ich fahre gelegentlich ganz gern nach Tondern und schaue mir die Antiquitätenmesse an. Das meiste ist natürlich unerschwinglich für mich, aber es gefällt mir auch so. Alte Sachen haben etwas Beruhigendes. Sie rücken die Gegenwart in ihr rechtes Maß.«

»Sie weichen mir aus«, merkte Else an. »Wir wollen nicht, daß der Mörder wochenlang frei herumläuft, nur weil Sie von der Polizei zu feige sind zuzugeben, daß es einer von denen gewesen sein muß. Monatelang hockten sie da ohne Frau und dachten an nichts anderes. Ich will nicht, daß Sie der Wahrheit aus dem Weg gehen, nur weil man heutzutage nichts gegen Ausländer sagen darf, ohne ein Rassist genannt zu werden.«

»Mutter, bitte«, sagte Stinna.

»Ich lasse mich nicht bitten. Ist dies ein Tag, sich bitten zu lassen? Nein, dies ist ein Tag, seine Rache einzufordern, und wenn du dazu nicht in der Lage bist, werde ich es tun. Und wie ich es tun werde.«

»Sehen Sie, Frau Drexler.« Der Kommissar löste seinen Blick von der Uhr und wandte sich an Else. »Ich werde mir den Iraner vornehmen, aber wir haben bisher nicht einmal den Schatten eines Beweises gegen ihn. Ich gebe Ihnen jedoch mein Wort, daß wir ihn nicht aus dem Auge lassen und niemals aus politischen Gründen von einer Rechtsverfolgung ablassen werden, falls er den Mord tatsächlich begangen haben sollte. Aber wir leben in einem Rechtsstaat, und wir dürfen keinen Menschen belangen, nur weil er eine andere Hautfarbe hat als wir und monatelang unter lauter Männern gehaust hat.«

»Sie geben zu, es ist ein triftiger Grund.«

»Ich gebe überhaupt nichts zu. Verzeihen Sie mir, aber es

kommt mir so vor, als hätten Sie mir noch immer keinen reinen Wein eingeschenkt.«

»Stinna ist nur für Fusel zu haben«, sagte Feddersen ganz unvermutet.

Überall wurde scharf eingeatmet, und Stinna erglühte.

»Lebte Elsbeth etwa in einem Rechtsstaat?« fragte die Witwe Neurath in die Stille hinein.

Niemand sagte etwas. Der Kommissar war erstaunt und gleichzeitig gereizt. Was bedeutete dieser Name schon wieder?

»Elsbeth?« fragte er. »Wer ist denn Elsbeth?«

»Ach«, sagte Erna Petersen. »Bloß eines von Frau Neuraths Hirngespinsten. Sie geht nie in die Kirche, und weil sie ohne den Trost der Heiligen Schrift und des Menschensohnes auskommen muß, schwelgt sie in alten Gruselgeschichten und huldigt dem Teufel, wenn auch nur in harmlosen Worten.«

»Was ist am Teufel harmlos? Wer wagt es, Luzifer zu verniedlichen? Wie kann man diesen Kampf zwischen Licht und Dunkel als bloßes Puppentheater abtun?« ereiferte sich Anna Petersen.

»Anna, bitte«, bat Erna Petersen. »Darum geht es hier doch gar nicht.«

»Ich will nicht. Verstehst du, ich lasse es mir nicht bieten, daß du immer so blasphemisch daherredest.«

»Hören Sie, Herr Kommissar«, sagte die Witwe Neurath. »In der Nacht, in der Bodil ermordet wurde, waren es auf den Tag hundert Jahre her, daß Elsbeth ihr Neugeborenes ans Kreuz nagelte, genau in jener Nacht, zur selben Stunde, als Bodil ihr Schicksal ereilte, stand Elsbeth weinend, fast rasend vor Schmerz in der Kirche und schwor, an dem Kindsvater Rache zu üben.«

»Aber niemand weiß, wer der Vater war«, warf Else ein. »Ich kannte Elsbeth. Sie hat nie jemandem gesagt, wer der Vater war. Und sie hatte sich mit ihrem Schicksal versöhnt.«

»Und das zweite Kind«, kreischte die Witwe Neurath. »Was war mit dem zweiten Kind?«

»Sie hat nie etwas von einem zweiten Kind gesagt«, flüsterte

Else. »Und du weißt, daß dies keine Geschichte ist, die man vor Fremden ausbreitet. Sie hat mit dem Mord nichts zu tun. Es war der Ausländer, natürlich war es der Ausländer. Und wenn es ein zweites Kind gegeben hätte, wäre es schon längst unter der Erde, und wenn es noch leben sollte, wäre es inzwischen ein Greis und hätte Bodil nichts anhaben können.«

»Sie hat Rache geschworen in jener Nacht. Bis ins dritte Glied, hat sie gezischt in jener Nacht, hundert Jahre, hat sie geschworen, hundert Jahre lang werde ich nicht ruhen und nicht rasten«, beharrte die Witwe Neurath.

»Niemand weiß, was sie gesagt hat in jener Nacht, weil alle schliefen«, sagte Else. »Und damals wurde an dich noch gar nicht gedacht, damals warst du nur ein fernes Glimmen in den Augen deines Großvaters. Es gehört sich nicht, sich aus der Fremde in unsere Gemeinschaft zu drängen, um sie bei der erstbesten Gelegenheit an Fremde auszuliefern. Wir hätten dich gleich nach der Währungsreform fortjagen sollen, dich und deinen Mann. Dann hätten wir jetzt Frieden.«

»Bitte, meine Damen, bitte«, sagte Feddersen. »So geht das doch nicht. Was soll der Herr Fleischer bloß von uns denken?«

»Lassen Sie man, Feddersen, wir werden uns wohl am besten verabschieden. Wir haben noch eine ganze Menge zu erledigen.«

Feddersen sah ihn verdutzt an.

»Ist schon gut, Feddersen«, wiederholte der Kommissar.

Stinna begleitete sie hinaus. »Entschuldigen Sie bitte«, sagte sie an der Tür. »Sie sind nicht mehr die Jüngsten. Sie sitzen den lieben, langen Tag zu Hause herum und werden ganz wunderlich im Kopf«.

»Ich weiß«, sagte der Kommissar. »Und was ist Ihre Haltung zu der ganzen Geschichte?«

»Ich trauere um meine Tochter«, antwortete sie, und die Tränen traten ihr aus den Augen. Ihre Stimme dagegen war klar. »Nichts bringt sie mir wieder. Ich möchte, daß der Täter gefaßt wird, damit Frieden herrscht, und keine weiteren Mädchen in Gefahr geraten. Aber ich will es nicht, weil ich auf Rache sinne, und ich bin auch nicht darauf aus, daß Sie Ihr besonderes Augenmerk auf Reza legen.«

»Weil sonst jemand anders nicht bei ihm liegen kann«, sagte Feddersen.

Fleischer

»Gibt es hier einen Gasthof?« fragte der Kommissar.

Feddersen schüttelte den Kopf. »Dem Perksen ist die Konzession abgenommen worden. Das Gesundheitsamt hat seine Küche und die Zimmer inspiziert. Sie waren noch ganz grün im Gesicht, als sie danach bei mir auftauchten und um Amtshilfe baten. Da waren doch bis vor zwei Wochen die Fremden drin. Und *er* ist noch immer da. Wir können aber zu mir gehen. Es ist nicht weit, und ich habe jede Menge herumstehen.«

»Jede Menge was?« fragte der Kommissar.

Feddersen grinste verschämt.

»Sehen Sie, Herr Feddersen«, fing der Kommissar an, als sie es sich am Eßtisch bequem gemacht hatten, jeweils ein Bier und ein Korn in Reichweite. »Sie denken vielleicht, Sie könnten mit den Leuten umspringen, wie es Ihnen gerade paßt, weil Sie von hier sind und ich aus der Stadt; aber das können Sie nicht. Ich will nicht noch einmal mit anhören, wie Sie die Mutter des Opfers beleidigen.«

»Sie hat was mit dem. Das weiß doch das ganze Dorf, daß sie was mit dem hat.«

»Haben Sie sie persönlich mit ihm gesehen?«

»Ich gucke sie mir persönlich nicht an.«

»Wen gucken Sie sich persönlich nicht an? Die Stinna können Sie damit nicht meinen, die haben Sie gerade eben sehr persönlich angesehen.«

»Darf der Mensch denn kein Liebesleben haben?«

»Sicher, darf er. Aber wenn er keins hat und so gerne eins

hätte, und vor kurzem ist ein Mord geschehen, wäre es besser gewesen, er hätte wirklich eins gehabt und wäre hinterher nicht so patzig zu den Angehörigen, nur weil sie ihm keinen Platz einräumen wollen in ihrem Liebesleben.«

»Was soll der Mensch denn machen, wenn sie einem die Frauen wegnehmen? Soll er sie dafür vielleicht lieben?« Feddersen leerte sein Glas und setzte es mit einem Knall auf die Tischplatte. Dann trank er seinen Korn mit einem kurzen Ruck des Kopfes aus, und als er das Glas absetzte, glitzerten Tränen in seinen Augen. Er sagte: »Kriege ich immer von Korn. Brennt in der Speiseröhre.«

»Ich weiß doch auch nicht, Feddersen«, sagte der Kommissar. »Was ist denn an dieser Elsbeth-Geschichte dran?«

»Die Geschichte ist schon wahr. Der damalige Pastor hat sie aufgeschrieben kurz vor seinem Tod und seine Aussage von einem Notar beglaubigen lassen. Die Niederschrift liegt im Pfarrhaus aus, die können Sie jederzeit einsehen.«

»Das glaube ich. Aber was ist an der Geschichte dran?«

»Die Geschichte ist schon ...«

»Feddersen, bitte, ich will nicht, daß Sie den ganzen Kram noch einmal aufsagen. Ich will vielmehr wissen, wie oft man im Dorf auf die Geschichte kommt, wenn etwas außerhalb der Reihe passiert.«

»Else und meine Mutter waren befreundet. Else ist wie eine Mutter gewesen für mich, seitdem Mutti tot ist, verstehen Sie? Else würde nie etwas erfinden, dafür ist sie einfach zu schlau. Sie ist hundertmal schlauer als Sie und ich.«

»Wen würden Sie verdächtigen, wenn Sie sich nicht auf den Iraner eingeschossen hätten?«

»Muß jemand von außerhalb gewesen sein.«

»Das habe ich mir schon gedacht. Aber wenn wir den großen Unbekannten außen vor lassen, wer könnte es dann gewesen sein?«

Feddersen dachte nach.

Der Kommissar leerte inzwischen die Hälfte seines Glases.

»Der Hein sitzt den lieben, langen Tag in seiner Villa und

säuft. Gibt es viele Säufer unter denen?« Feddersen sah den Kommissar gespannt an.

»Weiß ich nicht. Ich glaube aber nicht, daß sie besondere Persönlichkeitsmerkmale haben. Was macht der Hein, außer in seiner Villa zu sitzen und zu trinken?«

»Nehmen wir ihn uns vor«, entschied Feddersen und erhob sich halb.

»Soweit sind wir noch nicht.«

»Sie sagten doch eben, ich sollte Ihnen auf die Sprünge helfen.«

»Erzählen Sie mir mehr von ihm.«

»Johan heißt er mit Vornamen. Johan Hein. War mal ein ganz Großer bei uns. Hatte ein eigenes Unternehmen, war sogar im Handelsregister. Und nicht nur einmal, da stand eine ganze Latte von Firmennamen, die ihm gehörten. Fünfhundert Angestellte hatte er zwischenzeitlich, weltweit, selbst in Brasilien hat er gefertigt. Der war hier ein ganz großer Mann. Wußten Sie, daß er Vize war bei den Arbeitgebern hier im Lande?«

Der Kommissar schüttelte den Kopf.

»Die Japaner haben ihm das Wasser abgegraben«, sagte Feddersen und warf einen scheuen Blick auf den Kommissar, ob er ihm diesen Seitenhieb gegen Ausländer wohl übel nehmen würde. »Es sind ja immer die Japaner, die unsereinen um Lohn und Brot bringen.«

»Sie doch nicht, Feddersen. Je mehr Leute um Lohn und Brot gebracht werden, desto mehr haben wir von der Polizei zu tun.«

Feddersen sah den Kommissar verdutzt an, dann schlug er sich auf den Schenkel. »Ei der Daus«, rief er »So habe ich das noch gar nicht gesehen. Aber eigentlich«, er legte die Stirn in Falten. »Eigentlich möchte ich das gar nicht. Ich möchte lieber, daß Frieden herrscht.«

»Dann hätten Sie sich einen anderen Beruf aussuchen sollen.«

»Aber wir sind doch dazu da, daß Frieden herrscht.«

»Das sagen wir nach außen immer. Genau wie die Sportler

nach außen immer sagen, sie würden sich nie und nimmer dopen, und die Politiker sagen, sie täten's nur fürs Volk.«

Sie grinsten sich an. »Also alles nur gelogen«, sagte Feddersen und füllte sein Glas nach. »Sie trinken ja gar nicht«, fügte er hinzu.

»Ich bin quasi im Dienst.«

Feddersen wischte sich den Schaum von den Lippen. »Oh«, sagte er. »Ich ja auch.«

»Nehmen Sie es nicht so schwer. Hier kennt man Sie.«

»Die Frau ist ihm davongelaufen«, sagte Feddersen und starrte zum Fenster.

»Etwa auch mit einem Ausländer?«

Feddersen schüttelte den Kopf. »Sie war wesentlich jünger. Nicht viel älter als Bodil. Der, mit dem sie abgehauen ist, war reicher – ich weiß nicht, ob *reicher* das richtige Wort ist, Johan hat ja kaum mehr was. Ich glaube aber, er war Deutscher. Er kann aber auch Ungar gewesen sein. Die sind doch so gerissen, und denen hört man ja auch nicht an, daß sie Ausländer sind; man denkt, sie sind Österreicher oder so. Na ja, die sind auch Ausländer, technisch gesehen, aber Sie wissen, was ich meine.«

»Wie alt ist denn der Hein?«

»Um die sechzig. Wieso wollen Sie das denn wissen?«

»Abgesehen davon, daß er in seiner Villa sitzt und trinkt, und ihn die junge Frau hat sitzen lassen, hat er sich denn sonst irgendwie verdächtig gemacht? Wissen Sie, ob er sich an Bodil herangemacht hat, ob er viel mit ihr geredet hat, ihr Blumen geschenkt ...«

»Nö, davon weiß ich nichts. Sagen Sie mal, was denken Sie eigentlich von mir? Sie denken doch wohl nicht, ich habe ihr hinterherspioniert. Ach, so sehen Sie das, Sie locken mich in eine Falle, und dann ist der Fall für Sie erledigt. Das lasse ich mir aber nicht bieten. Mit mir nicht, sage ich Ihnen, mit mir nicht.« Feddersen trank einen Schluck Korn direkt aus der Flasche. Danach schenkte er noch einen ins Glas.

»Hat denn der Hein in den letzten Tagen irgendetwas gesagt oder sich seltsam benommen?«

»Nein, wieso?«

»Feddersen«, seufzte der Kommissar. »Ich versuche, hier einen Mordfall zu lösen. Sie könnten wenigstens so tun, als seien Sie mir dabei behilflich.«

»Ich weiß doch auch nicht, wie das geht.« Feddersen legte den Kopf kurz in die Arme, dann schaute er den Kommissar an. Seine Augen waren pitschnaß. »Ich weiß doch nicht, wie das geht, ich habe doch noch nie mit sowas zu tun gehabt. Wissen Sie, wie das war, als sie die Leiche fanden und mich anriefen, und sie standen alle um den toten Körper herum, und dann machten sie mir Platz, und ich mußte hingehen, und ich sah dieses Mädchen, ein bildhübsches Mädchen, und jetzt war sie tot und nackt, und ich mußte irgendetwas unternehmen, das sah ich den Augen der Umherstehenden an, das erwarteten sie von mir, und ich wußte nicht, was ich unternehmen sollte, und das einzige, was ich dachte, war, daß ich dieses Mädchen so gerne bei lebendigem Leibe derart nackt gesehen hätte, und ihre Mutter noch viel lieber, aber der Gedanke war so pervers, ich wollte ihn auch gar nicht denken, aber ich dachte ihn trotzdem, ununterbrochen.«

»Solche Gedanken schießen einem durch den Kopf, das ist weder pervers noch sonst was, es ist einfach menschlich.«

»Als Mutti starb, habe ich es auch gedacht.«

»Daß Sie sie gerne nackt ...?«

Feddersen nickte, dann schüttelte er den Kopf. »Nicht so, nicht in dem Alter, in dem sie dalag. Aber früher, als ich noch ein Kind war, wenn sie das Alter gehabt hätte, da hätte ich gerne.« Er raufte sich die Haare und vermied den Blick des Kommissars. »Entschuldigen Sie, ich habe das so nicht gemeint, entschuldigen Sie, hören Sie nicht auf mich, ich bin bloß betrunken, das hat nichts zu bedeuten.«

»Das hat es wohl nicht«, sagte der Kommissar. »Erzählen Sie mir lieber, wen Sie sonst noch verdächtigen.«

»Fiete Brzcenzinski.«

»Sie spaßen.«

»Er heißt wirklich so. Ich kenne seine Familiengeschichte

nicht so genau, aber ich weiß, daß ein Großvater von ihm ins Ruhrgebiet gewandert ist, als es dort richtig anfing mit dem Kohlebergbau. Der Vater hat eine Ausbildung als Schmied gemacht und ist nach Hamburg gegangen. Dort ist Fiete an die Seefahrt gekommen. Er war fünfzig Jahre lang auf dem Wasser und hat sich nach seiner Pensionierung bei uns niedergelassen. Dabei haben wir gar kein Wasser. Er meint immer, bei uns hat er genau den gleichen weiten Blick, aber nicht dieses ständige Geschaukel und den nervtötenden Lärm der Möwen.«

»Scheint ein guter Mann zu sein. Und was bringt Sie darauf, daß er ein Mörder sein könnte?«

Feddersen druckste ein bißchen herum. Er sah verlegen zu Boden, dann nach oben, zum goldgerahmten Bildnis seiner Mutter auf der Anrichte, dann wieder zu Boden. Der Kommissar stand auf und drehte das Bild zur Wand. »Jetzt können Sie mir sagen, was dahintersteckt«, sagte er.

»Die Pornomagazine«, flüsterte Feddersen.

»Wie bitte?«

Feddersen nickte. »Tausende«, sagte er. »Aus aller Herren Länder. Er hat sogar eins mit lauter Zulu-Weibern. Ich wußte gar nicht, daß es die gab, bevor er mir das Magazin zeigte. Sind auch bloß Negerfrauen. Er hält überhaupt nicht hintern Berg damit, zeigt sie sogar den Kindern, wenn sie danach fragen, sogar den jungen Mädels. So einer muß ein Lustmolch sein.«

»Muß er wohl«, lächelte der Kommissar und stand auf. »Gehen wir mal hin und schauen ihn uns an. Ich habe immer schon gerne mit einem Menschen reden wollen, der sich nicht schämt, solche Magazine zu besitzen.«

»Billigen Sie das etwa?«

»Ich wette, Ihre Mutter da an der Wand ist jetzt hochrot. Meine Magazine verstecke ich immer in einem Kästchen unter dem Schrank.«

Er blieb an der Haustür stehen und sah in den Himmel. Wolken türmten sich. Sie hingen ganz still, obwohl der Wind hier unten stetig von Westen blies. Sie waren weiß wie Neuschnee und wirkten so kompakt wie Beton.

»Es wird schneien«, sagte Feddersen.

Fiete Brzcenzinski

Wenn man alt war und eine von den Stürmen, der salzigen Luft und der Sonne gegerbte und zerfurchte Haut hatte, dachten die Leute immer, es hätte einen aus Abenteuerlust auf See gepackt, man sei einfach nicht davon weggekommen, weil die See ein lockendes Weib und die größte Liebe eines jeden tollkühnen Gesellen sei. Er hatte es längst aufgegeben, solche Märchen zu zerstreuen.

Wenn man alt war, kam es darauf auch gar nicht mehr so genau an; aber man blieb eitel, das war einfach nicht wegzukriegen, und es tat einem gut, für abenteuerlustig gehalten zu werden, vor allem von den jungen Dingern, die herkamen, um zu sehen, wie die Schamlippen von anderen Frauen aussahen.

Die sind geschminkt, pflegte er zu sagen, glaubt einem alten Seebären. Bei sich wußte er, er wäre gerne in dem Alter gewesen, diesen jungen Dingern nachzustellen, statt sich einen alten Seebären zu nennen und sich von ihnen um den Bart gehen zu lassen, weil er so niedlich war und so alt und so vertrauenswürdig und gleichzeitig ein kleines bißchen ungezogen.

Segelschiffe, wer mochte schon Segelschiffe? Die feinen Pinkel natürlich heutzutage, die jungen Kerls in diesen Glasfiberbooten, die so schnittig gebaut waren, daß einem immer der Gedanke an Messer kam, wenn man sie sah, Messer in weicher Butter, Messer in Fleisch, Messer die in einer Flüssigkeit herumfuhrwerkten.

Man wurde grantig im Alter und ungerecht. Man wurde vielleicht auch bösartig, weil man den jungen Dingern nicht mehr so nachstellen konnte, und weil diese jungen Kerls sie herumkriegten, ohne viel Energie zu verschwenden, einfach nur, indem sie ihnen ihre Boote zeigten oder sie im Gespräch beiläufig erwähnten. Dann waren Segelschiffe natürlich ganz was tolles.

Aber im Sturm in den Rahen hängen und die vollgesogenen Segel heraufziehen, um die Bäume winden und festzurren, hoch über der See, über der Gischt, mitten drin in der eigenen, gottverfluchten Angst, das ist etwas ganz anderes. Und mit vierzehn den Schiffsjungen machen und den Arsch hinhalten für den zweiten Steuermann, und ordentlich Dresche einstecken, weil man das einfach nicht will, und dann Trost suchen beim Smutje, der einen streichelt und am Ende auch den Arsch will, nur den Arsch, immer wollten sie den Arsch.

Natürlich wollen sie den auch auf Dieselschiffen; aber da hat man Platz. Es klingt nach Hohn, auf Schiffen überhaupt von Platz zu sprechen, auf jeden Fall für die Mannschaft. Auf Öltankern war er mitgefahren, da hatte es genug Platz gegeben, aber sonst? Was wußten die schon, die jetzt jammerten, wie es platzmäßig auf einem Segelschiff ausgesehen hatte? Oder geruchsmäßig?

Nicht nur zum Schlafen und zum Leben war es zu eng – er hatte sich drei-viermal einen Finger gebrochen, als die Segel ganz schnell gerefft werden mußten, und die Winsch aus ihrer Verankerung glitt und die Faust gegen die Reling schoß.

Es hatte keinen Tag ohne Schmerz gegeben. Er dachte das nicht, weil er sich leid tat. Damals hatte man einfach keine Wahl zwischen einem Beruf, der Schmerzen bereitete, und einem, der es nicht tat. Alle Berufe waren elend. Pest und Cholera. Wer sagte das? Genau, Pest und Cholera.

Aber ein Leben war es. Es lohnte nicht, sich ständig mit Klagegesängen abzugeben, damit holte man seine Jugend nicht zurück – und selbst wenn, hätte man heute auch nicht mehr Wahl gehabt.

Heute jung sein? Vielleicht. Es war ja keine echte Alternative, außer gedanklich, gedanklich ließ sich viel anstellen. Aber die Umweltzerstörung, die machte ihm zu schaffen. Er würde nicht gern in einer Welt leben, die sich dem Ende zuneigte.

Sein Vater hatte ihm befohlen, auf der »Eule« anzuheuern.

Ganz am Ende hatte sein Vater ihm erklärt, warum er unbedingt auf See mußte, ganz am Ende, als sie in einer Spelunke saßen, kurz vor dem Auslaufen. Der Vater meinte, auf Schiffen werde man nicht bösartig, nur weil der Andere einen fremden Namen und seine Familie seit jeher in einem ruthenischen Dorf gehaust habe, Schiffe seien international.

Noch viel besser, sie seien exterritorial, das solle er sich hinter die Ohren schreiben, an Land sei man der Letzte, wenn man nicht den gesellschaftlichen Maßstäben entspreche, auf See setze man seine eigenen Maßstäbe.

Fiete kam zu spät zur Sterbestunde seines Vaters und hatte ihn folglich nie fragen können, woher er den Begriff der Exterritorialität hatte. Er hätte das gerne gewußt, aus keinem besonderen Grund. Er hatte das Kap Horn gerundet zu der Stunde, das hatte er später herausgefunden. Freiwache hatte er gehabt, zwischen zwei und vier Glasen, und er hatte geschlafen, ausgerechnet da hatte er geschlafen. Es wäre ihm lieber gewesen, er hätte am Ruder gestanden und das Schiff sicher um die Klippen und Untiefen bugsiert, als sein Vater seine letzte Reise angetreten hatte.

Schiffe und Leben und Tod und am Ende der Steuermann waren schließlich eng verbunden. Das waren kluge Leute gewesen, die sich diese Verschränkungen und die dazugehörigen Geschichten ausgedacht hatten. Es hätte keinen Unterschied gemacht; aber es wäre ihm lieb gewesen, wenn es sich so ergeben hätte. Schade drum.

Kluge Menschen hatte er immer gemocht. Nicht weil kluge Menschen stets auf den grünen Zweig gelangten und nie zur See gehen brauchten. Dem war nicht so, das wußte er genau, dazu hatte er zuviel kluge Menschen auf See erlebt und zuviel dumme Ärzte, Reeder, Anwälte und was sie alle waren, die auf dem Zweig hockten.

Sein Vater war ein Narr gewesen; vor allem natürlich wegen seiner blödsinnigen Vermutung, auf Schiffen gäbe es keine Vorurteile. Fiete hatte sich jahrelang mit dieser väterlichen

Vorgabe abgeplagt und sich selbst die Schuld dafür gegeben, daß er wegen seines Namens und seiner dunklen Haare und der schwarzen Augen gedemütigt wurde, als wären das Merkmale, die nur ihn auszeichneten und nicht eine ganze Rasse – oder wie man solche Unterarten auch immer nennen mochte.

Erst viel später war er darauf gekommen, daß sein Vater sich schlichtweg geirrt hatte, womöglich hatte irren wollen, weil das Leben ihm erträglicher vorkommen mochte, wenn es wenigstens irgendwo auf der Welt eine Freistatt gab und er seinen Sohn auf ihr wähnte.

Fiete zuckte immer die Achseln, wenn er daran dachte, daß sein Vater ein Narr gewesen war. Er zuckte die Achseln überhaupt sehr häufig, da ihm vieles gleichgültig vorkam, jetzt im Nachhinein – oder wenn nicht gleichgültig, weil es einem selbst oder anderen schließlich Schmerz bereitet hatte, so doch unvermeidlich und als solches nicht wert, daran zu viele Gedanken zu verschwenden.

Auf Schiffen lernte man diesen Blick für das Wesentliche. Einen Taifun konnte man mit einem Schiff nicht bekämpfen und bezwingen, man mußte sich ihm fügen, vor ihm herreiten oder hinter Landzungen Schutz suchen.

Er hatte sich hochgearbeitet durch die Jahre, vom Schiffsjungen bis zum Kapitän, und er erinnerte sich an die Begießung seines Patentes als eines der besten Besäufnisse, das er je miterlebt hatte. Er war glücklich gewesen, als er den ersten Schluck aus der Sektflasche getrunken hatte, und wenn man das Trinken mit einem Glücksfundus anfing, ohne den Umweg über den Alkohol gehen zu müssen, dann wuchs er mit jedem Schluck ins Unbändige.

Kai war dabeigewesen, Smitie, Werner und Eduardo, der verrückte Filippino, der ein Jahr darauf bei einer Wirtshausrauferei in Rio erstochen wurde. Ins Meer hatten sie ihn geworfen, und erst Monate später war er an Land gespült worden, aufgebläht, halbverfault, Brutstätte von Krebsen, Krabben und Aalen. Dabei mochte Eduardo keinen Fisch.

Sie hatten ihn in Hamburg verscharrt, weil sein Dorf von einem Vulkanausbruch eingeäschert worden war, und alle seine Verwandten dabei umgekommen waren.

Soviel Tod, dachte Fiete, soviel Tod. Die drei anderen sind auch hin. Nur noch ich bin hier und zeige den jungen Dingern geschminkte Schamlippen, damit sie wissen, wie das aussieht, was späteren Erdenbewohnern den ersten Blick auf die Welt verschönern und ihnen die Aussicht auf den unausweichlichen Tod schmackhafter machen wird. Und Linda ist hin.

Es passierte alles während dieses einen Zuges durch Hamburgs Kneipen. Die Reeperbahn hatten sie gemieden. Nicht völlig, auf einen Sprung mußten sie noch hinein zu Muttchen Margrethe, die behauptete, ihr Ur-ur-ur und so weiter habe Pate gestanden bei der Taufe der ersten dänischen Königin dieses Namens, und die deshalb jeden 1. April zu Ehren der Verflossenen den ganzen Abend lang ihre Stammkundschaft freihielt. Außer Fiete, der republikanisch gesonnen war und folglich seine Getränke selbst bezahlen mußte.

Sonst waren sie aber überhaupt nicht in Sankt Pauli gewesen, sondern nur in den bürgerlichen Schenken weiter oben in der Stadt. Sie hatten sich trotzdem köstlich amüsiert. Fiete hatte sich zumindest amüsiert. Es ärgerte ihn, daß er die anderen nie hatte fragen können, ob sie sich auch ehrlich amüsiert hatten und nicht nur, um ihm einen Gefallen zu tun. Sie tranken immer gern, aber man konnte auch trinken, ohne sich zu amüsieren und trotzdem vorgeben, man hätte doch, weil es einem Freund weh getan hätte, die Wahrheit zu erfahren.

Kälte und Nässe. Er wußte noch, daß er Linda davon erzählt hatte, von Kälte und Nässe. Er hatte es gehaßt auf See, die ganzen Jahre; wie einem die Knochen brannten oder einfach ausgehöhlt vorkamen, ersetzt von lauter Schmerz, und man vor Erschöpfung und Pein am liebsten schlapp gemacht, sich den Fluten ergeben und sich mit ihnen vermählt hätte.

Er hatte tatsächlich vermählt gesagt, denn er hatte halb um halb gewußt, daß sie es als Anzüglichkeit auffassen und ihn schräg ansehen würde, und er sie spitzbübisch angrinsen konnte.

So war das gewesen, mit einer Beschreibung von Nässe und Kälte in einer warmen, stillen Kneipe kurz vor der Polizeistunde hatte es angefangen. Nachher waren sie in einen Tanzschuppen gegangen, den Smitie gut kannte, weil sein Schwager dort Geschäftsführer war. Fiete hatte den Rest der Nacht mit ihr getanzt.

Er war sicher, daß es seinen Kumpanen nicht mißfallen hatte. Trotzdem fühlte er sich im Nachhinein schuldig und hätte gerne mit ihnen darüber geredet, bevor er selbst die letzten Schritte ins Schattenreich machen mußte. Aber das ging ja nun mal nicht. Damit mußte man leben.

Vierzehn Tage vergingen, bis er wieder hinaus mußte auf See. Er hätte den Rest seines Lebens dafür hergegeben, diese vierzehn Tage noch einmal zu durchleben. Es müßte so sein, daß man gegen die Zeit ankreuzen könnte, immer wieder und immer wieder, abfallen, wenn man die gewünschte Strecke durchfahren hatte, dann wenden und wieder ankreuzen, immer wieder und immer wieder, bis es einem langweilig wurde und man endgültig vom Wind abfiel und abdriftete ins Schattenreich. Stattdessen war man nichts anderes als ein Spielball. Es war ein solcher Jammer.

Er erzählte gerne von den vierzehn Tagen mit Linda, den schönsten seines Lebens, nie aber davon, was später kam, weil er daran einfach nicht denken mochte. Er verschwieg auch ihr Alter und deutete nur an, sie habe sich einen jungen Spund angelacht, als er ihr leid wurde, mit seinem schütterer werdenden Haar und dem Ansatz zum Spitzbauch.

Dabei hatte er sein Leben lang immer das gleiche gewogen, und selbst jetzt noch hatte er eine Mähne wie der stolzeste Löwe des Serengeti. Mein Gott, Serengeti, eine Safari hätte er schon gerne mitgemacht.

Achtzehn Lenze. Siebzehn, als er sie kennenlernte, achtzehn, als sie starb. Dazwischen die vierzehn Tage, die dreimonatige Trennung, danach sein Versprechen, sie nie wieder allein zu lassen, und sie hinter ihm her mit all ihren Koffern die Gangway hoch und das süffisante Lächeln des Zweiten und das dreifache Ertönen der Schiffssirene, weil der Steuermann sich so bannig über Hochzeiten freute.

Natürlich hatte sie sich gelangweilt auf See, wer tat das nicht, außer der Mannschaft und den Menschen, die stundenlang aufs Meer sehen konnten und in jeder Kabbelwelle Zeugnisse einer eigenen Welt fanden. Oder Menschen, denen es egal war, wo sie sich befanden, Hauptsache, sie hatten hundert Bücher dabei oder eine gefüllte Bar oder beides.

Es peinigte ihn, daß sie sich in den letzten Monaten, die strenggenommen auch ihre ersten waren, so sehr auseinanderlebten – oder nicht eigentlich auseinanderlebten. Sie schliefen immer noch miteinander, und ihre Liebesspiele waren besser als jemals zuvor und hundertmal besser als er sie seither und auch vorher je erlebt hatte. Aber körperliche Liebe reichte nicht, und vor- genau wie nachher hatten sich seine körperlichen Liebeserfahrungen überwiegend auf Prostituierte beschränkt. Jetzt beschränkten sie sich auf die rechte Hand.

Damals enterten sie noch Schiffe in der Celebessee und der Meerenge zwischen Mindanao und Borneo, vor allem während der indonesischen Wirren. Es hieß, daß Sukarno gestürzt, an seine Stelle ein nationaler Sicherheitsrat getreten und eine kommunistische Verschwörung enthüllt worden sei, und sie tuckerten durch die Celebessee und dünkten sich sicher.

Es war eine seltsame Bande gewesen, die das Schiff geentert hatte: einige Muslime aus Mindanao, ehemalige Kopfjäger von Halmahera, ein niederländischer Plantagenaufseher, der auf den Hund gekommen war, und zwei Chinesen, die nach Rotchina wollten, weil die Revolution ihnen entglitten war und sie dem sicheren Tod in die Augen sahen. Das erklärten sie Fiete, nachdem sie die gesamte Mannschaft niedergemetzelt und Linda so lange und unermüdlich vergewaltigt hatten, bis sie ermüdete und nach einem Blutsturz starb.

Am folgenden Tag wurden sie von einem indonesischen Patrouillenboot angegriffen und zusammenkartätscht, bis von den Piraten nur die beiden Chinesen übrigblieben, die sich die

Kehle durchschnitten. Nicht ohne sich allerdings vorher noch in aller Form dafür zu entschuldigen, was ihre Männer seiner Frau angetan hatten und ihm ihren Segen anzutragen für den Abend, an dem er sie unter Beachtung aller seemännischen Regeln auf See bestatten würde. Er bedankte sich für ihren Segen, bestattete und wurde für drei Monate in ein indonesisches Gefängnis gesteckt.

»Hat Ihnen Feddie also tatsächlich weisgemacht, ich hätte mit ihrem Tod was zu schaffen«, schnarrte er den Kommissar an, als er ihnen die Tür öffnete.

Der Kommissar blickte die schnurgerade Hauptstraße entlang auf die Ecke, an der sich Bäckerladen und Gasthof gegenüberstanden. Zwei Jugendliche in schwarzen Lederjakken saßen auf ihren Motorrädern und drehten im Drei-Sekunden-Takt das Gas auf und ab. Es waren kleine Geräte, und die Motoren heulten bösartig wie Bremsen an heißen Sommertagen.

Der Kommissar drehte den Kopf, und sein Gesicht wirkte traurig und müde. »Feddersen hat von Ihrer Pornosammlung erzählt. Ich würde sie mir gerne anschauen. Es ist so selten, daß man in der Lage ist, etwas Interessantes zu sehen, ohne Abscheu heucheln zu müssen.«

»Sie sind wohl ein ganz gerissener Hund.« Fiete grinste und zeigte die ihm verbliebenen drei Zähne im Oberkiefer. Unten war alles wie kahlgefressen. »Ich hasse meine dritten Zähne«, sagte er.

»Woher wissen Sie eigentlich, wer ich bin?« fragte der Kommissar, während er sich an Fiete vorbeidrängte und in die kleine Stube trat.

Bis zur Decke waren es nicht viel mehr als anderthalb Meter, und der Raum maß allerhöchstens fünfzehn Quadratmeter. Alles war in Holz gehalten, sogar an den Wänden saßen hellgebeizte Spanten. In jeder Ecke standen schweineschinkendicke Pfosten, die unmöglich alle vier tragend sein konnten. Von der Decke hing ein Modell der *Gorch Fock*, in einem

Schrank stand ein blankgeputzter Sextant aus Messing, in vier Köchern neben dem Sekretär steckten Kartenrollen dicht an dicht.

Der Kommissar ging hinüber und zog eine Rolle heraus. Es war eine Übersichtskarte von Indonesien aus der Holländerzeit.

Rechts neben der großen Insel hatte jemand ein Kreuz ins Meer gezeichnet.

»Ihnen fehlt das Meer wohl sehr«, sagte der Kommissar.

»Sehe ich so aus?« entgegnete Fiete. Er trug einen Rollkragenpullover, eine marineblaue Hose mit rotweißen Streifen an der Hosennaht und eine Pudelmütze. Sein Haar war voll und ungewöhnlich lang für einen Mann seines Alters.

»Ich werde Ihnen mal was sagen«, fuhr er fort, »das Meer ist unser Feind, war immer unser Feind und wird es immer sein. Ich bin hinausgestochen, weil ich mußte, nicht weil ich wollte. Ich bin dabeigeblieben, weil es das war, was ich konnte. Ich hätte gern was anderes gekonnt, hätte gern studiert, wäre gern Professor oder Ingenieur geworden. Aber so war das nun mal nicht. Ich habe die Seefahrt gelernt, und nach einem langen Leben ist man am Ende noch stolz auf das, was man gelernt hat. Sie werden auch noch stolz sein auf Ihre Kenntnisse in der Menschenhatz, warten Sie mal ab.«

»Werden Sie bloß nicht frech«, griff Feddersen ein.

»Sehen Sie sich den an«, sagte Fiete. »Normalerweise heiße ich Fiete und werde geduzt, wenn er ins Haus geschlichen kommt und sich Hefte ausleiht, weil er es seit dem Tod seiner Mutter als Leichenschändung auffassen würde, sich von ihr tagträumend einen runterzuholen.«

Feddersen lief puterrot an und schluckte knackend.

»Das war nicht nett, Herr Brzc...«, meinte der Kommissar.

»Nennen Sie mich ruhig Fiete. Das fließt leichter von den Lippen. Ich wollte auch nicht nett sein.«

»Wo waren Sie in der Mordnacht?«

»In meinem Bett, wo ich hingehöre.«

»Sind Sie immer so angespannt?«

»Bin ich das?«

Der Kommissar nickte und nahm die Karte auf. »Was hat dieses Kreuz zu bedeuten? Den Verlust eines Ihnen nahestehenden Menschen?«

Fiete erbleichte. Dann machte er zwei lange Schritte auf den Kommissar zu und riß ihm die Karte aus der Hand. Er rollte sie zusammen. In seiner Stimme waren Tränen: »Damit haben Sie überhaupt nichts zu schaffen.«

»Indonesien ist schön«, sagte der Kommissar.

»Indonesien ist die Hölle. Lassen Sie sich von Touristenprospekten nichts einreden. Indonesien ist die Hölle.«

»Was wissen Sie von Elsbeth?«

»Wer? Elsbeth Neurath?«

Der Kommissar blickte Feddersen verdutzt an: »Die Witwe Neurath heißt Elsbeth?«

»Sagen Sie bloß, Sie erfahren hier alles als letzter«, unterbrach Fiete ihren Augenkontakt.

»Ich hielt es nicht für so wichtig«, meinte Feddersen.

»Nach dem, was sie uns vorhin gesagt hat«, flüsterte der Kommissar wütend.

»Man darf ihre Worte nicht auf die Goldwaage legen«, verteidigte sich Feddersen.

»Deine Worte muß man nicht auf die Goldwaage legen. Die wiegen nämlich nichts«, sagte Fiete und zwinkerte dem Kommissar zu. »Du wirst Ärger kriegen«, raunte er Feddersen aus dem Mundwinkel zu.

Der Kommissar drehte sich zu ihm um: »Ist das die einzige Elsbeth, von der Sie je gehört haben?«

»Sehr geehrter Herr Fleischer, ich wohne zwar erst fünf Jahre in diesem Loch, aber um die Geschichte aufzuschnappen, braucht man sich hier keine fünf Minuten aufzuhalten. Die wird an jeder Straßenecke feilgeboten.«

»Woher kennen Sie meinen Namen?« fragte der Kommissar.

»Ich bin Elsbeth vorhin über den Weg gelaufen. Sie war einkaufen, fürs Abendessen. Sie können sich freuen, Herr Fleischer, es gibt Kassler mit Bratkartoffeln, Grünkohl und kaltem Braten. Genug Fleisch für eine ganze Kompanie.«

Der Kommissar stöhnte. »Kann ich jetzt Ihre Sammlung sehen?«

Sie stand oben in der Mansarde und füllte alle vier Wände aus. Es war eine regelrechte Bibliothek. Die Magazine waren nach Herkunftsländern, Erscheinungsjahr und Anfangsbuchstaben geordnet. Sie saßen in Leitz-Ordnern und waren in Plastikhüllen gesteckt. Die meisten sahen ungelesen aus, wie neu, und das erste Magazin, das der Kommissar aus der Hülle zog, eine Playboy-Kopie aus Thailand, war noch immer in die Originalverpackung eingeschweißt.

»Gibt es außer Ihnen noch Sammler?« fragte er neugierig.

»Massenhaft. Weltweit.«

»Dann könnten Sie die Sammlung also zu Geld machen.«

»Hier stehen hundert Riesen. Natürlich würde ich sie nie verkaufen.«

»Das versteht sich von selbst.«

»Woran denken Sie?« fragte Fiete mit zusammengezogenen Augenbrauen. Dann hellte sich sein Gesicht auf. »An die Anwaltskosten?«

»So weit sind wir noch nicht. Zur Not wird Ihnen ja auch einer gestellt.«

»Kann ich mir vorstellen. Direkt von der Uni. Ich hatte mal einen Lotsen auf der Einfahrt nach Yokohama, der war noch ganz grün hinter den Ohren. Kurz nach dem Krieg war das, und überall lagen Wrackteile herum. Er hat hyperventiliert, wollte sich aber nichts anmerken lassen, weil man das in seiner Kultur nicht darf. Er hätte uns fast auf Grund gesetzt. Ich kann Ihnen sagen, der hat sich was geschämt. In die Hose gemacht hat er auch. Ich habe das natürlich nicht direkt gesehen, aber sowas riecht man ja. Ich glaube allerdings, in die Hose machen war gar nicht so schlimm, das wärmt ja schließlich auch ein bißchen. Die Scham war schlimm. Ich bin sicher, mein Pflichtanwalt würde sich auch schämen, wenn ein Justizmord an mir begangen würde, und er wüßte, er hätte es verbockt.«

»So weit sind wir noch nicht«, wiederholte der Kommissar. »Ich habe nichts gegen Sie in der Hand. Wer sind die beiden jungen Burschen dort unten an der Ecke?«

»Jürgen und Broder? Arme Säcke sind das. Zu dumm, um wegzuziehen, und zu schlau, um sich damit abzufinden, hier bleiben zu müssen. Jürgen hat offiziell eine Lehrstelle in einer Kfz-Werkstatt, aber ich habe ihn dort noch nie einen Wagen reparieren sehen. Broder ist letzten Monat schon das dritte Mal aus einer Stelle geflogen und wird hundertprozentig keine vierte Chance mehr kriegen.«

»Und wieso können sie sich die Motorräder leisten?«

Fiete zuckte die Achseln. »Ein bißchen Geld von zu Hause, ein bißchen Sozialhilfe, ein bißchen von den Mädels, mit denen sie gehen, ein bißchen Schwarzarbeit. Die beiden können was, so ist es ja nicht. Jürgen hat wahrscheinlich mehr Ahnung von Autos als sein Chef, und Broder kann Ihnen was hinzimmern, das paßt fugenlos aneinander. Er hat mir unten die Stube hergerichtet.«

»Auch schwarz«, stellte der Kommissar fest.

Fiete sah ihn überrascht an. »Was haben Sie denn gedacht?«

»Waren die beiden mit auf der Geburtstagsfete?«

Fiete schüttelte den Kopf. »Die war nur für Gymnasiasten.«

»Gibt es hier diese scharfe Trennung?«

Erneut zuckte Fiete die Achseln.

»Waren die beiden denn gar nicht hinter Bodil her?« fragte der Kommissar.

»Alle waren hinter Bodil her, auf die eine oder andere Art«, erwiderte Fiete. »Nur Feddersen hier hat es mehr auf die Mutter abgesehen. Du brauchst nicht rot werden, Feddie, ich wette, der Kommissar weiß das schon. Ihr wart schließlich gemeinsam unten bei Stinna. Man braucht keine fünf Minuten mit dir und ihr in einem Raum sein, um mitzukriegen, daß du sie liebst und ihr schnurzegal bist.«

Es sah aus, als würde sich ein blutroter Sonnenuntergang in Feddersens Gesicht spiegeln.

»Sie sind kein netter Mensch, Fiete«, sagte der Kommissar.

»Was wissen Sie denn? Das ist schließlich nicht Ihr Dorf.«

»Ihres doch auch nicht. Wie standen Sie zu Bodil Drexler?«

»Sehe ich so aus, als könnten mir achtzehnjährige Mädchen den Schlaf rauben?«

»Unten in der Stube habe ich ein Foto von einem blutjungen Mädchen gesehen. Wunderschön. Ihre Tochter oder Ihre Frau?«

»Sie haben gute Augen, Herr Fleischer.«

»Und Sie wollen sich nicht dazu äußern?«

»Nur, wenn ich muß.«

»Es ist ein Mordfall.«

»Was macht Sie so sicher, daß das andere keiner war?«

»Nichts. Aber Sie klären mich ja auch nicht auf.«

»Haben Sie sich schon mal bei Arne umgetan?«

Der Kommissar schüttelte den Kopf und sah Feddersen an. Der raffte sich auf: »Nissen«, sagte er. »Der Vater der kleinen Karin. Wissen Sie noch? Sie war bei Stinna dabei.«

Der Kommissar nickte. »Was ist mit ihm?« fragte er Fiete.

In dem Moment schwoll das Geräusch der Motorräder an. Man hörte wiehernde Rufe wie das Kampfgeschrei von Indianern auf dem Kriegspfad.

Feddersen rannte zum Fenster und schaute hinaus. Dann drehte er den Kopf und sah den Kommissar triumphierend an.

Reza Mohtashami

Für einen Schiiten, der kaum Türkisch sprach und nicht an Gott glaubte, war Konya ein heißes Pflaster. Aber er hatte kein Geld mehr. Für ein Visum nach Deutschland brauchte er unbedingt welches.

Wenn ihm in seiner Studienzeit jemand erzählt hätte, er würde noch Schafe und Ziegen verarzten, hätte er der Veterinärmedizin sicher mehr Aufmerksamkeit gewidmet. Aber er wollte Menschenleben retten und sich nach Kräften um ein angenehmes Leben bemühen.

Auf der anatolischen Hochebene hatte man als Iraner dahingehend nur geringe Chancen. Am leben zu bleiben war schon das Höchste der Gefühle. Man mußte für jeden Teller ranzigen Kefirs, den einem die Bauern für eine geglückte Behandlung ihrer Tiere vorsetzten, dankbar sein. Sie zahlten nur bei Erfolg. Sie mochten keine Iraner.

Er wäre sicher jetzt noch in Anatolien, wenn die Kurden nicht das Hotel in die Luft gesprengt hätten. Zweimal hatten sie ihm das Leben gerettet: das eine Mal bei der Überquerung der iranisch-türkischen Grenze, das andere in Konya, als die achtjährige Tochter des Weizengroßhändlers mit einer Schädelfraktur auf einem Tisch im gegenüberliegenden Teehaus lag.

Überall Trümmer und wimmernde Menschen und Soldaten, die mit halbautomatischen Waffen in der Gegend herumfuchtelten. Sirenen von Krankenwagen und die tuckernden Motoren der Mannschaftsfahrzeuge.

Der Vater hatte ein Vermögen ausgelobt, wenn jemand seine Tochter rettete. Reza hätte sie auch so verarztet. Aber es war ein Leben gegen ein anderes, und selbst ein Arzt mußte in einigen Situationen schachern können.

Danach hatte er acht Stunden lang um ihr Leben gerungen. Er war noch immer stolz auf diese Operation. Man mußte sich das einmal vorstellen: man stand am OP-Tisch und bat um Tupfer, Schere oder Klammer und wußte nicht, wie diese Geräte auf türkisch hießen. Abgesehen davon, daß überhaupt keine vorrätig waren und die Schwestern ihm nicht über den Weg trauten, weil er Schiite war.

Immerhin gab es einen Anästhesisten; aber dessen Künste erschöpften sich darin, mitten in einer Respirationskrise den Gebetsteppich auszubreiten und sich gen Mekka zu verneigen.

Er hatte sich sein Visum redlich verdient, und als er vor dem Paßbeamten des Hamburger Flughafens stand, herrschte in ihm kein Zweifel, das Asyl würde ihm anstandslos gewährt. Aber deutsche Innenministerien teilten die Dankbarkeit eines anatolischen Getreidegroßhändlers einfach nicht.

Anfangs hatte er Stinna als Faustpfand gesehen. Wenn man um sein Leben kämpfte, verliebte man sich nicht mir nichts, dir nichts, zumal dann nicht, wenn man zu Hause Frau und Kind hatte. Man gab vor, sich verliebt zu haben und betete inständig, daß einem nie jemand des Tatbestandes der Bigamie überführen würde. Vor allem, da dies in iranischen Augen eher eine läßliche Sünde war.

Aus sexuellen Gründen hatte er sie natürlich auch umgarnt, und er hatte sich in der Bewunderung seiner Mitbewohner gesonnt. Es war ihm allerdings nie klar geworden, weshalb sie derart bereitwillig auf seine Werbung eingegangen war.

Denn die eigentliche Annäherung war von ihr ausgegangen. Er wußte, daß er attraktiv war; aber das war Stinna auch, und meistens reichte das nicht.

»Hast du dich sofort in mich verliebt?« fragte er sie später, als sie in der Kiefernlichtung lagen, unweit der Stelle, an der ihre Tochter dann ums Leben kam.

»Du glaubst nicht an Liebe auf den ersten Blick?« fragte sie zurück.

Er wiegte den Kopf. »Alles hat einen Grund.«

»Du bist meiner«, sagte sie und küßte ihn.

Zu dem Zeitpunkt war sie schon längst kein Faustpfand mehr, sondern seine große Liebe, und es bedrückte ihn, daß sie gleichzeitig seine einzige Hoffnung war, in Deutschland bleiben zu können. Man durfte Menschen nicht als Mittel einsetzen. Das rächte sich früher oder später.

Jeden Tag warteten die beiden auf ihn und drehten an den Gashebeln ihrer widerlichen, kleinen Maschinen. Sie setzten ihre Helme auf, wenn sie ihn die Hauptstraße hochgehen sahen. Kurz bevor er den Parkplatz vor dem Gasthof betrat, schwangen sie sich auf ihre wimmernden Geräte und umkurvten ihn. Das ging schon seit Monaten so.

Manchmal bewarfen sie den Gasthof nachts mit Steinen. Einmal waren sie sogar betrunken eingestiegen. Aber sie hatten dermaßen gelärmt, daß er längst durch die Hintertür verschwunden war, als sie seine Zimmertür aufstemmten. Nur gut, daß sie nichts Wertvolles hatten zertrümmen können, eigentlich nur das Eigentum ihres eigenen Staates. Er hatte ja nichts.

Sie fuhren im Kreis um ihn herum. Sie schrien in Fisteltönen und schwangen ihre Lassoseile. Bisher hatte er den Schlingen immer ausweichen können.

Aus den Augenwinkeln sah er Feddersen, Fiete und den Stadtpolizisten aus Fietes Haus treten. Das war ein Fehler. Man durfte seine Aufmerksamkeit nicht teilen, wenn man von lassoschwingenden Jünglingen belagert wurde. Im nächsten Augenblick lag er auf dem Asphalt, und das Seil zurrte sich fest um seine Brust. Er wurde herumgewirbelt wie ein Kreisel.

Feddersen rührte sich nicht von der Stelle. Er beobachtete den Kommissar mit einem verschmitzten Lächeln.

»Geschieht ihm ganz recht«, rief er gegen den Lärm der Maschinen.

Der Kommissar ging auf die beiden Jungen zu, die den Iraner umkreisten. Er schrie, aber sie beachteten ihn nicht. Es war unmöglich, in Blickkontakt mit ihnen zu treten. Sie hatten die Visiere heruntergelassen.

Fiete war einfach schlauer. Er wußte, daß die beiden nur auf den Kommissar achteten. Bevor Broder wußte, was geschehen war, lag er plötzlich selbst auf dem Asphalt. Die Maschine lag zwei Meter von ihm entfernt. Die Eisenstange hatte drei Speichen zerrissen und sich dann in die Kette gefräst. Fiete bewegte sich mit der zweiten Stange in der Hand auf Jürgen zu. Der ließ das Seil fahren und startete die Maschine durch.

»Schöne Helden seid ihr«, rief Fiete ihm nach.

Reza saß auf seinem Bett. Die Ellbogen brannten unter den dikken Verbänden, sein Rücken schmerzte, und der Kopf dröhnte. Er trank einen Schluck aus Fietes Flachmann.

»Die dürfen gar nichts trinken«, maulte Feddersen.

»Halten Sie endlich Ihren Ranzen«, sagte der Kommissar und betrachtete den weißen Fleck an der Wand, wo bis vor drei Monaten ein großformatiges Familienphoto gehangen hatte.

Dabei rümpfte er die Nase.

Der Gasthof hatte vom ersten Tag an nach verfaulenden Ratten gestunken. Reza und seine Mitbewohner hatten der Reihe nach alle Wände aufgedeichselt; aber sie fanden keine toten Tiere.

Der Gestank war dem Haus eigentümlich. Genau wie die Feuchtigkeit, die an den Wänden hinabrann und die Tapeten zu Boden blättern ließ.

»Der Arzt hat mir nicht gefallen«, meinte Reza.

»Er hat Sie versorgt«, sagte der Kommissar.

»Darum geht es nicht. Sie rauben einem die Würde. Alle hier tun das.«

»Stinna etwa auch?« fragte Feddersen.

»Ich verstehe, was Sie meinen«, sagte der Kommissar. Er nahm Reza den Flachmann aus der Hand, trank einen Schluck und reichte ihn Reza zurück, ohne Feddersen davon anzubieten.

Reza lächelte dankbar.

»Wäre es Ihnen lieber, er ist nicht dabei?« fragte der Kommissar mit einem seitlichen Nicken zu Feddersen.

»Nein, Aber wenn ich ihn sehe, bin ich dankbar, daß deutsche Polizisten nicht die gleiche Machtfülle haben wie die iranischen Sicherheitsorgane.«

»Ich auch«, sagte der Kommissar.

»Gesteh' endlich«, sagte Feddersen.

»Ich habe nicht gehört, daß er Ihnen das Du angeboten hätte.«

»Sie sind also nicht gekommen, um mich zu verhaften?« fragte Reza.

»Sie sprechen gut Deutsch. Wo haben Sie es gelernt?«

»Ich habe in Köln studiert. Medizin. Rein fachlich war der Arzt gar nicht schlecht.«

»Warum sind Sie in den Iran zurückgegangen?«

»Weil wir Deutschen ihm zu anständig sind«, sagte Feddersen.

Der Kommissar drehte sich zu ihm um. »Es ist wohl besser, Sie suchen die beiden Jugendlichen auf und laden sie vor.«

Feddersen verharrte in seiner Stellung an der Wand.

»Das ist ein dienstlicher Befehl.«

Feddersens Körper straffte sich unwillkürlich. Dann sackte er wieder zusammen.

»Ich werde Klage einlegen«, sagte er.

»So lange Sie verschwinden. Sie können übrigens auch gleich eine Anzeige verfassen.«

Feddersen sah starr geradeaus, als er auf die Tür zuging und sie mit einem Ruck aufriß. Sie zitterte noch eine Weile im Schloß, und man hörte seine Füße wütend auf dem Flurboden aufschlagen.

»Das haben Sie absichtlich gemacht«, sagte Reza.

»Was?«

»Ihn und mich miteinander konfrontiert. Sie dachten, die Spannungen zwischen uns würden sich entladen und Ihnen Aufschluß über Vorgänge im Dorf geben.«

»Sie sprechen tatsächlich sehr gut Deutsch.«

»Ich bemühe mich.«

»Das tun Sie wohl. Warum sind Sie nun in den Iran zurückgegangen?«

»Mein Visum lief automatisch mit der Beendigung des Studiums ab. Damals glaubte ich auch noch, ich könne im Iran etwas bewegen. Damals herrschte noch Krieg. Außerdem ist es mein Land.«

»Und warum sind Sie wieder zurück?«

»Es ist eine Diktatur. Man ist dort sehr viel Willkür unterworfen. Ich wurde nicht gefragt. Ich mußte fliehen, um mein Leben zu retten.«

»Es gibt im Iran ein Parlament«, sagte der Kommissar.

»Sie kennen sich aus.«

»Das tue ich nicht. Aber Sie könnten mich ja aufklären.«

Reza zündete sich eine Zigarette an. Der Kommissar schüttelte den Kopf, als Reza ihm eine anbot. »Es ist sehr kompliziert. Nicht jeder hat ausreichend Einfluß, wenn die Dinge ihren Lauf nehmen.«

»Sind Sie über die Türkei eingereist?«

»Ihre Computer arbeiten gut. Besser als Ihre Polizisten. Ich war ein halbes Jahr in der Türkei. Ich hatte Glück.«

»Wann ist das Bild dort abgehängt worden?«

Reza grinste. »Wieso denken Sie, es hat etwas mit mir zu tun?«

»Eigentlich müßte ich Ihnen jetzt sagen, daß ich hier die Fragen stelle.«

»Das tun Sie ja gerade.«

»Aber auf eine raffinierte Art und Weise.«

Sie lächelten sich an. Dann drehte die Flasche noch eine Runde, und Reza bettete sie in seinem Schoß. Er stöhnte.

»Tut es weh?«

»Die körperlichen Schmerzen sind nicht das schlimmste.«

»Das kann ich mir denken.«

»Tatsächlich?« Reza hob eine Augenbraue.

»Das Bild«, sagte der Kommissar.

»Ich habe es in der Nacht abgehängt, in der ich zum ersten Mal mit Stinna schlief«, sagte Reza mit einem verletzten Unterton in der Stimme.

»Sie benutzen Stinna.«

»Anfangs schon. Mein Asylgesuch liegt schon seit einem Jahr bei den Behörden. Ich weiß nicht, ob ich ausgewiesen werde oder hier bleiben kann. Sie können sich nicht ausmalen, was in einem vorgeht. Außerdem waren wir nur Männer, uns blieb nichts, als aus dem Fenster zu starren und die Frauen zu betrachten. Ich hatte seit anderthalb Jahren mit keiner Frau geschlafen. Und im Iran sieht man Frauen nicht so, nicht so fraulich.«

»Ja. Ich habe auch seit anderthalb Jahren mit keiner Frau mehr geschlafen.«

Wieder lächelten sie sich an, der Flachmann kreiste, Reza stöhnte und zündete sich eine weitere Zigarette an.

»Sie hat mich angesprochen«, sagte er nach einer Weile. »Ich habe vorher natürlich gelächelt, aber ich hätte nie gewagt, mich ihr zu nähern. Sie hat mich gefragt, wie es uns denn so ginge, und danach haben wir über das Dorf gesprochen. Anschließend habe ich sie gefragt, ob wir bei Gelegenheit nicht spazieren gehen könnten. Damit sie mir die Gegend zeigt. Wir haben viel geredet. Ich habe ihr vom Iran erzählt, und sie mir vom Dorf und ihrem Leben hier. Sie ist geschieden. Ihr Mann war Alkoholiker.«

Der Kommissar nickte.

»Ich habe ihr von den Sufis erzählt, eine islamische Sekte, die die Freude an Gott und dem Leben predigt. Davon, daß die iranische und die europäische Kultur die gleiche Quelle haben. Wußten Sie, daß die Arier ursprünglich Sanskrit sprachen und aus der zentralasiatischen Hochebene stammten, genau wie die Sufis?«

»Die Sufis sprechen Sanskrit?«

»Das hat Stinna auch gefragt. Natürlich habe ich vereinfacht. Aber es ist ein wahrer Kern dran.«

»Und dann haben Sie ihr den Tanz der Derwische vorgefürt.«

Reza grinste. »In Konya tanzen die Derwische vor den Moscheen. Woher wissen Sie das?«

»Ich frage einfach ins Blaue hinein.«

»Es tut mir leid um Bodil. Sie war ein großartiges Mädchen. Es gibt nicht viele wie sie. Außer ihr und Fiete ist uns hier niemand freundlich begegnet. Stinna hat sogar ihre beste Freundin verloren, weil sie mit mir eine Beziehung anfing.«

»Ihre beste Freundin?«

»Heidrun Nissen. Die Frau des Steuerberaters. Er hat ihr verboten, mit Stinna zu verkehren. Er ist ein harter Mensch. Na ja, wenigstens ist er bei der freiwilligen Feuerwehr«

»Wie stehen Sie zu ihr? Zu Stinna, meine ich«, sagte der Kommissar.

»Ich liebe sie.«

»Aber Sie trösten sie nicht.«

»Ich würde mein Leben hergeben für sie. Aber ihre Mutter, verstehen Sie?«

»Ich habe mich ein wenig mit Else unterhalten. Sie hätte es begrüßt, wenn die Perser von Alexander dem Großen ausgerottet worden wären.«

»Ich glaube nicht, daß sie von dem allzuviel weiß.«

»Und das Bild?«

»Es ist von meiner Frau und den beiden Mädchen. Fragen Sie bitte nicht.«

»Wie alt sind die beiden?«

»Die älteste ist achtzehn«, sagte Reza und faßte sich an die Seite.

»Ach so.«

»Sie war noch ein Kind, als ich nach Deutschland zum Studieren ging. Aber das meinten Sie ja jetzt gar nicht.«

»Nein«, sagte der Kommissar. »Das tat ich wohl nicht.«

Feddersen stand mit einem Mann Anfang vierzig vor dem Gasthof. Der Kommissar ging auf die beiden zu.

»Ist er's oder ist er's nicht?« fragte Feddersen.

Der Mann neben ihm lächelte. Er sah seiner Tochter ähnlich: das gleiche hagere Gesicht, die graublauen Augen, die blonden Augenbrauen, die hervortretenden Wangenknochen, das dünne, mittelblonde Haar. Sie war allerdings nur halb so groß wie er.

»Arne Nissen«, sagte er und reichte dem Kommissar die Hand.

»Fleischer«, sagte der Kommissar. »Haben Sie die beiden schon vernommen?« wandte er sich an Feddersen.

»Er hat mich angerufen«, sagte Arne Nissen. »Wir dachten, es sei vielleicht angebracht, daß sie vorher über ihre Rechte aufgeklärt würden. Es war schließlich nur ein Dummer-Jungen-Streich.«

»Ich dachte, Sie seien Steuerberater.«

Arne Nissen lächelte wieder. »Im Strafrecht kenne ich mich auch ein wenig aus. Steuerfragen ufern öfter in diesen Bereich aus, wenn Sie wissen, was ich meine.«

»Ich hätte mich gerne mit Ihnen unterhalten.«

»Sie können doch zu mir nach Hause vorgehen. Ich vermute, Sie möchten ohnehin mit meiner Frau sprechen. Stinna und sie waren sich schließlich nicht gerade fremd, auch wenn sie sich aus verständlichen Gründen entfremdeten.«

Fleischer

Heidrun Nissen war eine einnehmende Frau.

Seiner Erfahrung nach waren Frauen leichter zu befragen als Männer. Es fiel ihnen leichter, den Gefühlen Ausdruck zu verleihen, die in einem solchen Fall da sein mußten. Nicht nur in einem solchen Fall, Frauen durchschauten das Beziehungsgeflecht in einer Gemeinschaft wie dem Dorf einfach besser als Männer. Wenn sie einem vertrauten und man sie unter vier Augen hatte, hielten sie auch nicht derart mit ihrem Wissen hinter dem Berg. Zumindest nicht mit ihrem ganzen Wissen, den größten Teil verschwiegen sie natürlich, und auch in einem Gespräch mit ihnen mußte man zwischen Lügen, Halbwahrheiten und verschwiegenen Einsichten lavieren. Männer logen jedoch zwanghafter.

Am Ende sprachen sie gar nicht über das Dorf, sondern von seiner gescheiterten Ehe.

Er erklärte, sie sei nicht an seiner Arbeit gescheitert, den vielen Überstunden, den schrägen Zeiten, sondern einfach daran, woran Ehen eben scheiterten: Zwei Menschen begegneten sich in einem bestimmten Zeitabschnitt, und es gebe Gemeinsamkeiten oder Widerstände oder auch einfach nur Gewohnheiten. Liebe vielleicht auch. Zwischen ihnen sei ganz sicher Liebe gewesen.

Aber mit der Zeit trieben sie auseinander, zumindest einige taten es, die meisten wahrscheinlich, nur daß viele nicht in der Lage waren, dem in die Augen zu sehen.

Sie nickte und goß ihm einen Kaffee nach. Dann lächelte sie

eines ihrer seltenen Lächeln: »Es war also gänzlich schmerzlos, nur ein Treiben?«

Er schüttelte den Kopf und lächelte zurück; da hatte sich ihr Gesicht längst schon wieder verschlossen.

Es habe massenhaft Schmerzen gegeben, zumal wegen des Jungen, den er jetzt nur selten sehe, und aufgrund der Eifersucht seiner Frau. Seiner geschiedenen Frau. Es habe zuviel Streit gegeben, zuviel lange unterdrückte Passionen und Leiden, die plötzlich an die Oberfläche drangen wie eine Urgewalt.

Dann wiederum zu viele Hemmungen, des Jungen wegen oder der eigenen Verletzlichkeit, und dadurch wurde neues Gift angesammelt, das durch neue Verkrustungen brach und die letzten Spuren des Vertrauens verätzte.

Sie war die ganze Zeit über der eifersüchtige Part gewesen; aber sie war es auch, die ihn wegen eines anderen verlassen hatte. Obendrein bekam sie den Jungen zugesprochen, ohne wenn und aber. Sie entschied sogar darüber, wie oft er ihn sehen durfte. Darin war sie sehr zurückhaltend, um es milde auszudrücken. Natürlich kam der Junge ihn heimlich besuchen; aber auf diese Art der gemeinsamen Heimlichkeiten hätte er gerne verzichtet, wenn er ihn offen hätte sehen können.

»Die Eifersucht Ihrer Frau war also völlig unbegründet?« fragte sie. Dabei stand sie auf, ging ins Wohnzimmer, werkelte dort eine Weile herum und kam mit einer Flasche Cognac und zwei Gläsern zurück. »Heute abend werden wir ja wohl dürfen.«

Er nickte, dankbar, daß sie überhaupt nicht nach ihrem Mann fragte, nicht die Spur besorgt schien und nie auf die Uhr blickte, sondern ihm lauschte und ab und zu mit impertinenten Fragen dafür sorgte, daß er nicht allzu selbstgerecht wurde.

Ja, es hatte Seitensprünge gegeben. Wesentlich weniger, als seine Frau vermutet hatte. Drei in fünfzehn Jahren, und zwei Ausrutscher im Anschluß an Bürofeste. Die eine dieser Affären war ihm ernst gewesen und hatte sich über mehr als ein Jahr hingezogen, bis seine Geliebte ihn vor die Wahl gestellt und letztendlich einen Schlußstrich gezogen hatte.

Die beiden anderen waren kürzer gewesen, weniger als zehn Mal hatte er die Frauen gesehen.

»Haben Sie die Frauen nur angeschaut?« fragte sie mit einem schalkhaften Blinzeln.

Er spürte, wie er rot anlief und dann grinste. Er bemühte sich, den Triumph aus diesem Grinsen zu wischen und allein die Freude darüber auszudrücken, daß sie ihn am Schlawittchen hatte.

»Fünfmal untreu in fünfzehn Jahren kommt mir ganz schön viel vor«, sagte sie.

Von der Diele her hörten sie ein dünnes Jaulen, dann rumpelte etwas, wie ein kleines Bündel, die Treppe herunter, und das Gequieke wurde lauter. Sie gingen in die Diele.

Auf dem Fußboden lag ein Welpe, die Schnauze in den Kunstfasern der Fußmatte vergraben, tiefe Faltenkränze um die Augen, die flehend zu ihnen aufsahen, die Stummelbeine zu allen vier Seiten rudernd und ein wild in der Gegend peitschender Schwanz. Er winselte, und als Frau Nissen ihn aufhob, peitschte der Schwanz noch heftiger.

Der Welpe fuhr ihr mit der nassen Zunge über das Gesicht.

»Welche Sorte Hund ist das?« fragte der Kommissar.

Sie lächelte fröhlich und barg den Hund in ihren Armen.

»Eine reinrassige Promenadenmischung«, sagte sie, während sie dem Welpen über die zerfurchte Stirn strich und ihm den Bauch kraulte, so daß er vor Behagen aufstöhnte. »Ich werde ihn jetzt lieber hochtragen. Wenn Sie mitkommen wollen, müssen Sie ganz leise sein. Meine Tochter ist ganz vernarrt in diese Welpen. Mein Mann hat sie ihr geschenkt. Dabei mag er Tiere gar nicht besonders.«

Insgesamt waren es fünf Welpen. Die vier Geschwister lagen selig schlummernd auf ihren Rücken. Einer schnarchte.

Frau Nissen legte den fünften dazu.

Karins Bett war unbenutzt. Der Kommissar warf einen routinemäßigen Blick auf das Zimmer. Eine typische Pubertätsklause. Ihn wunderte nur, daß keine Pferdebilder an der Wand hingen.

»Wo sie wohl bleibt«, sagte Frau Nissen, als sie die Treppe wieder hinabgingen.

»Hat sie eine feste Zeit?«

»Natürlich. Wie spät haben wir es denn? Schon acht? Vielleicht ist sie bei Kati. Die letzten Tage waren zuviel für sie.«

»Das waren sie für alle Beteiligten. Ich habe Ihre Tochter übrigens bei Frau Drexler getroffen. Sie waren aber nicht dort. Ich bin sicher, daß ich Sie nicht übersehen habe. Die restlichen Anwesenden waren alle über siebzig.«

Den letzten Scherz hatte er nur gemacht, weil er sich befangen fühlte und wußte, daß es ihr genauso ging.

Die Vertrautheit der letzten anderthalb Stunde war durch die Zwischenkunft des Hundes wie weggewischt – natürlich nicht gänzlich, aber es hatte sich eine spürbare Abkühlung eingestellt. Ihre Blicke begegneten sich nicht mehr so oft, und das Gesicht von Frau Nissen war wieder verschattet und unfroh.

»Manni ist noch nicht fünfzig«, sagte sie, und er lächelte, sie hingegen überhaupt nicht.

»Den habe ich ganz vergessen.«

»Das sollten Sie nicht. Manni ist etwas besonderes in unserem Dorf. Er ist unser Wahrzeichen.«

»Wahrzeichen halten normalerweise länger als ein Menschenleben.«

Sie sah ihn an, ein, zwei Sekunden, bis alles in ihm in Aufruhr war und er es einfach nicht mehr aushielt und ihrem Blick ausweichen mußte.

»Da mögen Sie recht haben«, sagte sie.

»Sie haben sich mit Stinna zerstritten.«

»Hat Ihnen das die Neurath gesteckt oder ist es einfach nur ein Schuß ins Blaue?«

»Ein Schuß ins Blaue. Aber Sie kennen Stinna doch von Kindesbeinen an.«

»Wieder ein Schuß ins Blaue?«

Er nickte. »Das gehört zu meinem Beruf. Nicht alles, was wir heute besprochen haben, gehört zu meinem Beruf, aber diese

Vermutungen und Unterstellungen tun es. Ich übe ihn nicht immer gerne aus.«

»Wir haben uns nicht zerstritten, zumindest nicht direkt. Mein Mann hat mir geraten, nicht mehr in dem Ausmaße mit ihr zu verkehren, und da mein Mann ein untrügliches gesellschaftliches Gespür hat, habe ich dem Folge geleistet. Haben Sie etwas dagegen?«

Er sah an ihr vorbei zum Fenster. Die Scheiben waren beschlagen, und er sah den vollen Mond gar nicht, höchstens als ein milchiges Glühen auf dem Glas, das aber auch von einer Laterne herrühren konnte. »Es mißfällt mir. Haben Sie je daran gedacht, daß Stinna Ihre Stütze gerade in den letzten Monaten nötig gehabt hätte?«

Er hörte sie scharf einatmen, als würde sie gleich anfangen zu weinen; aber er wußte, sie würde nicht weinen, das wußte er.

»Natürlich«, sagte sie. »Sie haben leicht reden, Sie kennen die Wahlen ja nicht, vor denen andere Menschen stehen.«

»Arbeiten Sie?«

Sie schüttelte den Kopf. »Falls Sie das Hausfrauendasein nicht als Arbeit auffassen. Ich war an der PH in Flensburg, habe meinen Beruf aber nur zwei Jahre ausgeübt, bis mein Mann auftauchte, und kurz darauf Karin zur Welt kam.«

»Womit beschäftigt sich Ihr Gatte?«

Er drehte sein Gesicht vom Fenster weg und sah ihr unversehens in die Augen, die glänzten vor unterdrückter Feuchtigkeit. Ihre Gesichtsmuskeln entspannten sich, sie legte die Hände auf den Tisch und faltete sie um das Cognacglas. Er nahm sein Glas auf und leerte es. Dann goß er sich Kaffee nach.

»Er ist lauwarm«, sagte sie.

»Das macht nichts. Ich sollte sowieso keinen Kaffee trinken. Mein Magen.«

Sie lachte, mit regelmäßig wiederkehrenden Kieksern, die wie ein verunglückter Schluckauf klangen, minutenlang, bis ihr die Tränen aus den Augen schossen, und er nicht wußte, ob sie noch immer lachte oder schon weinte. Er holte sein Taschentuch hervor und reichte es ihr.

Nach einer Weile gab sie es ihm zurück. »Ich kann es auch waschen, wenn Sie darauf bestehen.«

»Quatsch«, sagte er. Dann sagte er nichts mehr, sondern wartete nur noch.

»Mein Mann«, sagte sie.

Er nickte.

»Er ist Buchprüfer und Steuerberater. Seine Kundschaft sind Privatpersonen aus dem Dorf und draußen vom Land und Landwirte. Meistens größere Landwirte. Mein Mann ist recht teuer.«

»Hat es Sie gar nicht gewundert, daß ich so unvermittelt bei Ihnen aufkreuzte?«

»Ich habe mich gefreut, Besuch zu empfangen. Mein Mann ist nicht besonders gesellig.«

»Er ist bei der freiwilligen Feuerwehr.«

»Das betrachtet er als seine Pflicht. Bei den Kameradschaftsabenden und den Bällen ist er nie dabei. Er langweilt sich in der Gesellschaft des gemeinen Plebs. Weshalb haben Sie mich denn sprechen wollen? Sie schienen mir nicht den Eindruck zu machen, als wollten Sie mit meinem Mann sprechen.«

»Das wollte ich auch nicht. Zumindest nicht in erster Linie. Sehen Sie, uns wurde …«

Die Tür ging auf. Arne Nissen stand in der Türöffnung und begutachtete die beiden Sitzenden. Er nahm die Flasche vom Küchentisch und trug sie ins Wohnzimmer. Ohne Flasche kehrte er wieder zurück. Er ging zum Kühlschrank und zog einen Milchkarton heraus. Er nahm ein Glas aus dem Schrank und füllte es. »Was kann so wichtig sein an einem Gespräch mit meiner Frau, daß Sie diesen Trottel von Feddersen an Ihrer Statt wichtige Untersuchungen vornehmen lassen?«

Der Kommissar reckte sich und stand auf. »Strenggenommen fällt der Überfall nicht in meinen Zuständigkeitsbereich. Außerdem bin ich sicher, daß Herr Feddersen die richtigen Fragen stellen kann, und wenn mir etwas spanisch vorkommt, kann ich immer noch nachhaken. Die beiden laufen mir ja nicht weg.«

»Ich wünschte, sie täten es«, sagte Arne Nissen.

»Ich weiß«, erwiderte der Kommissar. »Sie entschuldigen mich jetzt. Ich habe noch einen Bericht zu schreiben. Danke für den Kaffee und das aufschlußreiche Gespräch, Frau Nissen. Wir werden uns bestimmt noch sprechen. Nein, ich finde schon selbst hinaus.«

Sie ließ es sich aber nicht nehmen, ihn an die Haustür zu begleiten. Als sie draußen in der frischen Luft standen und der volle Mond auf sie herabschimmerte, zog sie ihn zu sich heran und küßte ihn lange. Dann machte sie die Tür zu.

Ihm kam es vor, als schwebe er zurück zur Witwe Neurath. So glücklich wie auf jenen Metern hatte er sich das letzte Mal vor fünf Jahren gefühlt, als er die längere seiner Affären einleitete.

Er sah Karin nicht, die hinter einem Busch hockte und geräuschlos weinte.

Felix Timmsen

Einmal war er über Hamburg gefahren. Im Hochsommer war das gewesen, und er hatte eine knappe halbe Stunde lang Windstille gehabt und hatte neben dem Riesenrad geschwebt und den Leuten zugewunken und Fragen beantwortet. Er war sicher, er hatte in jener halben Stunde mehr für den Ballonesport getan als die ganzen hohlköpfigen Verbandsfunktionäre in ihrem gesamten Leben.

Dann war der Wind wieder aufgefrischt, und er war weitergefahren, hatte die Elbe parallel zur Kölbrandbrücke überquert und war jenseits von Harburg auf einem Feld gelandet. Die Polizei war schon da, eine knappe Hundertschaft, oder zumindest mehr als zwei Mann, und sie hatten alle gegrinst wie die Blöden und ihn danach mit aufs Revier genommen. Sie hatten ihn blasen lassen und über Nacht in eine Zelle gesteckt. Wahrscheinlich dachten sie, er wäre nicht mehr ganz bei Trost.

Der Verband hätte ihm beinahe die Lizenz entzogen, und er hatte einen Anpfiff nach dem anderen über sich ergehen lassen müssen. Er hätte einfach sagen können, ich laß' mir doch von Euch nicht annen Karren pissen; aber ohne Verband kein Heißluftballon, und ohne Heißluftballon für ihn kein lebenswertes Leben.

Er hatte schon öfter versucht, bei kaltem Wetter aufzusteigen, aber da fror man sich bloß den Arsch ab und die Winde, die es zu der Jahreszeit in den oberen Luftlagen gab, gingen auf keine Kuhhaut. Da müßte man sich mal die Jet-Streams vorstellen oder die Turbulenzen in der Stratosphäre. Vielleicht war die Stratosphäre nicht so schlimm, da gab es ja kaum noch Luft. Ersticken würde man da. Erst erfrieren und dann erstikken. Man könnte es sich unter Umständen aussuchen.

Wetterballone wurden immer ohne Gondel hochgeschickt, oder vielmehr mit einer Gondel aus lauter Technik. Er hatte davon gelesen, von den Ballonen, dem Polarlicht, der ewigen Nacht, und sich vorgestellt, wie es sein müßte, in diese wechselnden Lichtbögen hineinzusteigen.

Man erreichte sie natürlich nie, oder man erreichte sie in dem Moment, wo man ganz sicher am Ende sein würde, und schließlich waren es nur subatomare Teilchen. Wenn man mittenmang zwischen ihnen wäre, würde es einem wahrscheinlich nicht die Bohne ausmachen. Erst von der Erde aus waren sie richtig schön.

Kamikaze-Felix hätten sie ihn genannt, wenn er öffentlich zugegeben hätte, er wäre gern mit einem Wetterballon im antarktischen Winter ins Polarlicht hineingestiegen. Hätten sie ruhig sagen dürfen, falls er eine realistische Chance gehabt hätte. Er würde es jederzeit tun; aber das hing ja nicht nur von ihm ab. Wann, wo und in welchem Zustand man wohl herunterkommen würde? Tot wäre man, keine Frage, aber wie? Und spielte es überhaupt eine Rolle, in welchem Zustand ein Körper als Leiche zu Boden schwebte? Für die Eltern spielte es eine Rolle, für die spielte sowas ja immer eine Rolle.

Heirate doch endlich, hatte seine Mutter immer gesagt. Heirate doch die Ilse.

Er sollte heiraten, damit dem Hof ein Nachkomme beschert wurde und für Mutter etwas zum Knuddeln da war. Der Hof zuerst, für den Hof hätten seine Eltern alles hergegeben. Aber ihnen war nicht am Hergeben gelegen, sondern am Behalten und Weiterführen. Wozu hatten sie die ganzen Jahre geschuftet und den Hof nach langen Jahren endlich wieder zu einem Timmsen-Hof gemacht? Damit er das alles in heiße Luft umsetzen konnte?

Sein Vater hatte ihm unter der Hand stets Lektionen zu erteilen versucht, wenn sie ausmisteten und ausbesserten. Schau dir die Schweine an. Sind Schweinebäuche nicht schöner gerundet als Ballone? Und sie leben, mein Junge, sie leben.

Lebten Ballone etwa nicht? Ließ sich aus Schweinemägen etwa ein Stoff nähen, der der Balloneeide auch nur annähernd an Reißfestigkeit und Gewichtlosigkeit glich?

Dabei war er dazu erzogen worden, eine Familie zu haben und Kinder großzuziehen. »Warte nur, bis du eine Familie hast«, pflegte Mutter zu sagen. Aus ihrem Mund klang es wie ein Todesurteil. Als hätte er Krebs und erführe von ihr, er habe noch so und so lange zu leben. Ohne ein Lächeln, ohne eine zärtliche Geste.

Der Wind streichelte einen, wenn man an warmen Sommertagen aufstieg; an Wintertagen züchtigte er einen, und vielleicht stieg er deshalb im Winter nicht so gerne auf, weil er die Zärtlichkeit des Windes spüren wollte, nicht seine Unerbittlichkeit.

Wer hatte etwas von Frauen gesagt? Wer war das? Konnten sie denn nicht still sein? Was ging das überhaupt andere an, war er nicht etwa sein eigener Herr, konnte er nicht auf sich selbst aufpassen, mußten andere sich unbedingt einmischen und ihm das Leben versauern mit ihrer nervtötenden Fragerei?

»Sie darf gerne bei uns übernachten«, hatte Mutter stets gesagt.

Vater sah die beiden mit einer Steilfalte zwischen den buschigen Augenbrauen an.

Geschlagen hatte er sich nie. Das hing wohl auch damit zusammen, daß er so gerne in der Luft schwebte, weit entfernt von allen Menschen. Er war einfach nicht gern dicht an ihnen dran, er mochte den Geruch von Schweiß nicht, er haßte es, wie Haar roch, und Blut konnte er schon gar nicht sehen.

Mit Vater sah er seinen ersten Ballon.

Der Tag war hoch und sonnendurchwirkt. Sie pflügten das große Feld jenseits der Au, hin und her, hin und her, unter sengender Sonne. Felix lehnte gegen den Radkasten und zog seine Füße ständig ein, damit Vater besser an die Bremse herankam. Hin und her, hin und her.

Der Trecker röhrte, vibrierte und setzte sich in Abständen fast fest, zog dann wieder an, wurde von seinem Vater abgebremst und nahm ein geregeltes Tempo auf, nicht viel schneller als man gehen konnte. Hin und her. Es war ein großes Feld, fast rechteckig, und es dauerte einen knappen Tag, es zu pflügen.

Die Beine schliefen ein, aber er bemerkte das Kribbeln in ihnen kaum, denn ihm wurden die Augenlider immer schwerer, und die Sonne neigte sich immer tiefer zur Erde hin, und der Trecker röhrte.

Dann stieß ihn Vater plötzlich an und zeigte aufwärts. Er hob seinen Kopf, und dort hing der Ballon, oder vielmehr fuhr er, aber da sie in der gleichen Richtung pflügten wie der Ballon fuhr, stand er unbeweglich über ihnen.

Felix wußte nicht, ob er lachen oder weinen sollte. Er wußte auch nicht, ob er dies tatsächlich sah oder lediglich träumte. Dann öffnete sich einer der Säcke an der Gondel, und feiner, goldgelber Sand regnete auf sie herab.

Der Ballon bewegte sich nach oben. Da sie gleichzeitig kehrt machten, um die letzte oder vorletzte Furche in die Erde zu scharren, sah es so aus, als würde der Ballon eine Schleife drehen, halb zur Seite und halb nach oben.

Wie die Turmspringer, wenn sie sich drehten und gleichzeitig zur Wasseroberfläche fielen, nur daß der Ballon sich in den Himmel hineinschraubte und seine silberne Oberfläche der tiefstehenden Sonne aussetzte, so daß sie erglühte und der Ballon noch überirdischer schien, als er es schon vorher gewesen war.

Karin

Kati mochte sie lieber als Hilde. Hilde war älter, und sie war ein wenig beleibt, obgleich das den Unterschied wohl kaum ausmachen konnte. Sie war nicht so klug wie Kati; aber Kati war nicht wirklich klug, man konnte ihr lediglich was erzählen, und sie verstand das meiste.

Was hätte Karin ihr denn erzählen sollen? Mutter küßt einen fremden Mann. Vater küßt sie nie, aber einen fremden Mann. Ist Mutter eine Hure?

Eine Hure, würde Kati sagen und losprusten. Dann hätte auch Karin kichern müssen, und der ganze Ernst wäre flötengegangen.

Gerade den hätte sie doch so gern gewahrt. Es machte keinen Spaß ohne Ernst.

Hilde war zweimal sitzengeblieben, die Ärmste. Eigentlich war Karin davon überzeugt, sie esse nur deshalb soviel, weil sie die beiden Ehrenrunden hatte drehen müssen. Sie waren eine Bestätigung dafür, daß sie dumm war. Dick und dumm gehörte zusammen, und außerdem war es eine höllische Befriedigung, sich den Speck anzufressen, obgleich es eigentlich nur die Hölle war, ohne jede Befriedigung.

Ihre Eltern hatten einen kleinen Hof mitten auf dem Land, fast zehn Kilometer außerhalb des Dorfes, und Hilde hatte Bärenkräfte, weil sie die Strecke jeden Tag radelte, oft sogar mehrere Male.

Wie sie sich soviel bewegen und trotzdem dermaßen beleibt sein konnte, war allen ein Rätsel. Sie aß natürlich wie ein Scheunendrescher, aber das taten alle Radfahrer, und trotzdem blieben sie gertenschlank. Hilde war ein Phänomen.

Sie hatten sich oft überlegt, ob man sie nicht an ein Forschungslabor verkaufen könnte, aber dann hatte ihnen der Bäcker leidgetan, der kaum noch Umsatz machen würde. Bestimmt weinte Hilde, wenn sie im Klo verschwand, und ganz sicher hätte man sofort hinter ihr herrennen müssen, nicht erst fünf Minuten später, nachdem man abgekichert hatte, sondern umgehend. Aber das tat man nicht, und dann hatte man wieder dieses Gefühl im Bauch, es ginge abwärts.

Wenn man dann zum Klo kam, saß sie auf der Klobrille, hatte eine Zigarette in der Hand und grinste einen spitzbübisch an. Und alles war eine große Lüge.

Die Eltern waren aus dem Osten gekommen, genau wie die Neuraths. Allerdings kamen die von noch weiter weg, da wo jetzt Rußland war. Die Neurath sprach oft davon, daß sie es schon wiederkriegen würde, man solle einfach abwarten und teetrinken.

Hildes Eltern hatten eine Parzelle zugewiesen bekommen, nicht viel mehr als ein taschentuchgroßes Stück Land, von den Engländern schon, und dann hatten sie geschuftet wie die Verrückten und sich immer mehr Land dazugekauft. Es war noch immer nicht viel, und man wunderte sich, daß sie davon überhaupt leben konnten.

Frau Schmattke, die Biologielehrerin, hatte gemeint, Hilde hätten sie erst so spät bekommen, weil die Frau Gudenow, also die Mutter von Hilde, jahrelang keine Regel gehabt habe wegen der vielen Arbeit und der schlechten Kost. Man müsse es Hilde nachsehen, daß sie nicht allzuviel Gehirnkapazität habe, das könne damit zusammenhängen.

Das war unverschämt von Frau Schmattke. Sie konnten sich darüber lustig machen, daß das einzige vollkommene Vakuum auf der ganzen Welt zwischen Hildes Ohren saß; aber daran hatte Frau Schmattke keinen Teil.

Sie flüsterten ihr schließlich auch nicht, daß ihre Ingrid sich für fünf Mark die Hose auszog und den Jungs ihre unbehaarte Muschi zeigte. Man hatte gewisse Ehrbegriffe, und daran sollte Frau Schmattke nicht rühren.

Hilde haßte den Hof. Ihre Eltern sahen es gerne, wenn sie ihn übernähme; oder vielmehr, wenn sie einen Mann fände, der sie und den Hof übernähme. Darauf arbeiteten sie hin. Deshalb empfanden sie es auch nicht als allzu schimpflich, daß Hilde die zwei Klassen hatte wiederholen müssen. Ins Gymnasium mußte sie natürlich, denn heutzutage blieben nur die Dummen außen vor. Und Hilde sollte bestimmt nicht mit einem Dummen ankommen.

Sie hätte gern eine Schneiderlehre gemacht, sagte sie, und dann sagte Karin, das könne sie ja immer noch machen, erst käme die mittlere Reife, und dann würde man weitersehen.

Aber wo gibt es hier noch Schneider? hatte Hilde gefragt, und das wußte Karin auch nicht, und sie sagte Hilde, das müsse sie auf eigene Faust in Erfahrung bringen. Als wäre Hilde dazu in der Lage.

Einem konnte schon schwer werden ums Herz, wenn man daran dachte, wie sie später einmal klar kommen sollte, denn irgendwann würden sie alle fortgehen, und Hilde würde hundertprozentig dableiben, oder sie würde sich an eine der Freundinnen hängen, und die würde sie nie loswerden.

Sie mochte nicht nackt gesehen werden. Sie sagte, ihre Eltern hätten es ihr streng verboten, und das konnte man sich durchaus vorstellen. Nicht eigentlich, daß sie es verboten hätten, sondern eher, daß sie sich nie nackt gezeigt hatten, daß Nacktheit einfach nicht vorkam in der Familie.

Dabei kam sie in Karins Familie auch nicht vor. Früher einmal war sie häufig von ihrer Mutter eingeseift worden.

Von ihrem Vater seltener; aber wenn es mal passierte, war es ganz seltsam gewesen.

Ihr war dann immer ganz anders gewesen, nicht so, wie man immer las, daß Väter ihre Töchter begrabschten. Nicht auf die Art, ihr war einfach ganz anders geworden.

Sie hatte ein Blubbern in der Kehle gehabt, so wie mit Mutter nie, sie hatte sich beschwingt gefühlt wie eine Balletttänzerin beim Schwanensee oder dem Nußknacker. Die beiden Stücke hatte sie in Flensburg gesehen und wundervoll beschwingt gefunden.

So etwas hatte Hilde bestimmt nie erlebt mit ihrem Vater, da würde Karin Gift drauf nehmen, nicht einmal damals, als sie in die dritte Klasse ging und Karin in die erste, und sie ein dünnes, drahtiges Mädchen gewesen war, das die Bäume schneller hochkletterte als jeder Junge. Karin glaubte nicht, daß Hilde ihren Körper gern gezeigt hätte, selbst wenn ihre Eltern anders gewesen wären.

Sie ging zu dem Korb mit den Welpen und hockte sich hin. Sie schliefen alle. Ihr tat es fast weh, die Tiere anzusehen, die ein solch blindes Vertrauen in sie setzten, so sehr liebte sie sie. Als sie sich umdrehte, hatte sie Tränen in den Augen. Die beiden Mädchen hielten erschrocken inne, weil sie dachten, sie hätten die Tränen ausgelöst.

Dabei waren es doch nur die Welpen.

Pastor Severinsen

Als junger Spund hatte er von großen theologischen Erneuerungen geträumt. Er würde derjenige sein, der die Qumran-Rollen den Fängen ihrer ureigensten Drachen in der Gestalt vermeintlicher Gelehrten entriß und ein für allemal die These verwarf, Jesus von Nazareth habe Vorläufer gehabt und die Essener seien die ersten wahren Christen ohne Christus gewesen. In seiner Jugend hatte er den Irrglauben verachtet und sich der Reinheit verschrieben. Er wäre um ein Haar katholisch geworden, da ihm diese Religion reiner erschien, vor allem die Ordinierten betreffend; aber dann war er vor so viel Reinheit am Ende doch zurückgeschreckt.

Seiner Frau erzählte er immer, ihre erotischen Reize hätten ihn vor der Häresie bewahrt, und so sei zum ersten Mal in der Geschichte die Versucherin ein Werkzeug des Heiligen Geistes gewesen.

Sie fragte darauf, ob Jesus Christus die Huren nicht gesalbt habe und zu Maria Magdalena ins Bett gestiegen sei. Sie fragte mit Heftigkeit und dem Bestreben zu verletzen, weil sie seiner sprachlichen Verstiegenheit überdrüssig war, wie übrigens alle im Dorf.

Er konnte ihr nur recht geben, und es gab Stunden, da haßte er sich dafür, nie aus sich herausgehen, nie das direkte, umschweiflose, beziehungsfreie Wort in Anschlag bringen zu können.

Früher hätte er sich das hoch angerechnet, weil es bewies, wie belesen er war, und in welcher Pracht sich Worte in seinem Mund entfalten konnten. Er dachte an sein Buch über die Qumran-Rollen, dem die Sätze in vollständiger Klarheit und doch poetischer Annäherung an Gott entfahren würden als Schwert und als Weihrauch, als kämpferische und heilende Macht. An dieses Buch dachte er, das nie geschrieben werden würde, während er über seinen Predigten brütete, die von niemandem gehört, und wenn sie bei Hochzeiten, Konfirmationen oder Bestattungen wahrgenommen, nicht beachtet wurden.

Wegen der alten Menschen sei es die Plage wert, erklärte er seiner Frau. In der Sterbestunde erführen die Menschen auch heutzutage noch Gottes Odem. Er wußte, daß er in seiner Argumentation verspielt hatte, als er ihr von »Gottes Odem« vorschwärmte.

Es hatte Zeiten gegeben, da hatte sie ihm jedes Wort von den Lippen gelesen, geradezu abgeleckt, als sei er eine Honigwabe, der der süße Saft nur so entströmte.

Zu dem Zeitpunkt hatte sie ihr Jurastudium so gut wie aufgegeben und sah in ihm den Strebenden, der ihnen die gesellschaftliche Anerkennung zukommen lassen würde, nach der sie so sehr gierte.

Er erklärte ihr, er giere nur nach Gott, und sie versicherte ihm, Gott sei ihr schon immer nah gewesen, die irdischen Dinge verleideten ihr das Glück hienieden, weltliche Konventionen kämen ihr nichtig vor im Vergleich zu Seiner Gegenwart.

Oder hatte er ihr diese Worte in den Mund gelegt? Hatte sie sogar gewollt, er solle sie ihr in den Mund legen, damit er gefüllt sei, nicht so leer wie der übrige Kopf?

Wie konnte er nur so von ihr denken. In der letzten Zeit hatte er oft so von ihr gedacht. Immer, wenn die Kopfschmerzen auftauchten. Seinen Konfirmanden erzählte er, sie sollten beten, es gebe im Himmel keine Kopfschmerzen. Dann lächelten sie alle pflichtschuldigst, vermutlich in der Hoffnung, sie bräuchten den aufgegebenen Psalm nicht aufzusagen, wenn sie nur inständig genug lächelten.

Geheuchelt hatte er nie. Vielleicht war ihm das zum Verhängnis geworden. Er hätte mehr heucheln sollen. Er hätte seinem Professor die Thesen nachplappern, womöglich sogar seine instinktive Feindschaft gegen die Essener aufgeben sollen. Aber gegen diesen Ingrimm kam er nicht an.

In frohen Stunden, die es hier draußen durchaus gab, sah er seinen Starrsinn als Zeichen seiner Gottesverbundenheit. Aber tat er recht darin, waren die Apostel nicht von Jesus abgefallen an dem Tag von Golgatha und trotzdem Gottes vorzüglichste Diener?

Seine Frau hatte kein Verlangen nach Dienerschaft. Ihr Hagestolz war gleich ruchbar geworden unter seinen Korpsbrüdern und Kommilitonen, schon damals, als sie zu zweit hausten in anderthalb Zimmern, weil sie keine Arbeit fand und nur kümmerliche Brosamen von zu Hause abfielen. Er konnte nicht arbeiten, zumindest nicht um Geld, er mußte an seinem Buch sitzen, dieses Buch war seine Berufung.

Sie hatte das Jurastudium wieder aufgenommen. Vielleicht hatte sie es nie wirklich abgebrochen und fand durch ihn die nötige Kraft, die schwere Steigung zu überwinden. Ihm war nicht aufgefallen, daß sie die Neigung hatte, auf andere Leute herabzusehen.

Vielleicht hätte er stutzig werden sollen, als ein Kommilitone ihn ihr vorstellte als besten Studenten seines Jahrgangs, und sie fürderhin nur Augen hatte für ihn, nicht für den Kommilitonen, der sie so deutlich verehrte. Wie hatte er noch geheißen? Seltsam, daß ihm der Name entfallen war. Er hatte ihn schnell aus den Augen verloren.

Ach der, hatte seine Frau gesagt, als er sie auf den Kommilitonen – dieser Name – angesprochen und vorgeschlagen hatte, ihn einmal zum Essen einzuladen. Ingolf, Lieber, er ist einfach nicht der rechte Umgang für uns.

Wie kam es dann, daß er immer noch, dreißig Jahre danach, nachts wach lag und genau wußte, sie hatte mit diesem Kommilitonen fleischlichen Umgang gepflegt. Linker Umgang eben. Er haßte Wortspiele. Sie deprimierten ihn.

Wie viele Liebhaber sie wohl gehabt hatte? Ihm hatte sie kein Kind geschenkt; dabei hätte er seine Kinder ohne Zweifel verwöhnt und geliebt, von ihnen hätte er sicher das treffende, offene Wort lernen können. Kinder waren ja so treuherzig und ohne Falsch.

Nicht wie seine Frau. Schon ihr Name sagte alles über ihre Überheblichkeit aus. Daß ihm der Name des anderen entfallen war.

Das Scheitern offenbarte sich in aberhundert Verkleidungen. Es war nie zu fassen, nie dingfest zu machen und zu bezwingen. Aus dem Scheitern ließ sich kein Erfolg drechseln, wenn man wie er allzu fest mit ihm verwoben war.

Wie er und seine Frau. Niemand konnte ihm wirklich Aufschluß geben darüber, warum gerade er sein Buch nie fertiggebracht hatte, und die in Aussicht gestellte Assistenzstelle an einen anderen gegangen war.

Oder warum seiner Frau der Elan abhanden gekommen war, sie ihr Studium immer stärker schleifen ließ und davon träumte, nach Hause zurückzukehren, wo ihr Wort noch etwas galt, wo sie nicht scheel angesehen wurde wie unter seinen Kommilitonen oder den übrigen Juristen.

Es hatte den Streit mit dem Professor gegeben. Man sollte sich nie mit seinen Vorgesetzten streiten, und in gewisser Weise war ein Professor ein Vorgesetzter. Zumindest hingen von ihm die Vergünstigungen ab, derer man als ehrgeiziger Student bedurfte.

Er hatte sich selbst gegenüber nie verheimlicht, daß er ehrgeizig war. Es hatte ihm Gewissenskonflikte bereitet, denn wie konnte man Gottes Kind und sich Seiner Liebe gewiß sein, wenn man nach weltlicher Anerkennung gierte; aber er hatte seinen Ehrgeiz schließlich akzeptiert. Nur das Scheitern war ihm schwergefallen.

Sie hätte es nie zu etwas gebracht, außer zu ihrer herausgehobenen Stellung im Dorf, die sie mit Inbrunst verteidigte. Mit Inbrunst und vielen giftigen Worten. Wenn sie doch bloß Kinder gehabt hätten.

»Treten Sie ruhig ein und trinken Sie eine Tasse mit mir. Sie müssen ganz durchgefroren sein. Meine Frau bereitet gerade den Vormittagskaffee zu.«

Der Kommissar trug nur eine dünne Jacke. Er zitterte. Er gefiel dem Pastor. Es mußte ein hartes Geschäft sein. Als Seelenhirte teilte man die Trauer, als Polizist diente man nur der blinden Rache, die sich als Gerechtigkeitsstreben ausgab.

»Danke«, sagte der Kommissar und trat ein. Der Pastor nahm ihm die Jacke ab, streifte sie über einen Bügel und hängte sie an den Kleiderständer.

»Wie lange sind Sie schon hier?« fragte der Pastor. »Sie sind gestern gekommen, nicht wahr?« Der Kommissar nickte.

»Eine scheußliche Geschichte. Kommen Sie doch mit in die gute Stube.«

Der Kommissar ging am Pastor vorbei durch die offene Tür in einen kleinen mit Büchern vollgestellten Raum. In der linken Ecke glühte ein Kanonenofen.

»Es hat uns alle schwer getroffen. Ich kenne Bodil natürlich aus dem Konfirmationsunterricht, und da ist es begrenzt, wie sehr man sich um den einzelnen kümmern kann. Leider. Jesus Christus war der Verkünder der Wahrheit für den Einzelnen, nicht für eine bestimmte Sippe, der sich der Einzelne unterzuordnen hat, und deshalb ist es auch unsere Aufgabe, uns als Tröster und Aufmunterer der Gemeinde um den Einzelnen zu kümmern und ihm zur Seite zu stehen.

Allein«, der Pastor hob in einer bedauernden Geste die Hände. »Uns fehlt die Kraft und vor allem die Zeit. Sie schien mir ein fröhliches Mädchen zu sein. Manchmal war sie ein bißchen aufsässig, wie es Kinder in dem Alter nun einmal sind ... aber ... setzen Sie sich doch. Ich alter Dussel, ich klage Ihnen mein Leid und sorge gar nicht dafür, daß Sie es auch bequem haben. Was werden Sie bloß von meiner Gastfreundschaft denken? Dabei sind wir hier draußen doch so stolz darauf.«

Der Kommissar setzte sich. Die Frau Pastor kam herein, ohne ihn eines Blickes zu würdigen, und stellte das Tablett auf den Tisch: Tassen, Untertassen, Gebäckschale, Sahnekännchen, Zuckertöpfchen, glänzendes, dünnes Porzellan mit ziselierten und verschlungenen Blumenmotiven.

»Meißen?« fragte der Kommissar.

Die Frau Pastor drehte sich zu ihm um und strahlte ihn an. »Die Serie von Krokow, kurz nach den Befreiungskriegen. Auf der ganzen Welt gibt es nur noch fünf vollständige Kollektionen. Diese ist eine davon.«

»Ich bin beehrt«, sagte der Kommissar.

Auf ihren Wangen bildeten sich zwei hektische dunkelrote Flecken, und das Gesicht überzog sich mit einem hellroten Hauch. Sie lief aus dem Raum.

Der Pastor und der Kommisar schwiegen. Der Kommissar betrachtete das Spiel des Lichtes auf den glatten, gerundeten Oberflächen des Porzellans. Ab und zu lugte die Sonne zwischen den vorbeieilenden Wolken hervor, und das Porzellan glitzerte.

Nach einer Weile kam die Pastorin mit der Kaffeekanne zurück und schenkte ihnen ein. Dann reichte sie dem Kommissar die Gebäckschale.

»Selbstgebacken«, flüsterte sie. »Schwarz, Sahne oder Zukker?«

»Schwarz«, sagte der Kommissar, nahm ein Plätzchen und biß hinein. »Mhm ... Haselnüsse und Schokolade. So hat sie Mutter immer gebacken. Ich sage Ihnen aber nicht, wie lange das schon her ist.«

»Was sollen wir da erst sagen«, wehrte sie ab und wollte sich wieder entfernen.

»Bitte bleiben Sie doch, Frau Severinsen«, sagte der Kommissar schnell. »Vielleicht können Sie uns beistehen. Sie stellen schließlich etwas dar im Dorf, Ihnen wird so manches mitgeteilt, was anderen verborgen bleibt.«

»Na, ich weiß nicht«, sagte sie und setzte sich.

»Möchten Sie keinen Kaffee?« fragte der Kommissar.

Sie schüttelte den Kopf. »Der Magen«, sagte sie.

»Ach ja«, meinte der Kommissar mit gramvoller Miene. »Diese leidige Zivilisationserscheinung.«

Der Pastor räusperte sich.

Die beiden drehten ihm ihre Gesichter zu und warteten auf seine Worte.

So war er es gewohnt, so sollte es sein: »Es ist eine fremde Religion, und was noch viel schwerer wiegt, eine gewalttätige. Sehen Sie, mir steht der Gedanke einer allumfassenden Ökumene sehr nah, und ich bin fest davon überzeugt, daß wir alle den gleichen Herrn anbeten, ob wir ihn nun Jahve nennen – oder besser gesagt nicht nennen – oder Allah, Manitou, Shiva, Krishna oder Zeus. Dies sind lediglich Verkleidungen, in denen der Unbegreifliche sich uns Menschen nähert, auf daß wir das Wunder allen Seins benennen können. Allein, nur im Christentum ist der Liebesaspekt Gottes voll ausgestaltet, in Christus wurde zum ersten Mal das Opfer geheiligt. Im Islam ist das nicht so.

Diese Religion wurde dafür geschaffen, zu erobern und zu unterjochen. Es mag an den geschichtlichen und sozialen Umständen der nicht- oder doch nur halbseßhaften arabischen Stämme gelegen haben; aber der Islam ist diese Erblast nie losgeworden, und wir sollten uns hüten, ihn auf eine Stufe mit unserer eigenen Religion zu stellen.«

»Ich verstehe nicht recht«, sagte der Kommissar.

Der Pastor sah ihn eindringlich an. Seine Augen glänzten fiebrig. »Mir ist die Mannigfaltigkeit der Kinder Gottes immer als das größte Seiner Wunder vorgekommen, also mißverstehen Sie mich bitte nicht. Es liegt mir fern zu wünschen, alle Welt solle meinen evangelisch-lutherischen Glauben annehmen, obgleich ich sehr daran hänge und ihn als einzige Wahrheit anerkenne, derer ich gewiß sein kann. Die Erde würde unsäglich langweilig, wenn Gott von allen Menschen gleich verehrt, wenn ein einziger, homogenisierter Ritus den Globus umspannen würde. Allein, es geht nicht gut, wenn sich die Menschen allzusehr vermischen, wenn eine gewalttätige Religion wie der Islam in unser Gebiet eindringt. All zu ungleiche Partner tanzen schlecht.«

Der Kommissar lehnte sich vor, die Tasse mit der lauwarmen Flüssigkeit zwischen die Handflächen geklemmt. Er fürchtete sich beinahe, die zarte, gebrannte Erde zu zerdrücken. »Ich danke Ihnen vielmals für Ihre Theorie, Herr Severinsen. Für uns Polizisten ist es immer äußerst hilfreich, von dritter Hand Vermutungen über mögliche Motive möglicher Täter vorgetragen zu bekommen. Oft ist gerade die Motivlage, oder besser gesagt unsere Unkenntnis über sie, der wichtigste Hinderungsgrund für die Aufklärung eines Verbrechens. Jetzt wissen wir, daß wir einfach nach Moslems Ausschau halten müssen, wenn eine Gewalttat begangen worden ist.«

»Werden Sie bloß nicht unverschämt, junger Mann.« Der Pastor erhob sich. Seine Frau blieb sitzen und sah aus dem Fenster, wobei ein Lächeln ihre Mundwinkel umspielte.

»Das liegt mir sehr fern«, sagte der Kommissar und trank seinen Kaffee aus.

»Sind Sie nicht dazu da, einen Mord aufzuklären?« Der Pastor ging in dem kleinen Raum auf und ab.

»Ingolf.« Die Pastorin strich ihm begütigend über den Oberschenkel, und er blieb stehen. »Herr Fleischer, Sie werden verstehen, daß die Iraner hier im Dorf nicht gelitten wurden. Wir sind eine kleine Gemeinschaft, die im übertragenen Sinne über die Jahrhunderte zusammengeschweißt ist. Jeder Fremde hat es hier schwer. Selbst wenn die zwanzig aus Flensburg zugezogen, also Deutsche wären, hätte es die Gemeinschaft erschüttert. Nun kommen sie aber von ganz woanders, und es fällt den Leuten sehr schwer, sie nicht als Bedrohung zu sehen. Sie müssen das verstehen.«

»Sie meinen, man muß eine Verrohung der Sitten verstehen, sie etwa sogar billigen?«

Sie sah ihm unverwandt in die Augen. Sie hat Mumm, dachte der Kommissar. »Ja, das denke ich. Ich denke aber auch, daß der Mord an Bodil unverständlich bleiben muß.«

»Aber weiter wissen Sie nichts?«

Sie schüttelte den Kopf. »Mir ist zu Ohren gekommen, daß Elsbeth Neurath Ihnen die Geschichte von Elsbeth der Magd erzählt hat. Halten Sie sie tatsächlich für so wichtig? Seitdem sind hundert Jahre vergangen.«

Der Pastor schaute von seiner Frau zum Kommissar und wieder zurück. »Was ...« sagte er verwirrt.

»Später«, meinte die Pastorin.

»Ich weiß es nicht«, sagte der Kommissar. »Aber ich muß jeder Spur nachgehen.«

»Sie denken an einen Verrückten«, sagte die Pastorin.

»In einem gewissen Sinne sind solche Verbrecher immer verrückt.«

»Erzählen Sie mir nichts von Schuldfähigkeit.«

»Sie haben Jura studiert?«

Sie nickte. »Mein Mann und ich haben uns an der Universität kennengelernt.«

»Praktizieren Sie?«

Sie schüttelte den Kopf. Die ganze Zeit über hatte sich ihr Gesichtsausdruck nicht geändert. »Als Pastorenfrau bin ich voll ausgelastet. Es wird viel von der abnehmenden Bedeutung der Kirchen gesprochen, und unsere Gotteshäuser werden sonntags ja auch kaum besucht; aber Arbeit gibt es zuhauf. Warum sollte Ihr Verrückter Bodil umbringen? Ihre Familie hatte mit der damaligen Sache nichts zu tun. Elses Großvater wurde im Siebziger Krieg zum Krüppel geschossen, wenn Sie verstehen, was ich meine. Da war nichts mehr. Der arme Mann. Ist es nicht eine der höllischen Strafen, der Versuchung ausgesetzt zu sein und nach ihr zu verlangen, sich ihr aber nie hingeben zu können?« fragte sie ihren Mann.

»Elisabeth, sei bitte etwas zurückhaltender in der Wahl deiner Worte.«

»Sie heißen auch Elisabeth?« fragte der Kommissar.

»Das ist in unserer Gegend ein sehr verbreiteter Vorname. Ich glaube beinahe, die Frauen haben ihre Töchter nach ihr getauft, um das zu sühnen, was ihr angetan wurde. Sie müssen wissen, daß es damals nicht möglich war, sein Verständnis direkt und in Worten auszudrücken. Außerdem war Elsbeth nur eine Dienerin, und es war für viele so gut wie unmöglich, auf einer persönlichen Ebene mit ihr zu verkehren. Deshalb dieser indirekte Kniefall. Ach ja, und der Vater von Else war dermaßen in Elses Mutter verliebt, daß er keine anderen Frauen anschaute, nicht einmal, wenn sie so hübsch waren wie die Elsbeth.«

»Woher wissen Sie das alles?«

»Dies ist meine Gegend, Herr Kommissar, hier kenne ich alle Geschichten. Zumindest die, die es wert sind, behalten zu werden.«

»Augenblick, Sie wollen mir doch nicht weismachen, Sie seien wegen dieser alten Geschichte eigens zu uns gekommen«, brach der Pastor in ihr Gespräch ein. »Das ist doch an den Haaren herbeigezogen.«

»Ich würde den Bericht Ihres Vor-Vorgängers, oder wie weit das auch immer zurückreichen mag, gern lesen, Herr Severinsen«, sagte der Kommissar. »Ich verspreche mir zwar nicht viel davon, aber andererseits lese ich solche alten Sachen ganz gerne mal. Ich bin von Natur aus neugierig.«

Im Namen des Herrn 31. August 1914

Ich gelobe vor Gott meinem Schöpfer, nur das zu Papier zu bringen, für dessen Hergang ich mich verbürgen kann – soweit meine kümmerlichen Worte in der Lage sind, dem Geschehen gerecht zu werden

Viel Zwist hat sie in unser Dorf getragen – allein ich kann sie dafür vor meinem Gewissen nicht haftbar machen, denn sie ist dem Auge ein Wohlgefallen und der Seele eines jeden offenen Menschen ein Labsal. Trunken machte sie uns alle vor Liebe, und am Ende wurde ihr das zum Verhängnis. Ach, wie unerforschlich Seine Wege doch sind und wie grausam oft noch dazu.

Ich habe mich an den Pfarrer des Kirchspiels gewandt, in dem sie getauft wurde, und er schrieb mir, ihre Eltern seien ehrbare, aber arme Leute. Vier Jahre lang habe sie die Schule besucht, vier kurze Jahre – oh Herr, wie sollen sich Deine Kinder jemals aus dem Schmutze erheben, wenn ihnen so wenig Zeit gegönnt wird, sich zu bilden und innerlich zu wachsen!

Sie war erst vierzehn, als Annelise sie einstellte, ein kleines Wunder war sie, vierzehn Sommer hatte diese rotwangige Unschuld durchtanzt, vierzehn Winterlüfte hatten in ihren wundervollen Nasenflügeln gebissen.

Herr, falle mir ins Wort, wenn ich von meiner Begeisterung auf Abwege getragen werde. Es waren köstliche anderthalb Jahre; Elsbeth war anstellig, fleißig, hatte für jeden ein gütiges Wort und trug uns allabendlich zwei, drei der köstlichsten Weisen des so reichhaltigen Liedgutes dieser mir so lieben Gegend mit ihrer so lieblichen Stimme vor, daß es eine wahre Wonne war.

Kinderlos sind wir ja geblieben, Annelise und ich; ich will nicht hadern mit meinem Herrn, und ich will auch meiner Annelise nicht unterstellen, sie sei körperlich in Mitleidenschaft gezogen. Nichts dergleichen will ich, denn ich danke meinem Schöpfer täglich für Seine Gaben, für mein Leben. Wir müssen alle unser Kreuz tragen.

Aber Elsbeth war wie ein Kind für uns, sie gab uns all die Freude, die wir ja doch entbehrten, trotz der Dankbarkeit, die ich und meine Frau hegen. Mit ihr kam das Leben in dieses Haus. Als sie entschwand, trat der Tod heran und klopfte leise an die Tür. Ich hörte Ihn. Ich weiß nicht, ob Annelise Ihn hörte, wir sprechen nie darüber.

Es haben sie viele verurteilt wegen ihres Lebenswandels – ich mag den ersten Stein nicht werfen. Wenn man jung ist, ein Kind doch nur!, und schön und von allen begehrt, fällt einem der Verzicht allzu schwer, man vergißt Sitte und Anstand, verabsäumt seine Pflichten dem Herrgott gegenüber, ja, ich fürchte sogar, daß in diesem Treiben eine Aufsässigkeit gegen Ihn ist, ein Aufbegehren gegen die überlieferte Sittlichkeit. Aber es ist ja nicht nur die Jugend, die in ihrem Unverstand so handelt, überall auf der Welt erleben wir täglich aufs Neue, ein wie grausamer Feind der Mensch dem Menschen sein kann.

Mir ist es immer so vorgekommen, als habe sie gehandelt, wie sie handelte, weil sie von der eigenen Mutter verraten und verkauft wurde.

Verramscht. Vierhundert Reichsmark hat der alte Timmsen geboten, und die Mutter hat die dreißig Silbermünzen genommen und der lieben Kleinen befohlen, die Stelle zu wechseln. Um vierhundert Reichsmark hat sie ihre eigene Tochter verkuppelt.

Wer bin ich denn, den ersten Stein zu werfen, auch in diesem Fall? Für sie waren vierhundert Reichsmark gleichbedeutend mit einer Schiffspassage in die Neue Welt.

Sie konnte ja nicht ahnen, in welche Umstände sie ihre Tochter gebracht hatte. Absichtlich schreibe ich Umstände.

Der erste Mann im Dorf. Wer hätte das vom alten Timmsen geglaubt? Immer der erste in der Kirche, die große Glocke hat er uns geschenkt ohne viel Aufhebens. Ein guter Mann, trotz allem, ein guter Mann

Was ist mit den vier anderen? Darf denn nie ein Stein geworfen werden, muß ich auf ewig sitzen auf diesem Geröllhaufen, dessen Bestandteile ich ihnen allen so gerne an den Kopf geworfen hätte, nur weil mein Herr Jesus in einem unbedachten Moment dieses Verbot ausgesprochen hat?Darf dieses einem sechzehnjährigen Mädchen angetan werden, ohne daß wir uns Entsetzen und Rechenschaft abfordern und Rache und Genugtuung? Ist die Ehre des Menschen nicht geschleift, wenn er nurmehr noch dulden darf?

Diese Fragen quälen mich, ich weiß keine Antworten außer der, meinem Herrn fest zu vertrauen – auch dann, wenn ich an ihm irre zu werden drohe.

Eine Walpurgnisnacht war es, die unser Dorf einhüllte,

durchdrang, in ihren Bann zog, ach, ich werde der Metaphern müde, ich werde des Lebens müde, wenn ich daran denke. Meine Gemeinde. Weiß der Herr, was er mir antat, als er mir diese Schäfchen anheimgab, deren Leithammel Wölfe sind, und heuchlerische noch dazu?

Geschändet haben sie das arme Kind. Geschändet, und wir haben dem beigewohnt und uns nicht getraut, ihm Einhalt zu bieten. Maitje hat mich fast täglich bestürmt, diesem leidenden Menschenkind beizustehen, doch ich habe mich taubgestellt, habe meine Seele verschlossen vor dem Elend einer Nächsten.

Nirgendwo hat sie hinflüchten können vor dem Jammer. Die Eltern fort, keine Angehörigen, niemand außer Maitje, der ihr auch nur den mindesten Beistand zu gewähren sich im Stande sah.

Zu fünft sind sie über sie gestiegen, diese Hengste, dieser Abschaum, die sich rühmen, die Blütenlese der Gegend zu sein. Des Tages und der Nacht sind sie in ihre Kammer gedrungen, haben sie hinter den Ofen gezerrt, in den Stall gezwungen, sind brünstig über sie hergefallen, waren unempfänglich für jedes Flehen ihrerseits, und meinerseits.

Ach, was rede ich, wie soll man diese verblümten Andeutungen im Anschluß an eine Predigt, oder selbst in dieser Predigt, wie soll man meine Auslegungen des Wortes unseres Heilands, der Mensch solle seinen Nächsten lieben und unseren Gott verehren, als Einlassung werten können?

Versagt habe ich in der Not, zerknirscht und zerschmettert werde ich dem Schöpfer gegenüberzutreten haben in der Stunde der Abrechnung und fordern müssen, die Hölle sei mein Los, weil die Hölle einem Kinde zugemutet wurde, das als mein Mündel zu gelten hatte.

Ich spreche von einem Kinde! Ich spreche unaufhörlich von nichts anderem als einem Kinde, von dem Kinde, das zu fleischlichem Umgang gezwungen wurde vor der Zeit und in ihr ohne Scham, ohne Zügelung, voller Grausamkeit, ach so sehr voller Grausamkeit, von dem Kinde, das ermordet wurde vor der Zeit, bevor es das Licht dieser Welt erblicken und entscheiden konnte wie Gott am siebten Tage, daß alles gut sei, das am Kreuze verbluten mußte wie der Menschensohn und nie die Sprache meistern lernte, die es in die Lage versetzt hätte zu behaupten, sie wüßten nicht, was sie täten!

Alle wußten es. Das Unrecht ist unter uns selbst zu dieser Stunde, da alles dunkel ist im Dorf, und allein meine Gänsefeder über das Papier kratzt und mir die Gewißheit gibt durch ihren trockenen Laut, es habe einen Sinn. Sie raunt es mir zu; allein, ich kann ihren Beschwörungen keinen Glauben schenken.

Niemand sah wuchern die Frucht in ihrem Leib. Petersen nicht, und nicht der alte Timmsen, nicht Perksen, nicht Hein und nicht Burmeister. Und es scherte sie weniger als ein Wurf Welpen.

Die Leiche am Kreuz, über der zermarterten Skulptur unseres Heilands! Die Wange ruhte am Munde Jesu Christi, als küsse Er das Neugeborene, genau wie Judas Ihn küßte in jener Nacht von Gethsemane, als wiederhole Er den Verrat von jenem, als schlösse sich ein neuer Pakt, nicht mit dem liebenden Gott dieses Mal, sondern mit dem Haß des Gefallenen, als sei Jesus ein Bundesgenosse Luzifers geworden!

Warum zurückkommen? Warum leben wollen in diesem Dorf, das ihr all das angetan hat? Warum alt werden wollen hier, in diesem Hier, das ihr die Jugend geraubt hat auf diese grausame und Gott widerwärtige Art? Ich werde es nie verstehen.

Ich habe gesündigt, und ich wollte, ich könnte einstehen dafür; allein ...«

»Starker Tobak«, sagte der Kommissar und legte die Blätter beiseite. »Warum bricht er mitten im Satz ab?«

»Er starb über der Niederschrift«, erwiderte die Pastorin.

»Herzschlag?« fragte der Kommissar.

Der Pastor nickte. Tränen kullerten an seinen Wangen hinab.

Er schluckte. Er hob zum Sprechen an; aber seine Lippen blieben verschlossen.

Armes Ding, dachte der Kommissar.

Franz Burmeister

Der Fünfzigste war seit jeher ein besonderer Anlaß, ein Einschnitt im Leben eines jeden Mannes. Da hieß es Farbe bekennen. Gerade in dieser schweren Stunde mußte die Dorfgemeinschaft zusammenhalten und Stärke zeigen. Auch und vor allem angesichts der Überfremdungsgefahr. Er hatte schon vor Jahren gewarnt; aber auf ihn hörte ja keiner.

Schweinhälften durfte er ihnen verkaufen, ihnen die Schinken räuchern, sie die Hacksteaks befühlen lassen. Wenn er sich bloß aus politischen Fragen heraushielt. So einfach ging das aber nicht. Die Burmeisters waren aus einem steinharten Holz.

Hatten sie über die Jahrhunderte bewiesen, das war verbrieft und aktenkundig.

Er hatte sich durch den Motorradunfall nicht aus der Bahn werfen lassen. Er hatte sich gesagt, Gefahren gehören zum Leben, du kannst von Glück sagen, daß du noch zwei Kinder hast, andere Eltern sind viel übler dran. Kein einziges Mal hatte er geweint. In der Kirche hätte er fast, hatte sich aber gerade noch gefangen und die Zeremonie einwandfrei hinter sich gebracht.

Es gab eben doch noch so etwas wie deutsche Zucht. Der Deutsche war nicht ohne Grund respektiert und gefürchtet. Nicht geliebt vielleicht; aber Liebe hielt nicht ewig, genau so wenig wie Schönheit. Achtung war wichtiger, eine tadellose Arbeitshaltung und ein makelloses Privatleben. Sie stellten schließlich etwas dar.

Wenn man ein Geschäft hatte, mußte man dafür einstehen. Friederike hatte das nicht verstanden. Sie vermißte ihren Sohn sicher mehr als er. Norbert war einer von dreien gewesen. Sechsundsechzig Prozent Überlebensrate war gar nicht so schlecht. Einige Abschnitte der Heeresgruppe Ost hatten weit über achtzig Prozent Verluste gehabt.

Stalingrad natürlich noch viel mehr; aber da stieß man auf ein Abgrenzungsproblem. War mitzuzählen, wer in einem Kriegsgefangenenlager verendete? Von Kaschmirowitz wurde das verneint. Er hatte große Achtung vor Kaschmirowitz. Pfleger plädierte dafür. Wenn man das tat, kam man auf weit über neunzig Prozent. Er hatte sechsundsechzig Prozent Überleben und dreiunddreißig Prozent Tod. Von der Warte mußte man es sehen.

Dazu war Friederike nicht in der Lage. Er hatte es ihr in der Küche auseinanderzusetzen versucht. Vielleicht war die Küche ein strategisch ungünstiger Ort. An dem Abend war viel Geschirr zu Bruch gegangen. Aber was sollte es; Geschirr ließ sich ersetzen.

Sie würden achtzig Leute werden. Der Kommissar war auch eingeladen. Sie konnten ihn schließlich nicht allein in seinem Zimmer hocken lassen. Auf Tischlieder hatten sie verzichtet, und er hatte sich jegliche Rede verbeten. Das schuldete man dem armen Mädchen. Norbert hatte sie vergöttert. Man sollte ihnen den Führerschein erst nach Beendigung des dreißigsten Lebensjahres aushändigen.

Eigentlich merkte er es nur noch an den Händen. Er mußte sich jetzt immer etwas vornehmen mit ihnen, sie waren jetzt einfach so rastlos. Er kratzte sich überall oder kniff sich in die Haut oder drückte die Finger der einen Hand einer nach dem anderen, dann der anderen Hand einer nach dem anderen, dann wieder der einen Hand und so fort. Friederike hatte gemeint, er solle einen Psychologen aufsuchen. Na ja, vermutlich wollte sie selbst zum Psychologen, um nicht ganz verrückt zu werden von seinen ewigen Spielchen mit den Händen. Ihn würden da keine zehn Pferde hinkriegen. Ihm ging es prächtig. Er war nur ein bißchen angespannt, das war alles.

Sie hatten sich gestritten, bevor Norbert losgefahren war. Warum in drei Teufels Namen hatten sie sich immer streiten müssen? Der Junge hatte doch noch keine Lebenserfahrung. Da mußte man ein bißchen über den Dingen stehen. Er hatte ja auch nicht mehr miterlebt, wie sich diese Brut eingenistet hatte. Dann hätte er sicher von der Haltung seines Vaters anders gedacht. Mein Gott, niemand sprach jetzt mehr von Übermensch und Untermensch. Das war passé. Das hatte dem Deutschen schließlich lange genug angehangen. Es drehte sich um Kulturräume, um Unterschiede.

In einer Woche war es ein Jahr vorbei. Überfrierende Nässe. Die einzige Eiche weit und breit. Diese Hände. Wenn sich diese Hände doch bloß zu benehmen wüßten.

Bodil war ihnen in den Monaten danach ein wahrer Sonnenschein gewesen. Dabei hatte sie ihre eigene Trauer. Na ja, für so blutjunge Dinger war das sicher nicht dasselbe. Sie hatten noch was vor sich, da würde noch was nachkommen. Na ja, sicher sein konnte man da nie, obwohl Bodil mehr Verehrer gehabt hatte, als es in dieser Gegend Schweine gab.

Immer ein Lächeln auf den Lippen und nie im Ton vergriffen. Sie hatte genau gewußt, daß man von Zeit zu Zeit ein junges Lächeln nötig hatte. Wenn es mal ein bißchen zu ernst wurde, war sie umgehend zur Stelle gewesen und hatte einen aufgemuntert.

Es hatte ihm leid getan, die Verbindung abzubrechen. Aber er billigte Stinnas Verhalten nicht. Ab und zu mußte man für seine politischen Überzeugungen einstehen. In diesem Fall ging es schließlich um mehr als um Liebe oder gute Nachbarschaft. Es ging um das Ganze.

Über neunzig Prozent, wenn man die Kriegsgefangenen einbezog. Das machte einem den Blick frei.

Eher ulkig sah man aus vorn an der Tür, während man sich innerlich darauf vorbereitete, alle möglichen Hände zu schütteln und Geschenke in Empfang zu nehmen, und sein Gesicht in die rechten Falten legte, damit Leutseligkeit herauskam.

»Erna, das hätte ja nun wirklich nicht not getan. Jetzt schenkst du mir schon wieder den halben Obstgarten.«

»Verschwende da mal keinen Gedanken dran, Franz. Dir tut es sehr gut, auch mal selbstgemachte Konfitüre zu essen. All dies Nutellazeug. Davon altert man vor der Zeit.«

Er stellte die Tüte mit den Einweckgläsern in die Nische neben den Schrank, wo normalerweise seine Gummistiefel standen. Jetzt waren sie in die Waschküche verbannt. Die rochen bestimmt auch nicht viel schlechter als Ernas ewige Marmelade.

»Gebetet haben wir für sie, den ganzen Tag schon.« Anna drängte sich nach vorn. Er half ihr aus dem Mantel.

Friederike tuschelte mit Erna. »Sind wir die ersten?« fragte Anna besorgt.

»Der Tag wird einem sehr lang, wenn man immer nur betet«, meinte er. »Da bricht man schon mal früher auf.«

»Hast du dich endlich mit Stinna ausgesöhnt? ›Von seiner Fülle haben wir alle genommen Gnade um Gnade.‹ Denk daran.«

»Bitte, Anna, doch nicht schon wieder Johannes. Der Mann ist ein widerwärtiger Schwätzer.«

»Danke, Erna«, sagte Burmeister. »Und das sagst du mir ausgerechnet an meinem Geburtstag. Wie nett von dir.«

Sie warf ihm einen strengen Blick zu. »Franz Burmeister, wenn dies keine Zeit der Trauer wäre ...«

Die Witwe Neurath trat ein, den Kommissar im Schlepptau.

»Ich hoffe nicht, daß Sie auch Socken gekauft haben, Herr Kommissar. Mit denen von Elsbeth wären das einfach zu viele für einen alten Mann.«

Der Kommissar lächelte und hob eine Flasche in Geschenkpapier hoch. Die Witwe Neurath trat an Burmeister heran, ergriff seine Hand und führte sie in kräftigen Zügen auf und ab.

»Ich erinnere mich noch gut daran. Mit fünfzig ist man noch rüstig. In meinem Alter schon nicht mehr.« Sie drückte ihm das übliche weiche Paket in die andere Hand.

»Kommen wir zu früh?« fragte der Kommissar ängstlich.

Friederike hakte sich bei ihm unter und führte ihn in die Stube. »Aber nein, wir sind schon seit Stunden bereit, und Erna und Anna und die Witwe ...«

Jetzt stand er ganz allein in der Diele. Aus der Stube hörte er zwitschernde Frauenstimmen und den Bariton des Kommissars. Eingeladen hatte er Stinna. Die Frage war, ob sie kommen würde.

Dann ging die Tür auf, und die Gudenows zwängten sich herein, mit gebückten Köpfen und tiefroten Wangen. Hinter ihnen die Nissens, dann Feddersen, Else, Stefan und Manni ... und danach hörte er auf, sie einzeln zu registrieren oder darauf zu achten, wie sich Friederike machte.

Er koppelte den größten Teil seines Gehirns ab und widmete ihn der Frage, wie Manstein Hitler den Rückzug bei Stalingrad mit einem erneuten Waffengang auf Moskau hätte schmackhaft machen können.

Davon waren seine Gedanken gefangengehalten, bis sich alle gesetzt hatten und Friederike ihn mit einem Ellbogen in die Seite dazu aufforderte, sich zu erheben und die Begrüßungsrede zu halten. Er drehte den Kopf und lächelte ihr zu. »Ich bin ein wenig zerstreut heute«, flüsterte er.

Er stand auf. »Liebe Gäste«, sagte er und wußte, daß seine Stimme volltönend und angenehm war. »Wir haben uns hier versammelt, um mir beim Altern zuzuschauen oder doch zumindest einen Wegweiser auf meiner Lebensbahn zu ...«

Aus dem Augenwinkel sah er, wie sich die Tür öffnete und Stinna hereinschlüpfte, und in seinem Herzen war Freude.

Dann erblickte er hinter ihr ein braunes Gesicht. Er sah nach links. Fiete grinste ihn breit an. Er öffnete den Mund, aber Friederike zog ihn zu sich herunter und drückte ihn sacht auf seinen Stuhl. Sie stand auf und bat die Anwesenden, ein wenig zusammenzurücken, sie hätten zwei Neuankömmlinge, die sie herzlich begrüßte.

An der einen Tischseite saßen jetzt Fiete, dann Stinna, dann dieser Mensch, dann Heidrun Nissen, dann der Kommissar, dann die kleine Nissen und zuletzt Arne. Er wußte, Friederike hatte dies eingefädelt, so daß er nichts tun konnte, es sei denn, er entfachte einen Skandal.

Sie sollte noch was erleben. Die Nacht war jung. Wenn man

sich ordentlich einen eingoß, scherte einen ein Skandal einen Dreck.

Er preßte die Augen fest zusammen. Als er sie öffnete, sah er Arne Nissen in die Augen. Der lächelte mit einem unmerklichen Kräuseln der Lippen und hob das Glas mit dem Mangosaft. Burmeister hob das seine, und sie nickten einander mit schiefgestellten Köpfen zu.

Der Kommissar wunderte sich, daß die Kleine ihn derart gekränkt ansah, als habe er ihr eine Reißzwecke auf den Stuhl gelegt, kurz bevor sie sich gesetzt hatte.

»Ich glaube, wir sind uns noch nicht förmlich vorgestellt worden«, sagte er und lächelte sie an.

Sie blickte zu ihm auf, dann fing sie zu zittern an, als fröre sie, drehte sich zu ihrem Vater und legte die Rechte in seine Hand.

Frau Nissen wandte den Kopf, und ihr Parfum strömte zu ihm herüber. »Sie ist schüchtern«, flüsterte sie.

»Ich auch«, sagte er, und ihre Augen verhakten kurz ineinander. Ihr Gesicht verfärbte sich. Er verspürte ein starkes Kribbeln im Hinterkopf, das sich dem Schmerz annäherte, beugte sich vor und sagte dem Iraner: »Ich denke noch gern an unser Gespräch zurück.«

Der Iraner lächelte fröhlich. »Es war mir ein Vergnügen, Herr Kommissar.«

»Sie sind sehr mutig, herzukommen.«

Der Iraner wurde ernst. »Ich habe gelernt, daß man nur dann einigermaßen leben kann, wenn man sich selbst achtet. Wenn ich in Deutschland ständig Ja und Amen sagen würde, wäre es das alles nicht wert.«

»Um Amen zu sagen, müßtest du erst die Religion wechseln«, rief Fiete.

Der Kommissar sah sich um. Ihnen gegenüber und an den übrigen Tischen wurde kaum geredet. Verstohlene Blicke suchten immer wieder in ihre Richtung, dann wurden Köpfe zusammengesteckt und kurze Botschaften ausgetauscht.

Dann wurde die erste Vorspeise serviert, eine klare Hühnersuppe. Wein wurde herumgereicht, und der erste Toast ausgesprochen. Gläser klangen, Löffel klackten gegen Teller, Stimmengewirr setzte ein, und der Iraner schien vergessen.

»Ich danke Ihnen übrigens für Ihre Gastfreundschaft. Es hat mir sehr gut gefallen«, sagte der Kommissar zu Frau Nissen.

»Ich dachte, Sie seien rein beruflich bei mir gewesen. War es für Sie ergiebig? Sie können jederzeit wiederkommen.« Er sah sie nicht an. Er dachte, er würde diesen spöttischen Blick nicht ertragen, der ihm sagte, sie habe nur mit ihm gespielt.

Das Mädchen blickte zu ihm hoch. Er lächelte. »Wie geht es deinen Welpen?« fragte er.

»Haben Sie sie gesehen?« Ihr Gesicht hellte sich auf.

»Einer ist die Treppe heruntergekullert, als ich deiner Mutter meine Aufwartung machte ...«

»Sie haben meiner Frau Ihre Aufwartung gemacht? Das ist doch recht ungewöhnlich für einen Kommissar, oder nicht?« sagte Arne Nissen.

»Ich habe mich vielleicht im Wort vergriffen. Ich bin nicht sonderlich sprachbegabt.«

Arne Nissen deutete mit dem Löffel auf Reza. »Was halten Sie davon, einen von denen ausgerechnet zu Franz Burmeister seinem Fünfzigsten mitzubringen?«

»Wieso ausgerechnet?«

»Er hat heftig gegen ihre Unterbringung im Dorf agitiert. Die Anzahl seiner Leserbriefe geht ins Uferlose. Überall hat er Plakate hingeklebt, Laufzettel verteilt und zu Bürgerabenden eingeladen. Er hat sich öffentlich in einem Leserbrief von Stinna losgesagt, als bekannt wurde, was sie mit dem Ausländer trieb. Wenn Sie mich fragen, war das geschmacklos. Bodil und Norbert, Franzens Jüngster, waren ein Paar.«

Der Kommissar sah interessiert von seiner Suppe auf. »Ja? Wer ist das denn? Mit ihm hätte ich mich gern unterhalten.«

»Norbert ist tödlich verunglückt, vor etwa einem Jahr. Sie wittern da doch nicht etwa einen Zusammenhang?«

»Ich glaube eher, Sie wollen mir einen Floh ins Ohr setzen.«

»Ist das verboten? Ich habe keine Hintergedanken. Ich teile Ihnen lediglich mit, was ich mir so zusammengereimt habe.«

»Mhm«, machte der Kommissar.

Dann kam die Forelle blau und danach der Rinderbraten und zuletzt eine Art Reis in Vanillecreme. Dazu gab es einen ständigen Nachschub an Wein. Der Kommissar achtete nicht sonderlich auf die Gespräche. Er genoß die Stunden neben Heidrun Nissen einfach.

Kati hatte ihnen das Ehrenwort abgenommen, sie würden niemandem davon erzählen. Karin hatte sie gefragt, was denn erzählen, also man müsse doch wissen, was man verschweigen solle, bevor man sich bereit erkläre, es zu verschweigen.

Aber Kati war standhaft geblieben, und Hilde hatte als erste eingewilligt. Dann hatte auch Karin bei ihrem Leben geschworen, sie würde es keinem weitererzählen.

Als sie in Katis Zimmer kamen, standen dort fünf Flaschen Wein, voll bis obenhin. Hilde machte Augen wie Untertassen.

»Wo hast du die bloß her?« fragte Karin.

»Man muß das nur ein bißchen geschickt anfangen. In der Küche stehen massenhaft Flaschen herum, und Vater ist an so einem Tag eh nicht ganz bei sich. Da ist es überhaupt kein Problem, die Reste beiseite zu schaffen. Und danach braucht man nur noch einen Trichter.« Kati grinste stolz.

»Sollen wir die etwa alle trinken?« fragte Karin.

»Muß ja nicht heute sein. Oder hast du etwa Muffe?«

Muffe hatte niemand gern. Zu Muffe gehörte Mut.

Die Tische wurden nicht weggerückt, und es wurde auch nicht getanzt. »Oder halten Sie das etwa für angebracht?« fragte Heidrun Nissen.

Die einzige Veränderung bestand darin, daß sich Arne Nissen weggesetzt hatte, und der Kaffee mit Sahnetorten, Plätzchen, Likör oder Cognac serviert worden war.

»Ich war lange nicht mehr auf so einer Feier«, sagte der Kommissar. »Seit meiner Scheidung nicht mehr. Mein Sohn war sehr verletzt, als ich zu seiner Konfirmation absagte.«

»Was haben Sie ihm geschenkt?«

»Ein riesiges, tragbares HiFi-Gerät mit CD, zwei Kasettendecks und Radio. Hat mich ein Heidengeld gekostet.«

Sie lächelte. »Aber er hat sich nicht gefreut«, stellte sie fest.

Er schüttelte den Kopf. »Ich dachte, Kinder wären heutzutage nicht mehr so versessen auf die Gegenwart ihrer Eltern. Außerdem hatte er monatelang von so einem Gerät geschwärmt.«

»Vermutlich wollte er beides, sowohl das Gerät als auch Sie.«

»Ja«, nickte er. »Sie können den Hals einfach nicht vollkriegen.«

Sie lachte.

In der Ecke, am Ende des Tisches saß ein Albino in einem weiten, schwarz-violett gepunkteten Kleid. Am Hals hatte es einen Pelzbesatz, ganz schwarz und an den Spitzen wie mit Rauhreif überzogen, vielleicht Zobel. Er trug die Haare hinten zu einem Pferdeschwanz zusammengebunden, der bis zum Hintern hinabreichte.

»Wer ist das?« fragte der Kommissar.

Sie blickte in die Richtung seiner Kinnspitze, fing den Blick des Albinos auf, beide lächelten, hoben ihr Glas und prosteten einander zu. Sie wandte sich dem Kommissar zu. »Er heißt Sönke Jürgsen«, sagte sie. »Sein Hof liegt etwa zwei Kilometer Richtung Westen. Ökologischer Landbau. Sie sollten ihn einmal besuchen. In Ihrer Eigenschaft als Kommissar werden Sie dort allerdings wenig Glück haben. Er interessiert sich kaum für Dorfklatsch und denkt immer nur das Beste von seinen Mitmenschen. Darin tun die es ihm allerdings nicht gleich.«

»Sie haben gelauscht.«

Sie blickte auf. »Habe ich das? Sehen Sie, Sönke gilt bei uns als Homosexueller. Ob er das ist, weiß ich nicht. Dazu habe ich mich nicht intim genug mit ihm unterhalten. Ich weiß nur, daß er Bodil ein echter Freund war, in allen Lebenslagen. Er ist allen Menschen ein echter Freund. Wie er bei der Plackerei auf dem Hof dazu die Zeit findet, ist mir ein Rätsel.« Sie stand auf.

»Sie entschuldigen mich, ich habe noch etwas zu erledigen. Es hätte nie soweit kommen dürfen.«

Er hielt sie fest.

»Wo ist Ihre Tochter?« fragte er.

»Irgendwo im Haus«, sagte sie.

»Sind Sie sicher? Sie wissen doch ...«

»Natürlich. Sie hat mir versprochen, das Haus nicht zu verlassen, und meine Tochter hält, was sie verspricht. Sie wird mit einer Freundin die Nacht bei Kati verbringen. Die Tochter des Hauses.« Sie riß sich los und ging davon.

Hinter Stinnas Stuhl blieb sie stehen und tippte ihr auf die Schulter. Die beiden Frauen sahen sich an. Dann stand Stinna auf. Sie verließen den Saal.

Fiete grinste.

»Sie amüsieren sich wohl immer köstlich«, sagte der Kommissar. Er stand auf und setzte sich auf den leeren Stuhl zwischen dem Iraner und Fiete.

»Philip Marlowe sagte, verliebe dich nie in eine Kundin, Herr Kommissar.«

»Polizisten haben keine Kunden, sie haben nur die Steuerzahler. Und in die kann man sich unmöglich alle verlieben«, seufzte der Iraner. »Reza«, fügte er hinzu und strahlte den Kommissar an.

Der Kommissar lächelte zurück.

»Sie hatten ihn vergessen, nicht wahr?« fragte Reza.

»Leider. Aber daran können Sie auch erkennen, daß ich Ihre Akte nicht eingesehen habe.«

»Wie kommen die Nachforschungen voran?« fragte Fiete.

»Träge«, sagte der Kommissar.

Stinna kam ihr keine Haaresbreit entgegen. Sie hatte die Arme vor der Brust verschränkt, die Nase zeigte merklich nach oben, und sie lehnte gegen die Türleiste, gespannt wie ein Flitzbogen.

»Ich habe nichts zu meiner Verteidigung vorzubringen«, sagte Heidrun. »Es hat wohl dieses Todes bedurft, um mich wachzurütteln.«

»Du meinst, du hättest es nicht fertiggebracht, gleichzeitig ununterbrochen nüchtern zu sein und deinem Mann die Stirn zu bieten.«

»Wenn du es so sehen willst.« Heidrun dachte an den Kommissar, der ihr gefiel.

»Er ist höflich und zuvorkommend«, sagte Stinna. Sie sahen sich an, dann lächelten sie.

»Mir gegenüber nicht«, sagte Heidrun.

»Wie denn?«

»Ich weiß nicht genau. Er war kaum durch die Tür, da erzählte er schon von seiner geschiedenen Frau.«

»Du tust das nur, weil du dir vorstellst, es sei dein Kind, und weil du ein schlechtes Gewissen hast, daß es meins ist.«

»Ja«, sagte Heidrun. »Ich kann nicht leugnen, daß es damit zusammenhängt. Aber heißt das automatisch, daß ich ewig für meine Versäumnisse büßen muß?«

»Sprich nicht von büßen, und tue dir in meiner Gesellschaft bitte nicht selbst leid. Das ertrage ich einfach nicht.«

Stinna weinte. Heidrun trat auf sie zu und strich ihr übers Haar.

Zum Schießen fand man alles, und dann dachte man plötzlich an Bodil oder an etwas anderes ganz trauriges, und dann war man plötzlich tief unten im schwärzesten Loch. Und dazwischen hatte man so ein Gefühl von Frieden, als würde man schweben, als glitte man über den Himmel, oder wenigstens über die Decke, und da war nichts, das einen auf der Erde festhielt.

Hilde saß auf dem Fußboden, und auf ihrer Bluse waren zwei rote Flecken, und aus ihren Mundwinkeln liefen zwei rote Streifen bis zum Kinn hinab und zeigten direkt auf die roten Flecken auf der Bluse. Als wäre sie vor Jahren von Dracula gebissen worden und hätte gerade selbst jemanden ausgesogen. Karin kicherte.

»Was kicherst du schon wieder?« fragte Kati erbost. »Er schickt die Zettel doch immer zurück. Er liest sie ja nicht einmal.«

»Warum schreibst du ihm dann überhaupt welche? Wenn er sie gar nicht haben will.«

»Warum schreibst du ihm ...«, äffte Kati sie nach, und dann kicherten sie alle drei.

»Er hat einen knackigen Hintern«, sagte Hilde und lief rot an, und sie kicherten wieder.

Kati legte die Hand über die Herzgegend. »Ich liebe ihn«, deklamierte sie.

»Er ist dumm«, entschied Karin. »Aber 'nen knackigen Arsch hat er.« Erneut kicherten sie, ununterbrochen eigentlich.

Kati holte die dritte Flasche vom Tisch und schenkte ihnen ein.

»Wenn deine Mutter ...?« fragte Hilde zum zigsten Mal.

»Wenn er dumm ist, müßte man ihn doch rumkriegen können. Dann schnallt er doch nicht so viel, dann müßte er doch leicht zu verführen sein.«

»Sollte man eigentlich denken.«

»Hast du gehört, Hilde«, sagte Kati. »Halt dich an die Dummen. Die kriegst selbst du rum.«

Die beiden lachten. Hilde nicht.

Etliche waren schon gegangen, die Tische standen halbleer. Es wurde immer noch unterdrückt gesprochen und kaum gelacht. Niemand war betrunken. Bei einem fünfzigsten Geburtstag.

Der Kommissar setzte sich zu einem hageren Mann mit buschigen Augenbrauen, neben dem zwei mollige Frauen saßen, gleicher Typ, die eine lediglich wesentlich jünger. »Sie heißen Scholz«, sagte der Kommissar, »und malen Bilder.«

»Und das macht mich automatisch verdächtig?«

»Verdächtig wären Sie nur, wenn Sie schlechte Bilder malten.«

»Sie sind nicht besonders gut«, sagte Scholz. Seine Frau öffnete den Mund, um ihm zu widersprechen. »Aber so schlecht auch wieder nicht, daß sie einen Mord rechtfertigten.«

»Können Bilder so schlecht sein?« fragte der Kommissar.

»Sie würden sich wundern«, entgegnete Scholz, und er, die

beiden molligen Frauen und der Kommissar lächelten. Die beiden Frauen hatten schöne, weiße, ebenmäßige Zähne.

»Ich habe diese Zähne schon gesehen. In der Stadtsparkasse anläßlich einer Ausstellung«.

»Sie können sich denken, daß mir die Vorstellung zuwider ist, in einem Geldtempel zu hängen.«

»Wenn Sie tatsächlich persönlich hängen würden, wäre es Ihnen sicher egal, wo es stattfände.«

»Sie haben eine morbide Phantasie, Herr Kommissar.«

»Das geht leider mit dem Beruf einher. Sie haben keinen Verdacht, den Sie mir unbedingt mitteilen wollen?«

»Ich bin nicht schüchtern, Herr Kommissar. Im gegebenen Fall hätte ich Sie sicher aufgesucht.«

»Na, ich weiß nicht. Wer Geldtempel verachtet, ist auch der Polizei selten wohlgesonnen.«

»Was hielten Sie von der Vorstellung heute abend?«

»Sie meinen Stinna?«

Scholz nickte. »Es war eine Demonstration, und auf sowas ist Burmeister schlecht zu sprechen. Sehen Sie, wenn mein Riecher mich nicht täuscht, werden Sie Ihren werten Kollegen und Burmeister im Kartenzimmer bei Skat und Schnaps finden. Und das Spiel wird nur ein Vorwand sein, damit die beiden picheln können.«

»Sie wollen doch nicht behaupten, daß beide in Stinna ...«

»Das hat mit dem Mord nichts zu tun. Sie können jederzeit vorbeikommen. Adeltraud wird Sie auch gebührend bekochen, und dann können wir über den Mord reden. Adelheid ist eine Klassenkameradin von Bodil, war es, also kannte ich sie einigermaßen. Sie war ein liebes Ding. Ihretwegen werde ich mein Mißtrauen Ihrem Verein gegenüber gerne zügeln. Heute abend geht es mir allerdings eher darum zu verhindern, daß Burmeister und vielleicht auch Feddersen ausfällig werden. Ich bitte Sie, ein Auge auf den Mohtashami zu haben.«

»Wo ist das Kartenzimmer?«

»Hinten. Wandeln Sie ein bißchen umher, und gehen Sie dann in die Richtung, wo die Stimmen am lautesten sind.«

Noch immer saßen sie nicht dicht nebeneinander. Stinna war gleich nach Abebben der Tränen von ihr fortgerückt. Aber wenigstens war sie noch da. Mehr konnte sie nicht erwarten.

»Warum läßt du ihn nicht zu dir nach Hause ziehen?« fragte sie.

»Ich weiß es nicht. Vorher war es wegen Bodil, obwohl Bodil nichts dagegen einzuwenden hatte. Und jetzt ist es wohl wieder wegen Bodil.«

»Ist er dir denn keine Stütze?«

Es ging ihr durch Mark und Bein, von Stinna so angesehen zu werden. »Ich weiß nicht, wie ich es ohne ihn aushalten würde. Du warst keine.«

»Nein, das war ich nicht.«

»Wir lieben uns. Darin hast du ja nicht besonders viel Erfahrung.«

»Ich wollte sie auch nie.«

Stinna blickte schräg an ihr vorbei, und wieder traten Tränen aus ihren Augen. Aber sie hob abwehrend die Hände, als Heidrun Anstalten machte, sie in den Arm zu nehmen.

»Du kannst mit ihm ein Kind bekommen«, sagte Heidrun. »Es ist noch nicht zu spät für dich. Und es wäre ein echtes Kind der Liebe.«

Stinna verzog den Mund und biß sich auf die Unterlippe. »Es klingt so verlogen. Ich weiß, daß du es gut meinst; aber es klingt so hohl und wertlos.«

»Ich könnte dir aber nur auf gleicher Ebene gegenübertreten, wenn auch meine Tochter ums Leben gekommen wäre.«

»Es ist so sinnlos«, sagte Stinna.

Es würde nicht mehr lange dauern, dann könnte Kati gar nicht mehr reden. Schon jetzt sprach sie so, als hätte sie einen Ballen Watte im Mund. »Knackiger Hintern« wurde bei ihr zu »Whawhawha whawha«, und dann kriegten sich Karin und Hilde nicht ein, und Kati kicherte mit, weil sie dachte, sie habe gerade was Umwerfendes gesagt.

Karin war gar nicht schlecht. Vorhin, beim letzten Schluck, da hatte sie ein wenig würgen müssen; aber jetzt war das vorüber. Nur gut, daß sie keine Zigaretten rauchten. Bodil hatte ihr mal erzählt, daß Zigaretten alles viel schlimmer machten. Man müsse dann schon nach dem dritten Glas und der vierten Zigarette auf Klo und sich übergeben, oder so. Wie das wohl war, sich übergeben? Sie wußte nicht, ob sie das je gemacht hatte.

»Hilde, hast du dich jemals übergeben?«

Hilde schüttelte den Kopf. »Ich vertrage auch mehr als ihr«, lachte sie. »Ich bin noch völlig klar. Guck mal, ich kann auf einer Linie spazieren, ganz gerade.«

Tatsächlich, das konnte sie. Kati versuchte es auch, aber sie fiel zwischen dem ersten und dem zweiten Schritt zu Boden. Karin schaffte es drei Fußlängen weit geradeaus, dann drehte die Bahn immer mehr nach links ab, und sie fiel auf Katis Bett.

Ich bin eben schlau, dachte sie, kurz bevor sie einschlief.

Der Raum war verraucht. Feddersen spielte einen Grand Hand und ging sang- und klanglos unter. Burmeister hatte die Schnapsflasche in der Faust und trank daraus. Der dritte im Bunde trug eine schwarze Lederjacke. Der Kommissar erkannte in ihm einen der beiden Motorradfahrer wieder.

»Ach, Herr Kommissar, amüsieren Sie sich? Kennen Sie übrigens meinen Sohn? Jürgen, sag dem Herrn Kommissar guten Tag. Spielen Sie Skat, Herr Kommissar? Ein vierter Mann ist immer willkommen.«

Der Kommissar schüttelte den Kopf. »Es war ein sehr schönes Abendessen, Herr Burmeister, wirklich sehr schön. Ich habe wie üblich zuviel gegessen.«

»Aber getrunken haben Sie nicht. Kommen Sie, Herr Kommissar, Sie müssen doch etwas Flüssiges zu sich nehmen, seien Sie kein Frosch.«

»Na ja, ein Glas. Ja, so ist's gut, nicht ganz voll.« Er setzte sich. »Sie haben ein schönes Haus, Herr Burmeister.«

»Wir haben keinen Pfennig Schulden, verstehen Sie, keinen Pfennig Schulden«, sagte Jürgen Burmeister, wobei er mit der Faust auf die Tischplatte trommelte.

»Reg' dich ab, Jürgen«, sagte Feddersen. Er sah den Kommissar vorsichtig an. »Ich bin nicht im Dienst.«

»Is' schon gut, Feddersen, Sie können hier trinken, soviel Sie wollen. Sind schließlich schwere Zeiten.«

»Was sagen Sie dazu, Herr Kommissar, was sagen Sie bloß dazu?« Burmeister drückte ihm eine fette Zigarre in die Hand und zündete sich selbst eine an. Im Aschenbecher qualmten schon zwei.

»Wozu, Herr Burmeister?«

»Mißbraucht mein Vertrauen, Herr Kommissar. Sie war noch'n Säugling, da hatte ich die Deern auf den Knien, Herr Kommissar. Ich habe mich um sie gekümmert, ich war wie ein großer Bruder zu ihr. Und jetzt das, Herr Kommissar, einfach mein Vertrauen mißbrauchen. Wo bleibt da die Gerechtigkeit, Herr Kommissar, ich frage Sie, wo bleibt da die Gerechtigkeit?«

»Ich verstehe nicht ganz, Herr Burmeister«, sagte der Kommissar.

Burmeister stand auf. »Sie werden mich gleich verstehen. Gleich werden mich alle verstehen. Und sie und er, die werden mich am besten verstehen.«

Nissen hatte sich zu ihnen gesetzt. Fiete traute dem Frieden nicht. Er wußte, daß Reza sich langsam unwohl fühlte. Sie hatten jetzt schon zwei Stunden allein gesessen, argwöhnisch beäugt vom Rest der Gäste. Nur Scholz winkte leutselig, bewegte sich aber genausowenig wie sonst vom Fleck.

Reza wollte unbedingt an seinem Platz sitzen bleiben. »Wenn Stinna zurückkommt ...« sagte er.

Fiete wußte, daß dem mit Logik nicht beizukommen war. Stattdessen erzählte er Schoten aus seinem Leben. Das vertrieb wenigstens die Zeit.

Und dann setzte sich Nissen zu ihnen. »Wie gefällt es Ihnen hier in unserem Dorf, Herr Mohtashami?« fragte er.

»Gut, sehr gut. Ich kann nicht klagen.«

»Klagen könnten Sie schon.«

»Wie bitte? Nein, bestimmt nicht.«

»Der Anschlag auf Sie gestern war ja nun kein Ausdruck großer Gastfreundschaft. Aber die Episode haben Sie vermutlich längst vergessen. Ja, Iraner sind nachsichtige Menschen. Prost. Das ist Mangosaft. In der Hinsicht halte ich es mit Ihrer Religion: Ich bin abstinent.«

»Oh, ich trinke. Ich trinke genau wie die Deutschen. Im Iran trinken viele Leute Alkohol.«

»Auch jetzt noch?«

»Ja. Es ist schwieriger geworden; aber wo ein Wille ist, ist auch ein Weg.« Reza lächelte.

»Das müssen Sie mir bei Gelegenheit mal näher erklären, wie Sie die heutigen Sitten im Iran so genau kennen, und doch behaupten, Sie seien dort verfolgt worden.«

Ganz allein war sie jetzt mit sich und der Flasche Wein. Dabei wollte sie gar keinen Wein mehr. Von Wein wurde man dick. Man wurde von allem dick, wenn man man war. Man wollte eigentlich gar nicht man sein.

Drüben am Weiher mit der Buche, da würde die Erde heute abend so schön knarren, wenn man drauftrat, weil es ja so fror.

Sie fror plötzlich auch. Kati hätte gesagt, dicke Menschen könnten nicht frieren, Fett isoliere. Und dann hätte sie sie vielleicht Isomatte genannt. Was hätte sie darauf schon sagen sollen?

Sie stand auf und schwankte kaum, was sie stolz machte, auch wenn es ihr an Publikum fehlte. Das hätten sie in der Schule sehen müssen, genau das, wie sie das machte, daß sie doch etwas konnte, viel besser sogar als die Jungs.

Sie öffnete die Tür.

Als erstes hörten sie das Klirren des Geschirrs, danach die Schreie und die wüsten Drohungen. Sie hatten gedankenverloren dagesessen, seit einer halben Stunde, und vielleicht deshalb nichts gehört. Und dann das Klirren.

Stinna war zuerst an der Tür. Sie hatte ja auch mehr zu verlieren. Ein schändlicher Gedanke.

Der Kommissar preßte den Nacken von Burmeister gegen die Tischplatte. Irgendwo im Hintergrund schrie eine Frau. Aus Burmeisters Kehle blubberte es, allerdings nur Speichel, kein Blut. Um ihn herum waren alle Teller, Tassen, Untertassen, Schüsseln, einfach alles, vom Tisch gefegt.

Reza stand gegen die Wand gelehnt und atmete schwer. Fiete saß auf seinem Platz und grinste.

Die Tür wurde aufgerissen, und der Junge von Burmeister schrie unverständliches Zeug. Er hielt einen Baseballschläger in der Hand und schlug damit auf den Tisch. »Komm doch her, komm doch her, komm doch her«, heiserte er. Feddersen stand in der Tür, ohne sich zu rühren. Womöglich lächelte er sogar.

Jürgen sprang auf den Tisch und auf der anderen Seite wieder herunter und fegte mit dem Schläger das Geschirr vom Nachbartisch, direkt vor Fietes Nase. »Junge«, sagte Fiete. »Hier hast du nichts zu suchen.«

»Ich mein' nich' dich«, heiserte der Junge. »Ich mein' den, ich will den.«

Wieder ein Schrei, diesmal hinter dem Kommissar. Stinna kam ganz dicht an den Tisch heran. Der Junge drehte sich um.

»Fotze«, sagte er.

Fiete streckte blitzschnell die Hand aus, umfaßte den Schläger und riß ihn Jürgen aus der Hand. Dann stand er auf.

»Ich denke, du schuldest der Dame eine Entschuldigung«, sagte er gelassen.

Hilde

Er saß im Wagen und wartete auf sie.

Aber sie wollte doch nur die wenigen Kilometer mit dem Fahrrad hinunter zu dem Weiher, an dem die Erde so herrlich knirschte, wenn es fror, wie heute nacht.

Sie hörte den Motor gar nicht, sondern radelte einfach drauflos.

Sie fuhr Schlangenlinie. Immer wieder dachte er, jetzt fällt sie hin. Aber sie fiel nicht.

Sie dachte eigentlich an nichts, während sie fuhr. Sie dachte natürlich an die Wiese um den Weiher herum und an das Geräusch, wenn ihre Füße das Gras betreten und die gefrorenen Halme unter dem Druck ihres Gewichts brechen und knistern würden.

Anfangs überlegte sie, zum Ufer der Au hinunterzulaufen, weil sie dort einmal gebadet hatte. Es könnte ganz lustig sein, hier im Winter etwas ähnliches zu probieren.

Sie war sehr traurig. Als sie zu trinken angefangen hatten, war sie noch glücklich gewesen. Dann war Kati wieder biestig geworden, und sie mochte es nicht, wenn man ihr gegenüber biestig wurde.

Sie kicherte. Um ein Haar wäre sie hingefallen, weil sie wegen des Kicherns nicht aufgepaßt hatte. Der Wagen hinter ihr hatte kurz beschleunigt. Aber dann hatte sie sich wieder gefangen, und der Wagen verminderte seine Geschwindigkeit.

Sie würde den Grashalmen gegenüber auch ganz schön biestig werden heute nacht. Sie würde ihnen das Rückgrat brechen.

Und danach? Danach würde sie zurückfahren und die beiden anderen mit Wasser aus dem Weiher überschütten. Wenn sie doch bloß einen Eimer mitgebracht hätte.

Sie fuhr an der Einfahrt zu Timmsens Hof vorüber. Da überholte der Wagen sie, und die Scheinwerfer wurden eingeschaltet. Sie sah die Bremslichter aufleuchten und warf sich zu Boden.

Sie kroch unter dem Fahrrad hervor, als die Fahrertür aufgemacht wurde. Sie war auf dem Weg in die Böschung, als sie ins Schloß schlug.

Sie sah überhaupt nichts, sie rannte einfach nur. Sie hörte auch keinen Atem außer ihrem eigenen. Der Mann hinter ihr hielt immer wieder inne und orientierte sich nach ihrem Keuchen. Er hatte Zeit. Er wußte, sie würde schnell ermüden. Sie hatte zuviel Wein getrunken. Er hoffte nur, daß sie sich nicht irgendwo versteckte, wo er sie nicht hören und aufstöbern konnte.

Dann würde sie erfrieren, und das wäre eine solche Verschwendung. Für sie und für ihn.

Sie rannte ständig im Kreis, in einem Kreis, der immer kleiner wurde, und ganz zuletzt, als der Alkohol, die Furcht und die Kälte sie mürbe gemacht hatten, drehte sie sich nur noch um ihre eigene Achse.

Karin

Ihr war speiübel, als sie die Haustür aufmachte. Der Kopf tat ihr weh, aber noch viel schlimmer war dieses saure Zwicken in der Kehle. Nie wieder würde sie einen Schluck Alkohol trinken. Das schwor sie hoch und heilig. Es war Katis Schuld. Es war alles Katis Schuld.

Es war noch dunkel und sehr still. Um die Ecke stand ein Auto mit laufendem Motor. Eine Eule klagte.

Karin hatte von den Welpen geträumt, und dann von Hilde.

Als sie aufgewacht war, hatte sie auf dem Fußboden gelegen. Kati hatte geschnarcht wie ein Sägewerk. Von Hilde keine Spur. Und dann hatte sie einfach nicht wieder einschlafen können.

Im Haus hörte sie kein Geräusch. Sie blieb kurz an Mutters Tür stehen, wollte sie aber nicht wecken, nicht ohne Grund.

Wie jemand einen Welpen in eine Plastiktüte stecken und sie anschließend luftdicht verschnüren konnte, ging über ihren Verstand.

Aber er konnte ihr doch die Welpen nicht wegnehmen. Er mußte doch mitbekommen haben, wie sehr Onkel Tom gelitten hatte, das sah man doch an der Bläue der Zunge, die weit aus dem Maul hing, und an den aufgerissenen Augen.

Der Zettel lag mitten im leeren Korb.

Besser, du begräbst ihn und erzählst niemandem davon. Besser für die restlichen Hunde. Gutes Mädchen.

Sie grub ein tiefes Loch in den Schnee hinter dem Haus und legte ihn hinein. Wenn der Frühling kam und das Tauwetter einsetzte, würde Onkel Tom eine richtige, christliche Bestattung bekommen. Vater ging ja nicht gerne in die Kirche; aber zu Onkel Toms Bestattung mußte er kommen. Es war schließlich genausosehr sein Hund.

Sie ging ins Badezimmer und hockte über der Kloschüssel, bis ihr Vater an die Tür klopfte. Die Kaffeemaschine gurgelte, als sie in die Küche kam. Sie hatte trockene Augen und sagte kein Wort. Mutter hätte ruhig fragen können.

Fleischer

Die beiden Anrufe kamen fast gleichzeitig. Der Kommissar hatte nach dem ersten kaum aufgelegt, da klingelte das Telephon erneut und seine Befürchtung wurde zur Gewißheit.

Der erste Anruf kam von Friederike Burmeister. Sie sagte, Hilde sei mitten in der Nacht aufgebrochen und noch immer nicht zurück. Nein, die Eltern hätten kein Telephon. Ob er hinfahren könne? Franz sei einfach noch zu betrunken.

Der zweite kam von Felix Timmsen. Er sagte den Namen des Mädchens, dann schwiegen sie, dann legte der Kommissar auf.

Er holte seinen Mantel und fuhr zu Feddersen. Der hatte einen schweren Kater. Während der Kommissar darauf wartete, daß Feddersen sich umzog, verständigte er über Handy den Krankenwagen und die Spurensicherung.

Sie war mit Krampen an die Innenseite der Stalltür genagelt worden, große Krampen, die Hand- und Fußgelenke umspannten, ohne sie zu verletzen. Das war aber auch das einzige, was an ihr unbeschädigt geblieben war.

Feddersen saß in einem Busch und würgte.

Der Kommissar drehte sich zu Felix Timmsen. »Haben Sie denn überhaupt keine Tiere, die hätten Laut geben können?«

Felix schüttelte den Kopf. »Wir hatten hier die Schweinepest und müssen erst desinfizieren. Nächste Woche wollten wir es machen.« Der Junge hatte geweint. Er tat dem Kommissar leid. Na ja, so jung war er vermutlich gar nicht.

»Wo sind Ihre Eltern?«

»Im Dorf. Sie waren gestern bei Burmeister, und da haben sie bei Bekannten übernachtet. Ich wollte lieber Sie anrufen, bevor ich sie verständige. Sie sind nicht mehr die allerjüngsten, und ich dachte, wir könnten die da entfernen, bevor sie wiederkommen.«

»Rufen Sie lieber bei den Bekannten an und sagen, Ihre Eltern sollten nicht vor heute abend kommen.«

»Sie sind aber sehr neugierig.«

»Sagen Sie, es ist ein dienstlicher Befehl. Und verbreiten Sie bitte keine Gerüchte.« Der Kommissar wandte sich ab und ging zur Leiche zurück.

Krankenwagen und Spurensicherung kamen erst nach einer dreiviertel Stunde. Der Kommissar hatte sie die letzten Kilometer über Funk zum Hof lotsen müssen; sonst wäre es wieder dunkel geworden, bevor sie ihn gefunden hätten.

Der Junge hatte Kaffee aufgesetzt. Der Kommissar und Feddersen gingen in die Küche, während der Arzt und die Spurensicherung arbeiteten. Der Kaffee schmeckte ausgezeichnet. Der Kommissar sagte es dem Jungen.

»Dieses Schwein«, flüsterte Feddersen. »Den werde ich schon noch kriegen.«

»Feddersen, Sie sind mir noch eine Erklärung für gestern abend schuldig.«

Feddersen sah ihn mit großen Augen an.

»Sie standen die ganze Zeit unbeweglich in der Tür, während jemand in Begriff war, eine Straftat zu begehen.«

»Hätte man ihn doch nur machen lassen. Dann wäre die Hilde jetzt noch am Leben. Sehen Sie jetzt, was Sie uns mit dieser Arschkriecherei antun?«

»Gehen Sie lieber raus und helfen den Leuten suchen. Das ist eine Anordnung.«

Als Feddersen sich getrollt hatte, wand der Kommissar sich an Felix Timmsen. »Wie kommt es, daß Sie gestern abend nicht bei Burmeister waren?«

Der Junge rückte unbehaglich auf seinem Stuhl herum. »Ich fühlte mich nicht so gut. Na ja, wissen Sie, heute ist völlige Windstille, wolkenfreier Himmel und immer noch minus zehn Grad. Heute wäre ich gern aufgestiegen. Ich war gerade dabei, aber dann fand ich Hilde.«

»Aufsteigen? Hier gibt es doch gar keine Berge.«

»Ich habe einen Heißluftballon, Herr Kommissar.« Felix Timmsens Gesicht überzog eine leichte Röte. Gleichzeitig sah er sehr stolz aus.

»Wäre das nicht ein bißchen kalt gewesen heute? Außerdem driften Sie mit einem solchen Ding doch ab. Brauchen Sie nicht jemanden, der Ihnen am Boden hinterherfährt?«

»Windstille, Herr Kommissar. Zwei Fliegen mit einer Klappe. Die Kälte macht einem nicht soviel aus, und man driftet nicht so weit ab. Natürlich herrscht immer eine gewisse Zirkulation, und ich weiß auch nicht genau, wie es in den höheren Luftlagen aussieht; aber ich bin sicher, ich könnte oben zwei Stunden innerhalb eines Radius von zweihundert Metern verbringen.«

»Sie müssen ganz schön tüchtig sein, junger Mann.«

»Wir können es ja pro ..., ach nein, entschuldigen Sie, ich werde, es reißt mich einfach mit, ich weiß dann nie, wo mir der Kopf steht.«

»Haben Sie Ihre Eltern verständigt?«

Der Junge nickte.

»Kannten Sie die Tote gut?«

Der Junge schüttelte den Kopf. »Ich hab' Sie natürlich öfter gesehen, vielleicht auch mal mit ihr geredet. Aber ich bin bestimmt über zehn Jahre älter als sie, und der Hof von ihren Eltern liegt auf der anderen Seite des Dorfes. Da sieht man sich nicht so oft. Und dann habe ich ja auch noch meinen Ballon.« Plötzlich brach er in Tränen aus.

Er saß lange so da, mit gebeugtem Kopf, und weinte. Dann sprang er plötzlich auf, rannte zum Spülstein und übergab sich.

Es dauerte fünf Minuten, dann hatte er sich wieder gefaßt.

Er ging zum Tisch zurück und setzte sich. »Entschuldigen Sie«, murmelte er.

»Sie sind auch nie bei ihnen auf dem Feld gelandet?«

Der Junge zuckte die Achseln. »Wär schon möglich. Erinnern kann ich mich daran nicht. Geht ja auch schnell; man holt den Wagen, rollt den Stoff zusammen, verstaut ihn und die Gondel, und dann ist man wieder weg.«

Der Kommissar ging ans Fenster und schaute hinaus. »Schönen Hof haben Sie hier«, sagte er.

Überall waren Menschen, sie kamen auf Fahrrädern, auf Mofas, in Autos, jetzt tuckerte sogar ein Trecker die Einfahrt herauf.

»Meine Eltern sind sehr stolz darauf. Sie haben mit nichts angefangen, und jetzt sind fast alle Hypotheken abgetragen.«

»Ja?« sagte der Kommissar überrascht. »Wer saß denn vor Ihnen drauf?«

»Die Eltern von Feddersen. Seine Mutter hat verkaufen müssen, als der Mann gestorben ist. Da war Feddersen noch'n Kind. Hat er Ihnen nichts davon erzählt? Das erzählt er sonst jedem.«

»Doch, jetzt weiß ich wieder. Was mich stutzig macht, ist diese alte Chronik von vor hundert Jahren, da wird ein alter Timmsen häufiger genannt. Ich bin davon ausgegangen, es handele sich um denselben Hof.«

»Tut es auch«, sagte der Junge stolz. »Ist alles beisammen. Die Wirtschaftsgebäude sind natürlich neu, und im Wohnhaus ist einiges verändert, aber im Kern ist es derselbe Hof. Deshalb sind meine Eltern auch so stolz darauf.

Sie dürfen übrigens nicht alles glauben, was der alte Pastor geschrieben hat. Elsbeth ist nicht vergewaltigt worden, und nie und nimmer von Urgroßvater Timmsen. Sie waren die allerbesten Freunde, da können Sie jeden fragen. Nachdem Elsbeth zurückgekommen ist, waren sie ein Herz und eine Seele. Er hat ihr sogar die Nähstube eingerichtet. Der alte Pastor war zuletzt nicht mehr ganz richtig im Kopf.«

»Ja«, sagte der Kommissar. »So wird's wohl gewesen sein. Ist ja auch eine alte Geschichte.«

Sie war irgendwo anders ermordet und vermutlich mit einem Wagen hergefahren worden, erklärten die Leute von der Spurensicherung. Aber bei dem hartgefrorenen Boden war spurentechnisch nichts zu machen.

Sechs bis acht Stunden, sagte der Arzt. Schwer zu präzisieren bei der Kälte. Etwa zehn potentiell tödliche Wunden, es kam nur darauf an, welche ihr zuerst zugefügt worden war. Aber das würde die Autopsie ergeben.

»Ein Verrückter«, sagte der Kommissar.

Der Arzt nahm die Zigarette aus dem Mund. »Wenn Sie es schon sagen, sollte ich das Rauchen wirklich aufgeben.« Dann atmete er tief durch. »Ich hoffe nicht, daß die Eltern sie noch identifizieren müssen.«

»Nein«, sagte der Kommissar. »Ich habe sie ein paar Mal gesehen. Es ist eindeutig Hilde.«

Der Schnee rieselte aus den hohen, bauschigen Wolken, dikke, freundliche Flocken, die zur Erde hinabschaukelten und sich aufs Gesicht legten. Dort schmolzen sie, das Kondenswasser lief in warmen Strichen die Wange hinab und kitzelte daran.

Der Kommissar dachte an Heidrun Nissen, trockene Fingerspitzen, die den Wasserspuren auf seiner Gesichtshaut nachgingen, und er beschloß, sie aufzusuchen und in die flache Weite der Landschaft zu führen, sobald er die Zeit fand.

Karin

Vater hatte sie nicht angesehen und nur gefragt: »Willst du enden wie deine Mutter?«

Mutter hatte sie in den Arm genommen und nichts gesagt,

und dann war ja klar, wie sie lieber enden wollte – aber sie wollte ja gar nicht enden.

Hilde war geendet, und das wollte sie nicht, was sollte man tun, was sollte man nur tun?

»Ihr habt getan, was die meisten Mädchen in eurem Alter tun. Fast jeder ist irgendwann einmal betrunken. Du hast jetzt einen Kater; aber auch er ist nicht anders als der aller anderen«, hatte ihre Mutter gesagt, und Karin hatte ihren Körper von ihr weggedreht.

Dann war Mutter gegangen.

Nein, sie hatte keine Schuld, und Kati hatte auch keine, zumindest nicht direkt, oder doch nicht so, daß man sie anklagen könnte, und auch nicht so, daß man sagen könnte, sie hätten sich über die Folgen im Klaren sein müssen.

Aber sie waren grausam gewesen. Karin hatte den ganzen Abend gespürt, daß der Wein sie unheilvoll grausam werden ließ.

Sie hatten sich Hilde überlegen gefühlt, weil sie ein paar Pfunde weniger auf den Hüften hatten – ein paar Pfunde? hörte sie Kati sagen, eher ein paar Tonnen. Eigentlich sollte man denken, daß Überlegenheit einen großzügig werden ließ, denn man hatte es ja nicht nötig, aufzutrumpfen.

Aber so war es nicht. Hilde wäre nie und nimmer weggefahren, wenn sie nicht überheblich und verletzend gewesen wären und dann geschlafen hätten. Wenn sie wach geblieben wären, hätten sie sie davon abhalten können.

Mutter hatte ihr eingebleut, sie dürfe nachts nie mehr allein außer Haus gehen, nicht solange der Unhold sein Unwesen triebe.

Sie würde nie wieder jemanden auslachen.

Einmal, vor zwei oder drei Jahren, hatten sie Felix Timmsen ausgelacht.

Er war direkt bei Gudenows im Garten gelandet. Hilde und Kati und sie hatten im Bett gelegen und geredet, frühmorgens, und dann hatten sie den leichten Bums gehört und aus dem Fenster gesehen. Und da lag er dann, völlig nackt, und die Ballonseide breitete sich in großen Falten über den Rasen und bedeckte die Blumenbeete.

Sie waren nach unten gerannt, und Hilde hatte einen Eimer mit Wasser gefüllt und war zum Ballon gerannt und hatte Felix mit dem Wasser überschüttet. Daß sie das damals wagte.

Es war das erste und einzige Mal, daß sie die Initiative ergriffen hatte.

Felix war aufgesprungen, aus der Gondel heraus, und dann war er gestolpert und auf den Rasen gepurzelt. Danach war er wieder aufgestanden, vielleicht hatte er gar nicht gemerkt, daß er nackt war, denn er hatte einen riesigen Ständer, den er nicht bedeckte.

Zuerst hatten sie gekichert, dann hatte er an sich heruntergeblickt, und dann waren sie plötzlich gewahr geworden, daß sie sich ein männliches Glied ansahen, und dann waren sie fürchterlich rot geworden und ganz still, und dann waren sie davongerannt.

Einmal hatte sie davor schon einen eregierten Penis gesehen – also abgesehen von Büchern und Zeitschriften. Fünf, sechs Jahre war sie damals alt gewesen. Sie war ins Schlafzimmer gestürmt, und da stand Vater, splitternackt, und eben mit dem Ding, und Mutter lag im Bett und schnarchte. Sie hatte einen Schlafanzug angehabt, aber der war völlig verrutscht.

Der Zettel lag im Korb, unter den Decken, er fiel heraus, als sie die Decken schüttelte. Ein abgerissenes Blatt karierten Papiers. Links in der Mitte war ein Loch.

Aber im Korb waren keine Welpen mehr.

Schöne Welpen hast du. Ein schönes Mädchen hat ein schönes Leben und schöne Welpen. Alles liebe dieser Welt.

Ein Verehrer.

PS. Und nimm mir das mit Onkel Tom nicht übel. Ich mußte Dir doch ein Zeichen geben. Wir hören voneinander. Ich werde gut auf die kleinen Viecher aufpassen.

Neidhart Panser

Natürlich hatten sie ihm das Zimmer neben dem Ablüftungsschacht gegeben. In der Hinsicht hatten alle diese bornierten Hoteleigentümer ein Rad ab. Zuerst kamen die Jungs vom Fernsehen, dann die Illustrierten, dann das Boulevard, dann die überregionalen Zeitungen, und zuletzt er, Schütze Arsch, Latrinenreiniger der fünfzigsten Kompanie. Nennt sich auch die vierte Macht im Staate, aber darauf brauchen Sie nichts zu geben, ist reine Angeberei von geborenen Spesenrittern.

Ach ja, das Radio hatte er mal wieder vergessen. Früher machten die so ein Kokolores ja gar nicht. Sie machten Musik, spürten den Weltereignissen nach oder waren einfach nur feinsinnig. Jetzt mußten sie die Musik mit den obligatorischen Redeanteilen unterfüttern, da kamen sie ganz schön ins Schwitzen, und so 'ne Gelegenheit war ein gefundenes Fressen für die.

Neben dem Ablüftungsschacht! Dabei war er keine dreißig Kilometer von hier geboren. Okay, die Eltern zogen mit der Währungsreform nach Hamburg; aber Geburtsort bleibt Geburtsort. Hatten sie nicht einsehen wollen unten an der Rezeption.

Er hätte der Rezeptionistin fast erzählt, er sei seit Dien Bien Phu überall dabeigewesen, wo es brenzlig war. Hatte er aber nicht: sie hätte die Kubakrise wahrscheinlich ohnehin mit den Pinkelbeschwerden von Mittfünfzigern verwechselt. Davon hätte er ihr auch eine Menge erzählen können. Darin war er Experte.

Dien Bien Phu hatte er nicht mitgemacht, und während der Kubakrise war er Volontär beim Dithmarscher Volksboten gewesen und hatte über eine Maul- und Klauenseuchenepidemie berichtet. War ganz schön herumgekommen auf seiner Velo-Solex.

Aber Vietnam hatte er gemacht, sich danach in Angola herumgetrieben, Israel, dann Zypern, dann wieder Vietnam gegen die Kambodschaner und Vietnam gegen China, als außer ihm niemand rein kam. An den Rechten hatte er soviel verdient, daß er zwei Jahre lang herumstreunen konnte.

Damals hatte er ein Buch schreiben wollen, so eins wie den »Fußballkrieg« von Rudi Kapuczinski; aber irgendwie war er daran kaputtgegangen. Er hatte alle großen Schreiber erlebt, war unter mehr Toten hervorgekrochen, als im Laufe einer Generation durch das Flensburger Leichenschauhaus geschleust wurden, war selbst eine Legende, oder zumindest auf dem besten Wege, es zu werden. Wenn ihn dieses eine mickrige Scheißbuch nicht gekillt hätte.

Er hätte eine Anthologie seiner besten Artikel verrühren können – das sagte wenigstens seine damalige Frau.

Niemals, so was würde er nie tun, er wollte die Wahrheit, ungeschminkt, wie man sie in Zeitschriften nicht bringen konnte, weil einem da immer die Redaktionspolitik zwischenfunkte.

Entweder sie wollten was anprangern, oder sie wollten beschwichtigen. Direkte Verbote gab es nicht, aber Leitlinien. Allein das Wort. Er wollte einmal etwas schreiben, wofür es keine Leitlinien gab.

Stattdessen landete er bei einer Provinzpostille und wurde mit Zimmern wie diesem abgespeist. Und er mußte aufs platte Land und darüber berichten, wie irgendein verklemmter Kleinpächter, zweiter Melker oder Traktormechaniker sich an kleinen Mädchen verging und sie anschließend hopsgehen ließ.

Gut, daß er der Rezeptionistin nichts von seinen ruhmreichen Taten erzählt hatte. Sie hätte ihn womöglich nach Jugoslawien gefragt, und dann hätte er nicht gewußt, was antworten sollte.

Niedliches Ding übrigens. Seltsam, er hatte in drei Jahren Dithmarschen mehr Frauen längsgelegt als auf seinen ganzen Auslandsreisen. Natürlich, es hatte Huren gegeben noch und nöcher; aber er meinte richtige Frauen, keine Hoppe-hoppe-Geldmaschinen.

Bei Laibach hatte sein Sohn einen Unterschenkeldurchschuß verpaßt bekommen, genau dreiundzwanzig Stunden und vierundvierzig Minuten nachdem die Serben vorgeprescht waren. Sie hatten ihn nach Österreich verfrachtet und dort verarztet.

Er war vierzehn Tage auf Heimaturlaub gewesen, dann hatte es ihn nach Kroatien gezogen.

Neidhart wußte nicht, wo er jetzt war und wie es ihm ging. Er las nur seine wöchentlichen Artikel und die unregelmäßigen Briefe und stellte dabei fest, daß sein Sohn der gleichen unwiderstehlichen Mischung von Faszination und Abscheu erlegen war, wie er vor über zwanzig Jahren. Es drehte sich alles im Kreis. Erst der Vater Todesvoyeur, dann der Sohn Todesvoyeur. Und jetzt war der Vater in der Geest auf der Suche nach einem mörderischen Bauerntölpel.

Es gab also doch so etwas wie Ungerechtigkeit.

Arne Nissen

Die ganzen Nacken verleideten ihm den Gottesdienst, jeden Gottesdienst.

Außerdem langweilte er sich, er haßte Predigten, Predigten jedweder Art, die allesamt vorgaben, menschliches Handeln ließe sich blößenlos in Worte kleiden und in moralische Folgerungen umformen; die harten, dem Gesäß unangepaßten Bänke; die Weite und Höhe des Schiffes; die Enge des Rituals; aber richtig widerwärtig waren ihm eigentlich nur die Nacken.

Dabei spielte es keine Rolle, ob sie feist, mager, knochig, faltig, krumm oder steil waren: es war ihre Menge und die massive Körperlichkeit, die sie ihm aufzwangen. Er seufzte und sah seine Frau und seine Tochter an. Er verspürte einen starken Beschützerdrang und eine hilflose Zärtlichkeit.

Und war doch außerstande, sie ihnen mitzuteilen.

Er wußte, die Leute behaupteten, Heidrun habe seinetwegen mit dem Trinken angefangen und trotz seiner damit aufgehört. Stinna hatte es ihm zweimal an den Kopf geworfen, betrunken zwar; aber sie hätte es besser wissen müssen. Es hatte ihn tief verletzt, und doch hatte er sie immer bei sich willkommen geheißen. Er bildete sich nichts darauf ein. Er wollte es lediglich als Tatsache festhalten.

Als Kind hatte er sich immer gesträubt, wenn Mutter ihn in die Kirche mitnehmen wollte. Er hatte geweint, wild um sich geschlagen und war mit dem Kopf gegen den Türrahmen gerannt. In der Kirche – es endete immer damit, daß sie seinen Willen brach – hatte er nur still dagesessen und die Nacken in ihrer ganzen Wucht und Körperlichkeit auf sich einwirken lassen.

Nachher war er mit dem Küster in dessen Haus gegangen und hatte sich auf dem Klo übergeben. Mutter hatte in der Stube gesessen und sich mit der Küsterin unterhalten, als er aus der Toilette kam. Vorher hatte ihn der Küster stets in der Diele abgefangen und ihm ein Malzbonbon gegeben.

Er aß jetzt nie mehr Malzbonbons, trotzdem hatte er jedes Mal ihren Geschmack im Mund, wenn er einen Gottesdienst besuchte. Allerdings ohne die trostreiche Hoffnung, anschließend beim Küster brechen zu dürfen und den Ekel mit malzdurchmischtem Speichel fortwischen zu können.

Mutter war keine schlechte Frau gewesen. Sie war fromm, durch die Umstände war sie fromm geworden, und sie bemühte sich, ihrem Sohn das eigene Gottvertrauen zu vermitteln. Eltern konnten ihren Kindern nur die Werte mitgeben, die ihnen selbst überliefert waren oder die sie im Laufe des Lebens erworben hatten. Den Rest mußten die Kinder sich innerhalb eines sehr engen Rahmens selbst aneignen.

Manchmal dachte er, daß die Enge des Kirchenritus in einer erstaunlichen Wechselbeziehung zur Enge des Lebens stand. Dieser Gedanke tröstete ihn inmitten all dieses Nackenelends. In der Hinsicht war der Ablauf innerhalb der dicken Wände eine Widerspiegelung und Verdichtung der Abläufe außerhalb ihrer, in der Hinsicht war er Kunst.

Genau wie seine Tätigkeit Kunst war, indem sie Aspekte des Lebens in Zahlen abbildete und ihnen so Festigkeit und Transparenz verlieh. Fühlen konnte er sich allerdings nicht als Künstler. Ob echte Künstler das wohl konnten, in ihrem tiefsten Inneren?

Seinen Vater hatte er nie kennengelernt – oder besser gesagt, erst viel später. Mutter hatte nie von ihm gesprochen, und auch ihre nächsten Verwandten und Bekannten hielten den Mund, was höchst erstaunlich war. Seine spätere Kenntnis anderer Menschen hatte ihm die Vermutung geradezu aufgedrängt, das Mitteilungsbedürfnis sei eine unstillbare und unausrottbare Sucht, besonders auf dem Lande.

Aber ehrlich gesagt, was wußte er schon von der Stadt?

Noch erstaunlicher war allerdings, daß selbst die Nachbarn nichts von seinem Vater wußten oder es zumindest vorgaben. Man mußte sich vor Augen halten, daß er in einer Kleinstadt aufgewachsen war, zwar größer als das Dorf, aber nicht viel und immer noch sehr dörflich.

Sein Vater war ein Phänomen, dessen tatsächliche Existenz niemand belegen konnte; die einzige sichere Spur für sein Wandeln auf Erden war er, Arne Nissen, der ewige Sohn eines ewig abwesenden Vaters. Falls es sich nicht um die jungfräuliche Empfängnis gehandelt hatte, war er ein soziales Pendant zur Brownschen Bewegung in einer Nebelkammer. Nur daß Wassertröpfchen keine seelischen Narben davontrugen.

Er war ein guter Schüler gewesen, um nicht zu sagen ein exzellenter, um ehrlich zu sein ein brillanter. Seine Lehrer hatten große Hoffnungen in ihn gesetzt. Seine Mitschüler weniger. Sie hielten auch weniger große Stücke auf ihn als die Lehrer. Er konnte ihnen tausendmal erklären, daß Mutter ihm verboten hatte, sich die Hausaufgaben abschreiben zu lassen, und daß er die Verbote seiner Mutter stets achtete, sie verstanden es nicht.

An seine Kindheit dachte er mit Schaudern zurück. Nicht an das Verhältnis zu Mutter – ihre Regungen verstand und billigte er – sondern an die Einsamkeit um sich herum, ausgelöst durch die Kälte, die er verbreitete. Sie war einer jener Rahmen, die durch Mutter und ihn im Laufe der Kindheit geschmiedet und ihm angepaßt wurden und die er im Laufe seines späteren Lebens nicht mehr lockern konnte.

Damals ließen sich die ersten Anzeichen schon feststellen: der Hochmut, mit dem er seine Zeugnisse entgegennahm, die Strenge, mit der er Fehler seiner Mitschüler zur Sprache brachte, seine Mitleidlosigkeit in der Abweisung Schwächerer, die um seine Hilfe warben. Als habe sich das Bild des abwesenden Vaters vor ihn gestellt und ihn gemahnt, er müsse sich dem Lebenskampf allein stellen, also müßten andere das auch.

Sein Vater, der in seiner Vorstellung einen vollkommenen Nacken besessen hatte, einen schmalen, vorzüglichen, an dem Arne die Rache erkennen und ausüben konnte, denn Rache war das, wofür er geboren worden war. So bildete er es sich zumindest ein, wenn er auf dem Schulhof stand und angefeindet wurde von den mit Vätern gesegneten Jungs.

Ein Mal, ein einziges Mal nur hatte er sich seiner Mutter widersetzt. Ihre Wohnung hatte kein Bad, und samstags war stets Waschtag. Mutter klappte den Küchentisch zusammen, trug die Stühle ins kombinierte Wohn- und Schlafzimmer und stellte den Holzzuber in die Mitte der Küche. Auf dem Herd wurde Wasser heiß gemacht und im Zuber mit kaltem Wasser vermischt. Mit einer Kelle näßte man seinen Körper, wusch sich mit Seife und spülte sich ab.

Er stellte es sich deswegen so detailliert vor, weil es die einzige wiederkehrende Handlung seines Lebens war, die tatsächlich Erotik geborgen hatte.

Elf war er, als Mutter ihn in die Küche rief. Sie war nackt. Ihm war ihre Nacktheit nicht widerwärtig, denn sie wandte ihm das Gesicht zu, und er sah ihren Nacken nicht. Das Handtuch lag auf dem Fensterbrett, und sie bat ihn, es ihr zu bringen. Sie sah ihn nicht an. Er sah ihr offen in die abgewandten Augen.

Augen waren ja auch stets nackt.

Er holte das Handtuch. Sie sagte, ihr sei kalt. Wolle er sie nicht trockenreiben? Er schüttelte den Kopf und verließ die Küche. Er holte das Physikbuch aus seinem Schulranzen und machte Hausaufgaben. Wirkungsweise des Dieselmotors.

Hohe Kompression und Selbstentzündung. Daß er das noch wußte.

Dies war kein Aufbegehren gewesen, lediglich ein Aufzeigen von Grenzen. Er war immer noch willens, sich den Plänen seiner Mutter unterzuordnen. Sie war sein Stecken und sein Stab. Daran änderte seine Scheu vor ihrem Körper nicht das geringste.

Mutter hatte ihm davon abgeraten, an die Universität zu gehen und Physik zu studieren. Sie hatte gesagt, seine Aufgabe sei es, hier vor Ort zu bleiben und seinen Mann zu stehen. Buchhalter und Steuerprüfer gingen auch mit Zahlen und Tabellen um, wie die Physiker. Er sagte ihr, das seien Matrizen, und der Quantenmechanik gehöre sein ganzes Herz.

Sie hatte ihn nur angeschaut.

Seltsam, seit jenem Tag im Frühsommer nach Beendigung der mündlichen Prüfungen hatte er kein Physikbuch mehr in die Hand genommen, und bei jeder Anspielung auf die Quantenmechanik hatte er in der Zeitung sofort weitergeblättert.

Und obwohl sein Herz der Quantenmechanik gehörte, war es nicht gänzlich verdorrt, wenn auch mehr als ihm lieb war. Man konnte sich jedoch nicht zwingen, stärkere und reichere Gefühle zu hegen. Hätte man sich zwingen können, wäre dazu nur schiere Disziplin, Ausdauer und geistiges Auflösungsvermögen nötig, er hätte das reichste Gefühlsleben in dieser Gegend. So wie die Dinge lagen, war das von Heidrun viel reicher, wenn auch verschattet und verdeckt.

Sie war betrunken, als er sie das erste Mal sah. Er sagte, sie solle in ihrem Zustand nicht soviel trinken. Er siezte sie. Er siezte Frauen grundsätzlich, weil es ihm ritterlicher erschien und er Angst vor ihnen hatte. Beides auf einmal. Immer war das bei Gefühlen so, daß sie nicht rein und unvermischt auftauchten, sondern wenigstens paar-, in der Regel sogar bündelweise. Daß sich gegenseitig Auschließendes in einem traf, sich rieb und schmerzte. Wenn man dagegen nur etwas hätte tun können. Aber das konnte man nicht.

»Fährst du mich nach Hause?« fragte sie.

Er nickte.

»Dann kann ich weitertrinken.«

Er erzählte ihr von seinem Beruf. Immer, wenn er innehielt und darauf wartete, daß sie etwas sagte oder gähnte oder ihn bat, doch endlich etwas Lustiges zu erzählen, forderte sie ihn auf, fortzufahren.

»Was interessiert dich an Buchhaltung?« fragte er, nachdem er ihr einen Whisky und sich einen Orangensaft geholt hatte.

»Sie ist so beruhigend. Sie fordert einem nichts ab.«

»Sie fordert einem eine Menge Geld ab. Und sie ist unbestechlich.«

»Ja?«

Er nickte.

»Dann mag ich sie nicht.«

Sein seltsames, ihm im Nachhinein völlig unverständliches Verlangen, noch mehr zu erzählen von Soll und Haben und den subtilen Problemen der Mehrwertsteuer. Eine Sucht viel stärker als die Rache, eine Sucht viel stärker als seine Abneigung gegen Nacken, eine Sucht viel stärker als ihre Gier nach Alkohol. Mitten im Skonto schlief sie ein.

Er saß eine Stunde da und betrachtete sie.

»Wir sind eine Schicksalsgemeinschaft«, teilte er ihr an der Tür mit.

»Es ist eine Verschwendung von Worten«, murmelte sie. »Morgen habe ich sowieso alles vergessen.«

Das erste Mal in seinem Leben gab er sich eine Blöße, und sie versicherte ihm, der ganze Abend sei ein einziger Blackout gewesen.

Nicht der ganze Abend, denn sie rief ihn kurz nach Mittag an und fragte ihn, ob sie nicht zum Picknick aufs Land fahren sollten.

Von allen Gegenden wählten sie sich diese aus, diesen Pfannkuchen, seine Heimatgegend. Sie schlugen die Decke in der Kiefernlichtung auf, in der Bodil ermordet werden sollte. Das wußten sie damals natürlich noch nicht; aber er hatte sich oft gewundert, wieso sie beide ausgerechnet in diese Landschaft wollten.

Nachher nicht mehr gewundert, nachher war alles klar, oder mittendrin, wenn er ehrlich zu sich selbst war und auch sein mußte; aber in dem Moment hatte er alles, was an Vergangenheit war, vergessen und wunderte sich.

»Mein Heimatdorf ist nur einige Kilometer von hier entfernt«, erklärte Heidrun.

»Fährst du oft hierher?«

Sie nickte: »Fährst du nie nach Hause?«

Er schüttelte den Kopf: »Mutter starb vor drei Jahren. Eine Gehirnblutung. Dabei war sie erst fünfzig. Und meine Verwandten muß ich nicht unbedingt sehen.«

»Und wie ist es mit Freunden?«

»Tja«, sagte er. »Wie ist es mit Freunden?«

Jahre später sagte sie ihm, dieser Ausspruch hätte sie eigentlich stutzig machen sollen. An Menschen ohne Freunde müsse etwas faul sein.

Seien Einzelgänger tatsächlich verdorben? fragte er sie daraufhin.

Sie gab ihm einen Kuß auf die Wange, einen ganz leichten, fast hingehaucht, einen der wenigen, die zwischen ihnen ausgetauscht wurden, und drehte sich auf die andere Seite.

Eine Cour schneiden. Werben. Baggern. Den Hof machen. Balzen. Die Worte gehörten in sein sprachliches Vokabular, die dazugehörigen Handlungen aber nicht in sein soziales. Zu dem Zeitpunkt war er nicht mehr Jungfrau, aber seine bisherigen Affären hatten sich lediglich so ergeben, im Büro oder im Sportverein, und ihm hatte nie besonders viel daran gelegen. Den sexuellen Durst zu stillen, hatte seine angenehmen Seiten, aber er hatte diesen Durst nie als übermächtig empfunden. Und er war den Wonnen der Autoerotik noch immer ergeben wie in den Tagen des Waschzubers.

Bei Heidrun war das anders. Bei ihr kam es darauf an. Sie mußte er haben. Seine Mutter wäre stolz gewesen, wenn sie gewußt hätte, welche Frau er auserkoren hatte.

Seine Mutter wäre überhaupt stolz auf ihn gewesen.

Er hätte sich seine Ängste sparen können, denn Heidrun war

genauso versessen darauf, ihn zu heiraten wie er sie. Ihm war nie richtig klar geworden, weshalb. Er war davon überzeugt, daß sie ihn nie geliebt hatte – wenn überhaupt irgendjemanden.

Vielleicht wollte sie nur einen sicheren Hafen und hatte ihn deshalb instinktiv nach seinem Beruf ausgefragt, hatte überprüft, ob es auch keine Fallstricke materieller Art gab. Die gab es nicht, gab es nie. Sie waren wohlhabende Leute, gemacht sozusagen.

Ein komisches Wort.

Fleischer

Heidrun Nissen trug noch ihr schwarzes Kostüm, als sie ihm aufmachte.

»Ist Ihr Mann da?« fragte er.

Sie schüttelte den Kopf.

»Machen wir eine Spazierfahrt«, schlug er vor.

»Sie sehen wütend aus«, bemerkte sie, als sie eine Weile gefahren waren und er immer noch keine Anstalten machte, ein Gespräch anzufangen.

Er zeigte mit dem Daumen auf die Rückbank. Sie drehte sich um und runzelte die Stirn. »Was macht Sie an leeren Bierdosen und Haribo-Tüten denn so sauer? Oder meinen Sie die Illustrierte? Eine wahre Schönheit, aber ein Kind hat sie noch nicht bekommen. Man kriegt diese häßlichen Dehnungsstreifen, und es ist eine übermenschliche gymnastische Anstrengung, die Haut auch nur einigermaßen zu straffen. Zeigen Sie mir die Illustrierte, weil Sie mich nicht begehren können, bevor ich aussehe wie sie?«

»Ich mag es nicht, wenn Sie so reden.«

»Warum sind Sie nicht beim Leichenschmaus?«

»Ich gehöre nicht dazu. Und Sie?«

»Ich war in der Kirche. Wenn auch nicht gerne. Wissen Sie,

daß das eine der wenigen Anschauungen ist, die mein Mann und ich teilen?«

»Gegensätze ziehen sich an.«

»Es wird viel Unsinn geredet, finden Sie nicht?«

»Der Artikel steht auf Seite 64. Es ist immer noch eine relativ kleine Geschichte für die.«

»Hätten Sie sie gerne größer?« murmelte sie, während sie den Artikel las. »Wie gedruckt lügen sie ja nicht. Überrascht mich ehrlich gesagt. Haben Sie tatsächlich in beiden Fällen Wagenspuren eines Mercedes gefunden? Das wußte ich gar nicht.«

»Ich auch nicht«, sagte der Kommissar.

»Hilde war wirklich kein Klassenprimus. Bodil dagegen schon. Hilde war ein liebes, freundliches und nicht sehr aufgewecktes Mädchen. Ich habe sie gemocht. Lieber als Kati, obwohl man das eigentlich nicht vergleichen sollte. Bei den Burmeisters gab es schon immer einen Zug von Härte. Ich glaube, Kati und Karin haben Hilde in der Nacht ihres Todes gehänselt. Daran wird Karin schwer zu knabbern haben. Ach ja, da ist ja der Johan. Den habe ich seit Urzeiten nicht gesehen. Dem Bild nach zu urteilen, wird er auch nicht mehr lange zu sehen sein.«

»Haben Sie Ihren Zynismus von Ihrem Mann oder ist er ein Eigengewächs?«

Er bog in einen Feldweg und parkte auf dem Grasstreifen. Sie stiegen aus. Der Himmel war hoch und hellblau. Die Sonne lag schon auf der Horizontkante. Es war kalt, windstill und trokken.

»Das perfekte Wetter für Felix Timmsen«, sagte er.

»Er wird noch mal erfrieren, oder in eine Hochspannungsleitung hineinsegeln.«

»Ballone fahren.«

»Ich kann es Ihnen aber auch gar nicht recht machen.«

»Doch«, sagte er und lief rot an. »Vorigen Abend haben Sie es mir sehr recht gemacht.«

»Warum sind Sie denn bloß so wütend?«

Hinter sich hörten sie ein Quietschen und drehten sich um. Es war Manni der Trottel mit seinem Wagen und dem Hund, der weiter rechts auf dem leeren Feld herumstrich. Manni hielt an, pflückte ein Büschel Gras und warf es zu dem kleinen Haufen im Wagen. Dann zog er weiter.

Er bemerkte sie erst, als er fünf Schritt an sie herangekommen war. Er grinste. Seine Zähne waren braun, aber vollständig. »Wollt ihr meine Beine sehen? Ich kann auch ein Ständchen vortragen. Wollt ihr lieber ein Ständchen hören?«

»Deine Beine wollen wir gern sehen, Manni«, sagte Heidrun. »Und sing uns das Lied von ›Jan und Hein und Klas und Pit‹. Nachher werden wir dir Gras suchen helfen.«

Manni strahlte und machte den Gürtel auf. Die Hose fiel zu Boden. Darunter trug er eine kuhfladenfarbene lange Unterhose. Er sang die erste Strophe zehn Mal. Dann zog er die Hose hoch und zurrte sie fest.

Heidrun ging in die Hocke und rupfte an der fingerhohen Grasnabe. Der Kommissar tat es ihr nach. Manni stand über ihnen und summte abwesend. Sie warfen die Grasfussel in den Wagen, Manni nickte huldvoll und ging weiter seiner Wege. Sie folgten ihm langsam.

»Und er kann nichts gesehen haben?« fragte der Kommissar.

»Er ist kurzsichtig. Sie haben doch bemerkt, wie spät er uns wahrnahm. Manni sieht die eigene Hand vor Augen kaum.«

»Ein Fremder würde das aber nicht wissen.«

»Sie glauben an keinen Fremden.«

»Nein«, gab er zu.

»Eigentlich müßten wir jetzt alle Angst haben. Aber ich habe keine. Um Karin schon, aber nicht um mich oder im allgemeinen. Ich weiß nicht einmal, ob ich wirklich trauere. Ich fühle mich in Ihrer Gesellschaft wohl, das weiß ich.«

Er hatte einen Kloß im Hals, ergriff ihre Hand und drückte sie. Dann ließ er sie wieder fallen. Sie sah ihn die ganze Zeit über nicht an.

Sie gingen schweigend nebeneinander her.

Als die Hälfte der Sonne vom Horizont durchschnitten war,

drehten sie um, ohne ein Wort zu wechseln und gingen wieder zurück. Sie sagten immer noch kein Wort.

Als sie sich die Kleider auszogen, bekamen sie sofort eine Gänsehaut. Aber innerhalb kürzester Zeit wurde die Haut geglättet und befeuchtet von hastiger Bewegung und nackter Nähe.

Ihre Beine verhakten sich in allen möglichen Gestängen und Instrumenten, ihre Köpfe schlugen gegen Wandverkleidungen, Zierleisten und Fensterscheiben. Ganz zuletzt, als sie sich dem Höhepunkt näherten, hörten sie das Quietschen von Mannis Wagen. Der Hund blieb am rechten Hinterrad stehen und hob das Bein. Da war an Orgasmen nicht mehr zu denken.

Trotzdem war es wundervoll. Er küßte sie, als sie Mannis Wagen nur noch aus der Ferne hörten, und sie strich ihm mit der Zunge über die Lippen.

»Und du bist sicher, er hat uns nicht gesehen?« fragte er.

»Niemand nimmt ihn ernst.«

»Da bin ich mir nicht so sicher. Else wird bestimmt die eine oder andere Information aus ihm herausholen. Er muß eine wahre Fundgrube sein.«

»Wahrscheinlich«, sagte sie und rekelte sich. »Es ist mir egal.«

»Wenn sie hiervon erfahren, nehmen sie mir den Fall ab.«

Sie drehte seinen Kopf zu sich herum und küßte ihn. »Du Ärmster«, flüsterte sie. »Fünfzehn Minuten lang konnte ich alles vergessen und bringe dich damit bloß in Gefahr.«

»War es nur eine Viertelstunde?«

Sie nickte.

Er schüttelte den Kopf. »Daß Stinna und Manni Halbgeschwister sind. Ich muß mich mal mit ihrem Vater unterhalten.«

»Vielleicht solltest du dich eher mit Erna Petersen unterhalten.«

»Wieso?« fragte er schläfrig.

»Ihr Sohn ist aus der Nervenheilanstalt entwichen.«

Er schreckte hoch. »Wann?«

»Vor fünf Tagen.«

»Warum hast du mir das nicht vorher gesagt?«

»Ich habe es erst auf dem Weg von der Kirche nach Hause erfahren. Rolf ist nicht gefährlich. Seine Denkfähigkeit ist herabgesetzt, und er leidet unter motorischen Störungen. Ich möchte nur, daß du die Sache nicht an die große Glocke hängst. Der Junge ist krank und hat Hilfe nötig. Eine Hexenjagd können wir jetzt am allerwenigsten gebrauchen.«

Rolf Petersen

Hell, dunkel, dunkel, hell. Der Rolf der rennt dreimal so schnell.

Bäume, schau mal, Bäume. Ja, ja, dort drinnen hatten sie keine Bäume. Dort drinnen Mauern und zittern, brrrr, nur zittern. Hier draußen rennen, überall hinrennen, niemand sagt, darfst nicht, Rolf, niemand sagt, verboten, Rolf. Durst, Hunger, Hunger, Durst. Immer zu Kindern, immer nur zu Kindern. Gehen wir hin und essen ein Brot oder trinken 'ne Milch. Ja, gehen wir hin, aber immer nur zu Kindern.

Mutter da wo Sonne untergeht abends, und nicht da wo Sonne aufgeht morgens. Mutter da wo Sonne untergeht abends im Sommer. Mutter weit fort von Sonne wo untergeht abends im Sommer und überhaupt nicht untergeht im Regen, weil dann dunkel alles ist und dunkler wird und dann schwarz, wenn sie Licht ausmachen. Solche Geschichten macht die Sonne, die untergeht wo Mutter ist im Sommer, und wenn Mutter fortzieht im Winter, zieht die Sonne nicht mit, sondern bleibt an ihrem Platz. Treu wie ein Hund. Rolf, bist du treu wie ein Hund? Ja, Mutter. Liebst du Jesus? Ja, Mutter. Haßt du den Teufel? Ja, Mutter. Hier, ein Malzbonbon. Danke, Mutter. Lutschen, lutschen, lutschen, immer nur lutschen. Die ganze Nacht.

Warten kann man bis zum Sommer auf die Mutter und Jesus lieben und den Teufel hassen und Malzbonbons lutschen dort.

Bärenkräfte hast du, Rolf. Mutter sagt, Bärenkräfte hast du, Rolf, Dir wird nichts mangeln, ich weide Dich auf einer grünen Aue. Weiden, weiden, wo weidet man, weidete man hier oder dort?

Nachts war viel Kälte, wenn die Sonne zur Sommermutter gegangen war, nachts wollte er drinnen sein, aber nachts gab es keine Kinder, die er fragen konnte, ob drinnen nicht er sein sollte. Gingen die Kinder mit der Sonne unter? An Regentagen, wo gingen sie an Regentagen hin?

Kälte mochte er nicht, Mutter mochte er, Mutter mochte Kälte auch nicht und verschwand vor der Sonne, wenn die Kälte einsetzte. Dort drinnen hatten sie kaum Kälte, wenn sie rausgingen, hatten sie Kälte, und dann zitterten sie, und ihnen wurde gesagt, jetzt müssen wir gleich wieder reingehen, und sie jubelten. Und manchmal auch durften sie im Schnee spielen, und sie durften sich umarmen, aber lange umarmen durften sie sich nicht, und nicht streicheln und die Kleider wegtun, weil die Kleider nicht gut waren. Sie durften sich nie streicheln und Kleider wegtun, und dann kamen sie an und sagten Pfui und sagten, was wird Mutti denken. Aber Mutter sagte, Bärenkräfte hast du, Rolf. Mutter wollte Kleidung wegtun und streicheln und immer weiter streicheln und oh machen, immer weiter streicheln und oh machen.

Und der Mann, der größer war als Millionen Millionen Millionen Häuser, würde Kleider wegtun und lachen, und sehen konnten sie ihn nicht, aber dann Dunkelheit, und Mutter streichelt, streichelt, streichelt.

Hier streichelt nichts, hier nur Kälte und Hunger, Hunger, Durst, Durst.

Hell, dunkel, dunkel, hell. Der Rolf der rennt dreimal so schnell.

Erna Petersen

Wenn es wenigstens eine Liebesheirat gewesen wäre.

Quatsch, so durfte man nicht argumentieren. Es hieß, seinen Nächsten zu lieben wie sich selbst. Auch wenn es ein Mann war, den man nicht aus vollem Herzen lieben konnte. Und doch gerade dann. Jesus Christus hatte uns eine schwere Aufgabe gestellt, als er die Liebe ohne Abstufungen gebot. Sie würde nie einen anderen Menschen so lieben können, wie sie ihren kleinen Rolf liebte.

Horst hatte sie geliebt. Aber Horst hatten alle geliebt, nicht zuletzt Heidrun. Am Ende wurde sie es leid, jemanden wie ihn zu lieben.

So lange sie verheiratet waren, war Karl-Heinz protestantischer Pastor im Westfälischen gewesen. Der Herr hatte seinen Kindern Steine zu essen gegeben statt Brot und Essig zu trinken statt Wasser. Karl-Heinz gehörte zu den Pechvögeln dieser Welt. Er hatte so ein weiches Gemüt, daß er selbst diese Einschätzung von sich wies. Er sagte, Gott habe ihm sie und ein Kind geschenkt, das zu dem Zeitpunkt gerade ihren Bauch aufschwellen ließ.

Dem Kind wurde schon bei der Geburt attestiert, geistig unheilbar zurückgeblieben zu sein. Sie verließ Karl-Heinz zwei Jahre nach der Geburt und fruchtlosen Versuchen, eine neue Geburt einzuleiten. Die Ärzte hatten sie gewarnt, daß unter Umständen eine Sterilität vorliegen könnte. Zurück blieb Karl-Heinz als protestantischer Pastor im Westfälischen.

Getroffen hatten sie sich anläßlich einer Tagung der Evangelischen Akademie. Sie wußte es noch genau, es ging um die Abgrenzung des menschlichen Gewissens, inwieweit Schuld gegenüber Gott und dem Mitmenschen sich lediglich im Privaten oder auch im Öffentlichen oder aber in einer Mischzone begründete. Darüber ließ sich trefflich streiten, und Karl-Heinz stritt mit Wonne.

In seiner leisen, eindringlichen Art, die Pfeife an den Lippen oder bei weit ausholenden Bewegungen zwischen Daumen und Zeigefinger. Er plädierte für Innerlichkeit, sehr schwierig in jener Zeit im Anschluß an Auschwitz. Er sagte, die Kirche dürfe ihr Mäntelchen nicht nach dem Wind hängen. Sie vertrete eine Wahrheit, die den Einzelnen und Gott anginge, und nur sie. Das Böse könne man damit zwar nicht bannen, aber womit könne man das denn überhaupt? Eine Kirche in der Welt bekämpfe das Böse nicht, verrate dafür aber ihre einzige Wahrheit.

Sie beachtete ihn nicht. Sie wußte nur deshalb, was er gesagt hatte, weil er es später so oft wiederholte, jeden Abend wenigstens ein Mal. Nach Rolfs Geburt bis zu fünf Mal. Eher mehr als fünf Mal. Eher ununterbrochen.

Sie hatte damals nur Augen für Horst Timmsen gehabt. Es wollte ihr einfach nicht in den Kopf, was er in dieser Versammlung feinsinnger Menschen verloren hatte. Erst später ging ihr auf, daß er ihretwegen gekommen war; aber darüber konnte sie sich nicht mehr freuen. Zu dem Zeitpunkt war sie schon mit Karl-Heinz verlobt.

Wie sollte man Horst Timmsen in Worte fassen? Alle, die ihn gekannt hatten, schwärmten von seinem Lächeln. Ach was, schwärmten, sie waren ganz hingerissen davon, völlig aus dem Häuschen waren sie.

Er hatte diese unbekümmerte, draufgängerische Art. Egal, was die Welt kostet, ich kann sie mir leisten. Seine Schwester vergötterte ihn. Und seine Nichte erst. Heidrun und er waren wie Pech und Schwefel. Aber das war erst nach der Tagung in der Akademie.

Masturbation galt damals als sündig; natürlich wurde trotzdem mastubiert, und im Dorf hatten die Frauen nur äußerst selten nicht Horsts Gesicht vor Augen, wenn sie sich befriedigten. Minna Perksen vielleicht nicht, aber die war auch von Geburt an blind. Welche seltsamen Vorstellungen von Horst Timmsen sie sich wohl gemacht hatte.

Jetzt saß Horst also in einer Evangelischen Akademie. Er beteiligte sich allerdings nicht am Gespräch, und sie fand es ganz natürlich, daß er da war.

Fand es natürlich und fand es nicht natürlich, weil Horst nicht hingehörte unter Menschen, die ganz allgemein und sehr dunkel die Stellung des Menschen in der Welt abschließend zu klären versuchten. Es war vierzig Jahre her, und durch die Jahrzehnte hatte sie es sich so oft hergelegt, hatte es vor und zurück geschoben, hatte sich einen Reim darauf gemacht. Was bedeutete in dem Zusammenhang schon Wahrheit? Daraus zog sie ihren Sinn – und den von Rolf.

Verwundert war sie nur darüber, nicht verwundert zu sein, gleichzeitig von Horst und von Karl-Heinz umworben zu werden. Nicht direkt natürlich. Bitte, hier wurde die Stellung der Kirche in der Welt ein für allemal festgelegt. Es sprachen ausschließlich die Männer – und Angela.

Angela konnte einem leid tun.

Aber sowas merkte man. Dabei waren es nur Blicke und Körperhaltungen. Sie wußte, daß es von beiden kam, aber Karl-Heinz war ihr eigentlich egal.

Manchmal dachte sie, sie habe die Kinder in der Schule nur deshalb mit den ganzen Bibelzitaten belästigt, weil Karl-Heinz am Ende obsiegte, wenn auch nur für zwei Jahre, sieben Monate und sechzehn Tage.

Nach Beendigung der Diskussion ging sie mit Horst spazieren. Es war eine lauschige Nacht, wie geschaffen zum Spazierengehen. Sie hatte Horst im Verdacht, eine Nacht wie diese vorbestellt zu haben, quasi als Köder. Er war die Sorte Mensch.

»Wie geht es zu Hause?« fragte sie.

»Heute nacht bist du mein Zuhause.«

»Ach Horst, das geht hier doch gar nicht.«

Er lächelte, und sie war ganz hin. »Der mit der Pfeife mag dich. Gott muß schon ein komischer Kauz sein, wenn Ihm solche Diener gefallen.«

»Das ist Blasphemie.«

»Aber ich habe recht, nicht wahr?«

Sie kam aus einem tiefgläubigen Elternhaus, einem Lehrerhaushalt. Ihre Mutter hatte sich unter großen Mühen ans Lehrerseminar hochgeboxt, gegen den Widerstand ihrer Eltern. Sie war eine selten charakterfeste Frau. Ihr Vater war Pfeifenraucher, genau wie Karl-Heinz, und hatte gute Manieren. Er schlug seine Schüler nie, er hatte es einfach nicht nötig.

Sie hatten ihren beiden Töchtern mitgegeben, daß sie als Frauen genau so viel wert waren wie die Männer. Den Töchtern wurde der Eintritt in den BDM untersagt. Zum einen weil die Eltern die Nazis verachteten, aber vor allem, weil die Nazis die deutschen Frauen ihrer Ansicht nach mit Füßen traten.

Aus dieser aufgeklärten Haltung zur Frauenfrage folgerte allerdings nicht zwangsläufig, daß ihre Tochter sich Horst Timmsen hingeben sollte, während einer Tagung in einer Evangelischen Akademie, und ausgerechnet unter einem Fliederbusch.

Am nächsten Morgen war er abgereist. Er studierte damals weiter unten im Land.

Sie war nicht einmal überrascht, als die Regel ausblieb. Sie erwägte auch keinen Augenblick lang, Horst aufzusuchen. Stattdessen ließ sie sich von Karl-Heinz zu einem Spaziergang überreden.

Zweimal binnen zehn Tagen fand ein unschuldiger Spaziergang unter einem Fliederbusch einen zuerst freudvollen und anschließend weniger freudvollen Abschluß. Sie war sicher, daß so etwas auf der Welt millionenfach vorkam; aber bei wenigen solcher Anlässe waren christlich erzogene und tief gläubige Mädchen beteiligt.

Karl-Heinz hatte kaum seine Hose zugeknöpft, als er ihr seine tiefe Beschämung beichtete und um ihre Hand anhielt.

Sie nahm sie natürlich umgehend an.

Das Komische oder das Entsetzliche daran war, daß sie nie herausfand, von wem das Kind eigentlich stammte. Es war eindeutig eine Frühgeburt. Und die Ärzte waren überhaupt nicht überrascht, als sie den Zeugungszeitpunkt nannte, von dem sie glaubte, er sei falsch. Es paßte in das medizinische Bild. Außerdem hatten sie keine Zeit, sich länger damit aufzuhalten, denn der kleine Rolf schwebte ständig in Lebensgefahr. Jahrelang war er mehr tot als lebendig.

Doch Unkraut verging bekanntlich nicht.

»Verzeihen Sie, Herr Kommissar, verzeihen Sie vielmals«, flehte Erna Petersen, als sie die Haustür öffnete. »Aber ich dachte, sie würden ihn bestimmt bald finden. Er ist doch so hilflos, und ich möchte nicht, daß irgendjemand denkt ...«

»Sie haben ja geweint«, sagte der Kommissar. Er lächelte Anna Petersen zu.

»Kommen Sie herein, Herr Kommissar, und trinken Sie eine Tasse Kaffee mit uns. Sie sind sicher ganz durchgefroren.«

»Frau Petersen, wie kommt es, daß noch keine Fahndung nach Ihrem Sohn ausgeschrieben ist? Das Heim muß ihn doch kurz nach seinem Abgang als vermißt gemeldet haben.«

»Ich habe sie gebeten, es nicht zu tun. Wissen Sie, in der Nacht zuvor war dieser gräßliche Vorfall passiert, und ich fürchtete einfach, Sie würden meinen Rolf verdächtigen. Ich weiß doch, wie unvernünftig die Menschen sind, wenn es um geistig Behinderte geht. Sie werden automatisch als gemeingefährlich angesehen. Dem wollte ich Rolf nicht aussetzen. Außerdem kann er ja nicht weit kommen. Er fällt ja überall auf und kann sich unmöglich selbst versorgen. Ich fürchte nur, bei der Kälte, ich ...«

»Es möge nichts Böses an dir gefunden werden dein Leben lang«, deklamierte Anna. »Und wenn sich ein Mensch erheben wird, dich zu verfolgen und dir nach dem Leben zu trachten ...«

»Bitte, Anna, es geht um Rolf, nicht um König David. Was werden Sie tun, Herr Kommissar?«

»Ich vermute, die Fahndung läuft bereits.«

Sie nickte.

»Für mich bleibt da nicht mehr viel. Ich verspreche Ihnen aber, daß ich der Sache nachgehen werde. Sie sollten jedoch wissen, daß jemand, wie er mir beschrieben wurde, nach fünf Tagen äußerst schlechte ...«

»Ich weiß, Herr Kommissar, denken Sie, ich weiß das nicht?«

Anna Petersen kam mit einem Tablett herein. Es gab mindestens sechs Sorten Gebäck, und sie erklärte im voraus, er müsse sie alle probieren.

»Mir geht da noch eine andere Sache im Kopf herum«, fing der Kommissar an. »Die Elsbeth-Geschichte. In der Chronik des alten Pastors wird auch ein Petersen genannt. Könnten Sie mir vielleicht etwas dazu sagen?«

»Sie sind der Witwe Neurath also auf den Leim gegangen«, sagte Anna Petersen und verzog die Lippen. »Großvater war daran beteiligt. Er hat nie davon gesprochen, aber ich bin sicher, daß die Angaben des alten Pastors zutreffen. Ich habe die alte Elsbeth noch gekannt, und man konnte erahnen, daß sie eine schöne Frau gewesen war. Großvater war ein anständiger Mann, aber selbst anständige Menschen begehen scheußliche Verbrechen.«

»Und es gab sonst nichts, keine Rachedrohungen, keine Unregelmäßigkeiten?«

»Es ist weit hergeholt, Herr Kommissar.«

»Ich weiß. Es ist bestimmt auch nicht die einzige Spur, die ich verfolge. Aber wo ich schon hier bin.«

»Es ist immer gemunkelt worden, daß Elsbeth ein zweites Kind hatte, irgendwo außerhalb des Dorfes. Das war natürlich nur ein Gerücht. Der alte Timmsen hat ihr eine Nähstube eingerichtet. Die ist allerdings kurz nach ihrem Tod eingegangen. Wissen Sie, wenn Sie näheres erfahren wollen, sollten Sie Vibeke Jürgsen aufsuchen. Sie ist eine geborene Timmsen.«

»Und wo finde ich Frau Jürgsen?«

Anna lächelte ihn breit an, und selbst auf Ernas Gesicht stahl sich ein Anflug von Belustigung. »Sie bewohnt ein Zimmer im Hause der Nissens. Heidrun ist ihre Tochter. Die Adresse werden Sie doch wohl kennen, oder?«

Neidhart Panser

Ha, dachte er, das kann ja heiter werden. Eine kleine, gemütliche Kneipe hat er uns versprochen, einen Knotenpunkt für alle Gerüchte des Ortes. Und dann das; was soll man machen, wenn man in so einem Kaff festsitzt und sich nichts tut? Man schreibt die eine oder andere human touch-Geschichte, und damit hat es sich.

Mein Artikel über Manni den Trottel hat mir gefallen. Wie der Vater auf die Mine getreten ist. Da ist mir ein poetisches Bild gelungen. Selten genug, daß einem so etwas in der Zeitung durchgeht. Die Schreibe wird einem kaputtgemacht durch die Journaille.

Der Raum war etwa dreißig Quadratmeter groß. Stühle und Tische waren ausgediente Schulmöbel. An der Stirnwand stand eine Theke mit einer notdürftig zusammengeflickten Faßbieranlage. Auf einer Fensterbank stand ein Ghettoblaster und dudelte vor sich hin.

Es zog, der Putz blätterte von den Wänden, und die Luft war trocken von den zwei Heizstrahlern, deren Drähte bis zum Zerbersten glühten.

Zehn Leute waren im Raum. Hinter der Theke der Wirt, der sein bester Kunde war, davor an den Tischen die Journalisten. Sie saßen vereinzelt und sagten kaum etwas.

Die drei vom Fernsehen und der Mund und sein Kameramann saßen allerdings zusammen. Aber auch sie redeten nicht miteinander.

Das ganze Dorf ist ein Rohrkrepierer, dachte Neidhart Panser. Jetzt haben sie schon mal die Chance, weltberühmt zu werden oder zumindest überregional bekannt oder wenigstens ein bißchen herausgehoben, und dann verbocken sie es. Wie man so'ne Riesengeschichte einfach in den Sand setzen kann.

Für den Tourismus wäre es ein Magnet, wenn man nur ein paar Menschen sehen würde: weinende Menschen, Mütter, die ihre Töchter an sich pressen und ängstlich umherspähen, Väter mit einer Flinte in der Faust auf Patrouille, eine Belagerung des Gasthofes meinetwegen, mit ein paar fotogenen Molotow-Cocktails. Die machen sich immer gut.

»Scheißladen«, sagte Erich Mund laut.

»Kannst du laut sagen«, meinte Jean Macoeur. »Wenn hier nicht bald was passiert, geben wir Fersengeld.«

»Das Bier ist billig«, merkte der Wirt an.

»Schmeckt auch danach«, raunzte Neidhart. »Haben Sie etwa die gebrauchten Binden Ihrer Frau hineingewrungen?«

Es wurde spärlich gelacht.

»Ich bin nicht verheiratet«, sagte der Wirt. »Das ist ein Bier erster Güte. Trinken wir hier in der Gegend immer.«

»Solltet ihr vielleicht nicht. Dann hätten eure Töchter vielleicht 'ne höhere Lebenserwartung«, sagte Erich Mund.

Sein Kameramann kicherte in Fisteltönen, die sich immer weiter steigerten, bis er nur noch pfeifend aus und ein atmete.

»Haben Sie denn überhaupt nichts gehört?« fragte Jean Macoeur. »Wissen Sie rein gar nichts darüber, was so geredet wird, und wen man verdächtigt?«

»Wie ist es mit dem Vater der ersten Kleinen, den ich interviewt habe?« fragte Erich Mund. »Erzählt man sich von ihm nicht vielleicht kleine schweinische Neigungen?«

Der Wirt griff hinter sich, riß eine Schnapsflasche aus dem Regal, schraubte den Verschluß von der Flasche und goß sich einen Dreistöcker ein. Den kippte er hinunter. Er hustete, sagte aber nichts.

»Mein Gott, hat von euch nicht mal jemand 'ne Kuh bestiegen?« fragte Mund.

»Oder noch schlimmer, seine eigene Frau?« fügte Neidhart hinzu.

Der Wirt sah sich einer Horde feixender Gesichter gegenüber. Er war ratlos.

»Fangen wir von vorne an«, seufzte Jean Macoeur. »Es könnte ein Fremder gewesen sein, nicht wahr?«

Der Wirt nickte dankbar.

»Aber wenn es ein Fremder ist, dann wird er bald irgendwo anders zuschlagen, und dann ist deine Kneipe keinen Pfifferling mehr wert.«

Der Wirt sah Mund entgeistert an.

»Siehst du, und deshalb solltest du dich anstrengen, damit dir was einfällt, damit es eben kein Fremder ist, damit wir ihn uns schnappen, bevor die Polizei ihn in die Finger kriegt.«

»Was meinst du mit *wir*?« rief Neidhart. »Dich und ihn meinst du doch wohl.«

»Er meint nur sich«, sagte Jean Macoeur. »Bei ihm ist *wir* nur ein anderes Wort für *ich*.«

»Alle Wörter sind für ihn nur Umschreibungen von *ich*«, sagte Munds Kameramann.

»Ach, ihr mögt euch nicht«, meinte Neidhart.

»Mund hat Axel die Frau ausgespannt«, erklärte Jean Macoeur.

»Ist nicht wahr«, sagte der Kameramann und stand auf.

Jean Macoeur und seine Crew erhoben sich ebenfalls. Eine Weile lang wurden über einen Abstand von zwei Metern nur böse Blicke gewechselt.

»Aber meine Herren«, rang der Wirt mit den Armen.

»Zapfen Sie lieber noch 'ne Runde«, sagte Neidhart. »Die werden durstig vom herumstehen und kernig aussehen.«

»Axel und seine Frau sind schon seit zehn Jahren zusammen. Da ist nie etwas gelaufen«, erklärte Mund.

»Wem die Hörner über die Augen gewachsen sind, der glaubt sowas natürlich«, sagte Jean Macoeur.

Der Kameramann stürmte vor. Neidhart lehnte sich weit zurück und streckte seinen Fuß aus. Mit dem großen Zeh tippte er gegen die Mittelfußknochen vom rechten Bein des Kameramannes.

Der Kameramann fegte an Jean Macoeur vorbei und landete auf dem Tisch.

Macoeur drehte sich zu Neidhart um. »Danke, Kumpel.«

Der Wirt stand hinter ihnen, das Tablett voller Gläser. »Vertragen Sie sich wieder?« fragte er.

»Sie sind ein komischer Dorfwirt«, sagte Neidhart und nahm ein Glas vom Tablett. »Sie führen sich auf, als hätten Sie noch nie eine Schlägerei gesehen. Was machen die Bauernjungen denn hier im Dorf, wenn sie richtig einen draufmachen? Tanzen sie Ringelreihen?«

»Sie warten in dunkler Nacht auf kleine Mädchen auf Fahrrädern«, sagte Erich Mund.

Dem Wirt liefen die Tränen an den Wangen herunter. Er setzte das Tablett ab, drehte sich abrupt um und eilte hinter die Theke. Dort goß er sich noch einen Dreistöcker ein.

Mund zog seinen Kameramann hoch und geleitete ihn auf seinen Stuhl.

»Ist ihm was passiert?« fragte Neidhart.

»Er schämt sich bloß«, vermutete Jean Macoeur.

»Ich meine den Wirt.«

»Er hat zu lange gesoffen«, erklärte Erich Mund. »Drückt auf die Tränendrüsen.«

»Woher weißt du das denn?« fragte Jean Macoeur.

»Meinem Vater ging es so. In den ersten Jahren hat er Mutter geschlagen. Nachher hat er nur noch geweint.«

»Ach, du hattest eine schwere Kindheit.«

»Nein, ich hatte einen empfindsamen Vater. Was will man mehr?«

»Er war nicht empfindsam, er hat bloß geweint.«

»Woran erkennt man den Unterschied?«

»Man versucht es besser gar nicht erst, mein Junge.«

»Sönke Jürgsen«, sagte der Wirt von der Theke her. Er hatte aufgehört zu weinen, aber seine Augen waren jetzt genauso rot wie seine Nase.

»Was ist mit dem?« fragte Neidhart.

»Der ist zu beiden Seiten, läuft in Frauenkleidern herum und sitzt im Schneidersitz vor dem Misthaufen.«

»Den lieben langen Tag?« fragte Jean Macoeur. »Wie kann er sich da denn den ganzen Fummel leisten?«

Die Augen des Wirtes waren pitschnaß. »Sie nehmen mich nicht ernst«, jammerte er.

»Ach, tatsächlich?« sagte Neidhart. »Wir stellen uns lieber gleich alle in die Ecke und schämen uns.«

»Oder wir setzen uns im Schneidersitz dahin.«

Jetzt werden wir erstmal hier sitzen, blödeln und jede Menge Bier trinken, dachte Neidhart. Wir werden von allen möglichen Sachen reden, ich werde wieder meine Anekdoten auftischen, Mund wird Frauengeschichten zum besten geben, und

Jean wird Interna aus dem Sender auf den Markt schmeißen. Wir werden alle ganz unauffällig zum Wirt gehen, ihm einen Zehner zustecken und ein paar vertrauliche Worte mit ihm wechseln. Irgendwann werden wir uns einig sein, daß es für heute genug ist, morgen ein schwerer Tag wird und wir in die Heia gehen sollten.

Dann werden wir in unsere Wagen steigen, seltsamerweise alle in verschiedene Richtungen fahren, obwohl wir im gleichen Hotel wohnen, und danach wird einer wie der andere auf kürzestem Wege zu diesem Jürgsen rasen, wo wir uns dann alle wiedertreffen.

Warum machst du solche Spielchen? Weil ich vielleicht fünf Minuten vor den anderen da sein werde.

Sie waren gerade beim fünften oder sechsten Halben, als Iris Müller, eine Volontärin beim örtlichen Anzeigenblatt, hereinkam. Sie war niedlich, keine fünfundzwanzig, und sehr anstellig. Sie erkannte einen Karrieresprung, wenn sie ihn vor Augen hatte.

»Gemütlich habt ihr's hier, Jungs«, sagte sie zur Begrüßung.

Neidhart wünschte sich sehnlichst den Sommer herbei. Sie trug bestimmt gern kurze Röcke. »Ach Perksen, trink' doch nicht deinen ganzen Stoff selber. Da verdienst du ja nichts.«

Der Wirt schaute betreten zu Boden.

»Seid ihr verwandt?« fragte Erich Mund.

»Sind wir das hier draußen nicht alle?« lächelte sie.

»Na, raus damit«, sagte Neidhart.

Sie drehte sich zu ihm um und zog die Augenbrauen in die Höhe. »Wie bitte?«

»Komm, Mädel.«

»Also gut.« Sie stellte sich in Positur. »Ich höre ja immer Polizeifunk, und vorhin kam eine interessante Meldung. Vor fünf Tagen ist ein Geistesgestörter aus einem Heim entflohen. Er ist noch immer nicht gefunden worden. Und ratet mal, wo seine Mutter wohnt?«

»Nein«, riefen sie im Chor.

»Doch«, sagte sie.

Drei Minuten später stand Perksen ganz allein mit seinen Flaschen und der Faßbieranlage im Raum, ein Glas Schnaps in der Hand.

Er setzte sich an einen Tisch und leerte das Glas, anfangs nur nippend, denn er wollte die Kontrolle nicht verlieren.

Nach einer halben Stunde war ihm die Kontrolle scheißegal, und er verlor sie im Handumdrehen.

Sönke Jürgsen

Seine Eltern waren kreuzbrave Menschen gewesen und leider viel zu früh verstorben. Er wußte, daß man im Dorf munkelte, er habe sie durch seine an den Haaren herbeigezogene Abartigkeit in den Tod getrieben. Daran mochte etwas Wahres sein; aber er hatte seine Andersartigkeit nicht gewählt, sie war ihm mitgegeben worden. Er war kein Rebell, und er verachtete die Traditionen seiner Eltern auch nicht.

Ökologischer Landbau hieß für ihn, die besten Seiten der Tradition zu nehmen und sie fortzuführen. Es hieß nicht, die Verbindung zur Vergangenheit zu kappen. Das war seiner Ansicht nach eher das Anliegen der traditionellen Landwirtschaft. Aber er war kein Theoretiker, das lag ihm einfach nicht.

Ohne Augenbrauen, mit schneeweißem, dünnem Haar und pigmentloser Haut geboren zu sein, war kein Spaß. Wie ein Michael Jackson ohne den Ruhm, den Schimpansen, den Tanzkünsten und dem Geld, sich unter Umständen neue Augenbrauen implantieren zu lassen oder sich einen Teufel darum zu scheren. Wie Andy Warhol ohne das Talent für Eigenwerbung, vielleicht auch für Kunst. Und waren die beiden sexuell etwa nicht anrüchig?

Es kam nicht so sehr darauf an, wo man geboren wurde. Jemand wie er wäre in allen Gesellschaften gehänselt und scheel angesehen worden. Er hatte sich eine Vergrößerung des Benetton-Plakats machen lassen: ein Albino inmitten barbusiger, schwarzer Mädchen. Die schrumpelige Haut, diese unsägliche Demütigung durch die eigene Epidermis.

Natürlich war es auch eine Mahnung an ihn, nicht im Selbstmitleid zu versinken und das Leben als die Herausforderung anzunehmen, die es war. Nur gut, daß er für seinen Lebensunterhalt keine Worte drechseln mußte, sondern Kühe melken, Schafe scheren und Schweine mästen durfte.

Diese Aufzählung war typisch für ihn; der Pflanzenbau glänzte in ihr durch Abwesenheit. Er lag ihm einfach nicht. Er verstreute seinen Naturdünger, spritzte sein Herbizid auf Brennnesselbasis, beobachtete das Wechselspiel zwischen Läusen und Maikäfern im Kartoffelfeld, überwachte das Wetter und hoffte jedes Jahr wieder inbrünstig auf eine zeitlich gestreckte, ideale Mischung von Regen, Wind und Sonnenschein. Aber all das tat er eher, weil es Teil seines Berufes war, nicht weil Pflanzen seine Leidenschaft erregten.

Die Jauchegrube war wohl seine schlimmste Kindheitserinnerung. Die ganzen feixenden Gesichter über ihm. »Schön braun wirst du jetzt Sönke, schön braun, freu dich doch«. Joseph hatten sie in einen Brunnen geworfen, weil er zu klug und schön war. Ihn warfen sie in die Jauchegrube, und niemals würde daraus eine biblische Geschichte erwachsen. Der Schönheit galt die Gunst der Welt. Was sollte man dazu schon sagen? Die Zähne zusammenbeißen, die Welt akzeptieren, wie sie war, und sich irgendwie durchwurschteln.

Dabei hatte er ungeheures Glück. Erstens war der Hof schuldenfrei, zweitens hatte er erstklassige Lieferverträge an der Vertriebsgenossenschaft vorbei. Die waren ihm deswegen schon etliche Male aufs Dach gestiegen und hatten seine fehlende Solidarität bemängelt; aber in der Hinsicht war er unbeugsam. Er war der einzige ökologische Albino der Republik. Wie wollten sie damit solidarisch sein?

Sie hatten angefangen zu diskutieren, aber er war kein Theoretiker, und nach einiger Zeit hatten sie gemerkt, daß bei ihm wenig zu holen war, und waren wieder abgezogen. Allerdings nicht ohne ihn auf die Nachteile hinzuweisen. Wer allein stand, fiel auch allein.

Das wußte er. Er war ganz allein in die Jauchegrube gefallen und hatte sich allein wieder herausarbeiten müssen. Seiner Mutter hatte er nichts erzählt. Sie hatte gefragt; aber er hatte einfach nichts gesagt. Sie hatte ihm das Abendessen verweigert, und er hatte nicht gegessen. Er hatte solange nicht gegessen, bis sie ihn um Verzeihung bat und versprach, ihn nie wieder danach zu fragen. Wie ungerecht und hart man sein konnte, wenn man verletzt war.

Er wußte, daß man ihn aller auch nur im entferntesten vorstellbaren Perversitäten verdächtigte, und er wußte auch, daß er diese Vermutungen mit seiner Gestik und Intonation, vor allem aber mit seiner ausgefallenen Kleidung bei festlichen Anlässen nährte.

Komisch war nur, daß er tatsächlich noch Jungfrau war.

Mit zwanzig hatte er all seinen Mut und den größten Teil seiner Ersparnisse zusammengenommen und war nach Hamburg gefahren. Die Adresse der Schwulenbar stand an der Wand des Männerklos im Omnibusbahnhof der Kreisstadt.

Es war kein schummriges Lokal gewesen, keine Rede von Plüschmöbeln, rotem Licht, bonbonfarbenen Getränken und anzüglichen Kellnern. Einfach ein stinknormales Café mit einer Menge Spiegel. Das hinderte ihn allerdings nicht daran, sich äußerst fehl am Platze zu fühlen. Sie hatten ihn natürlich gleich als Jungen vom Lande taxiert. Die scheuen Seitenblicke vermutlich oder der breite Dialekt.

Im Laufe des Abends hatten sich ein paar Männer zu ihm gesetzt oder ihn zum Tanzen aufgefordert. Sie waren alle sehr höflich und sahen ganz normal aus, höchstens ein wenig ausgefallener gekleidet, als er es von zu Hause gewohnt war. Er hatte mit allen über seine Angst vor AIDS gesprochen, und sie hatten ernsthaft genickt. Einer hatte gesagt, Sönke würde krank auch nicht schlimmer aussehen als gesund.

Er war dann mit zwei Männern nach Hause gegangen. Sie wohnten zusammen und wollten zur Abwechslung einen dritten Gespielen. Und sie fanden seine Hautfarbe interessant. Er konnte schlecht ein überschwenglicheres Kompliment erwarten. Zumindest mokierten sie sich nicht über seine fehlenden Augenbrauen.

Er hatte sich das Kondom nicht vor ihren Augen überziehen wollen, das mußte auf der Toilette passieren, ganz allein. Sie meinten, er solle sich doch erst ausziehen, ein wenig Zärtlichkeit gehöre schließlich auch dazu, vom Streicheln und Küssen hole man sich die Krankheit nicht. Aber das kam für ihn nicht in Frage.

Es klappte nicht, er bekam keine Erektion. Sie standen auf der anderen Seite der Tür und redeten ihm gut zu, endlich ins Schlafzimmer zu kommen und sich zu entspannen. Er wußte, daß sie wirklich nur wollten, daß er sich entspannte und sie miteinander ein paar schöne Stunden verbrachten.

Aber das sage man mal einem, der auf einer Toilettenschüssel sitzt, sich die Jauchegrube vorstellt und herzzerreißend weint.

Am Ende machten sie ihm das Angebot, er solle eine Tasse Kaffee trinken, sich ein wenig mit ihnen unterhalten und dann nach Hause fahren. Er habe ja ihre Adresse und könne jederzeit auf sie zurückkommen.

In der Küche hatte er sich die Lippen furchtbar verbrüht und nicht gewagt, sie anzusehen. Anschließend war er stundenlang durch die Straßen gewandert, bis der erste Morgenzug nach Norden ging.

An dem Morgen hatte er das heulende Elend kennengelernt. Nicht das heulende Elend. Nicht im Vergleich dazu, wie ihm Bodils Tod zusetzte. Er wollte jetzt nicht an ihren Tod denken, wirklich nicht.

Es waren Bodil und Fiete, die ihn überredet hatten, zu festlichen Anlässen einen Burnus zu tragen. Sie hatten bei Fiete gesessen, und da hatte Bodil gemeint, er könne ruhig mal ein bißchen ausflippen. Fiete war ganz bei der Sache gewesen.

Er hatte sogar die Schnittmuster besorgt. Fiete kannte ja Gott und die Welt. Und Bodil hatte den Burnus genäht.

Mein Gott, hatte er sich geschämt, als er das erste Mal darin aufgekreuzt war, und gleichzeitig hatte es ihm gut getan. Die Leute starrten zum ersten Mal mehr auf seine Aufmachung als auf seine Haut. Obwohl, darauf starrten sie schon gar nicht mehr, die waren sie inzwischen gewohnt.

Er hatte Bodil von jener Nacht in Hamburg erzählt, und dabei wieder geweint, und sie hatte ihm versprochen, das nächste Mal mitzugehen und ihn moralisch zu unterstützen.

»Bis ins Badezimmer?« fragte er, und sie grinste.

Und er hatte sie getröstet, als Norbert starb. Das arme Mädchen, es war ihr so sehr ans Herz gegangen. Monatelang hatte sie kaum gegessen, immer wieder angerufen und geweint, bei ihm auf dem Sofa gerade mal zwei Stunden geschlafen, weil sie die Nacht durchgeredet hatten, sich völlig verzehrt und gegen Gott gewütet, obgleich sie gar nicht an Gott glaubte. Und jetzt war sie selbst tot.

Er sah den Wagen des Kommissars schon von weitem. Er stand mit Micki, der Ziege, am Walnußbaum. Sie lief so gerne um den Baum herum. Sie war schon so alt, ihr blieben nicht mehr viele Jahre. Man mußte ihr den Spaß einfach gönnen.

»Ein bißchen enttäuscht es mich schon, daß Sie nicht früher gekommen sind, Herr Fleischer«, rief er, als der Kommissar die Fahrertür aufmachte.

»Schönen Hof haben Sie hier. Wissen Sie, ich habe mir immer vorgestellt, ökologische Betriebe seien matschiger und ungepflegter als die normalen.«

»Uns gibt es in allen Größen und Ausführungen. Möchten Sie einen kleinen Rundgang machen?«

Es war ein Hof wie in der guten alten Zeit. Die Ställe waren dunkel und niedrig, überall roch es nach Kot in jeder erdenklichen Note, die Mastschweine stoben quiekend auseinander, als sie eintraten, die fünfundzwanzig Kühe blickten sie gemächlich, ohne die Spur von Neugier an, ein Hahn stolzierte hinter dem Maschendraht, im Hühnerstall wurde gegackert, was das Zeug hielt.

»Verdienen Sie hiermit überhaupt etwas?« fragte der Kommissar.

»Sehen Sie die Kuh da?« Der Kommissar nickte. »Sie hat eine Stoffwechselstörung, vermutlich erblich bedingt. Sie altert zu schnell. Der Tierarzt gibt ihr noch zwei Jahre. Normalerweise hätte sie noch mindestens sieben. Ihre Milchleistung beträgt jetzt jährlich zweitausend Liter. Es ist gute Milch, aber ich bitte Sie, zweitausend Liter. Ich kann mich einfach nicht von ihr trennen. Glauben Sie nicht, daß Tiere das gleiche Recht auf Leben haben wie wir Menschen?«

»Wer tut das schon? Oder haben Sie je von einer Gesellschaft gehört, die eigens Kommissare anstellt, um die Tötung von Tieren zu untersuchen?«

»Vielleicht sollten wir das aber.« Sönke Jürgsen sah den Kommissar spitzbübisch von der Seite an.

Der blickte nur auf das Pony, das hinter dem Haupthaus mit dem Kopf in den Wind stand, so daß ihm die grauweiße Mähne über die Schultern wehte. »Ihnen ist nicht so leicht beizukommen«, sagte Sönke Jürgsen.

Der Kommissar drehte sich um. »Wie? Ach, Sie meinen wegen der Schonung von Tieren. Ich hatte mal einen Vegetarier, der seine Frau erwürgte.«

»Und mit ihm haben Sie die Frage schon durchgekaut.«

»Nein, gar nicht. Er hat ihr vermutlich beim Massieren den Kehlkopf eingedrückt. Die Schwester der Ermordeten fand ihn, auf seiner Frau sitzend, die Hände um ihren Hals, mit abwesenden Augen. Der Arzt mußte ihm ein starkes Sedativ spritzen, damit seine Hände sich lockerten und wir ihn in die psychiatrische Abteilung bringen konnten. Es gab eine Verhandlung. Ich sah den Anschlag anläßlich eines anderen Gerichtstermins, wurde aber nicht befragt. Ich mußte einen Bericht schreiben, lediglich eine Aufreihung von Tatsachen. Ich vermute, er sitzt in irgendeiner geschlossenen

Anstalt.« Das Pony hatte sich nicht einen Millimeter weit bewegt.

»Es ist auch Vegetarier«, sagte Sönke Jürgsen. »Nur massieren kann es nicht.«

»Sie sollten aufpassen. Die Presse ist auf Geschichten aus, und da hier wenig passiert und kaum jemand den Mund aufmacht, sind Sie ein gefundenes Fressen.«

»Für mich interessiert sich doch keiner.«

Der Kommissar sah Sönke eine Zeitlang an. »Sie würden sich wundern«, sagte er.

»Warum sind Sie denn gar nicht hinter mir her? Als Sie mich bei Burmeister in Augenschein nahmen, dachte ich, jetzt hat deine Stunde geschlagen.«

»Ach, Sie haben es bemerkt? Ihre Kleidung war aufsehenerregend. Nicht unbedingt das, was man bei einem fünfzigsten Geburtstag auf dem Lande erwartet.«

»Aber abgesehen davon haben Sie mich stets links liegen lassen. Und jetzt kommen Sie her und warnen mich vor Journalisten. Sie arbeiten sehr nachlässig, Herr Kommissar.«

»Ja, da ist vermutlich was dran. Ich fühle mich, als hätte ich eine Grippe. Kennen Sie das Gefühl, wenn man wie unter einer Käseglocke sitzt und die Welt aus der Ferne betrachtet und sich fragt, was sie einen überhaupt angeht?«

»Es ist nicht sonderlich beruhigend für uns, die Ermittlungen von einem Menschen geleitet zu wissen, der sie nicht ganz ernst nimmt.«

»Ich glaube, ich habe mich verliebt«, sagte der Kommissar.

»Ich habe es Ihnen angesehen.«

»Sie waren ein guter Freund von Bodil, nicht wahr?«

»Ja, Fiete, sie und ich waren zeitweise unzertrennlich. Besonders natürlich nach Norberts Tod.«

»Was war er für ein Mensch? Ich höre immer wieder von ihm.«

»Möchten Sie eine Tasse Kaffee? Er ist allerdings von heute früh. Ich wärme ihn in der Mikrowelle auf.«

Der Kommissar schüttelte den Kopf. »Ein Mikrowellenherd«, sagte er leise vor sich hin. »Auf einem Ökohof.«

Er folgte Sönke Jürgsen und dachte an Heidrun Nissen. Würde er hier draußen mit ihr glücklich sein können?

Die Küche war klein, ganz in weiß gehalten; an der Wand eine Platte aus hellbraunem Holz, die sich hochklappen ließ, auf den Arbeitsflächen eine grau-schwarz gesprenkelte Plastikschicht, Messingbeschläge, die Schubladen und Schranktüren glänzend vor Lack.

Der Kommissar setzte sich. Sönke holte eine hellblaue, emaillierte Blechkanne aus dem Kühlschrank, schob sie in den Mikrowellenherd und drehte an einem Knopf. Das Gebläse ging an, und sie sagten nichts, während die Kanne im Herd um ihre eigene Achse kreiste. Dann klingelte der Herd, und Sönke schenkte den Kaffee ein.

»Er war ein Glücksgriff für sie. Ich meine, er wäre einer gewesen, wenn er sich nicht unbedingt das Motorrad seines Bruders hätte ausleihen müssen.«

»Wie kommen zwei derart zauberhafte Menschen nur in das gleiche, klitzekleine Dorf?« fragte der Kommissar.

»Die Liebe macht Sie aber nicht gerade zum Menschenfreund, Herr Kommissar. Es gibt viele großartige Leute in diesem Dorf. Ich habe Heidrun Nissen immer sehr geschätzt. Sie werden es nicht glauben, aber auch ihr Mann hat meinen Respekt.«

»Sie waren ein Freund von Bodil Drexler. Da mußten Sie so überirdisch verständnisvoll werden.«

Sönke lehnte sich vor. »Erzählen Sie mir mal, weshalb Sie überhaupt hergekommen sind.«

»Ich habe mich mit Fiete Brzcenczinski unterhalten, sogar recht lange. Aber er hat mit keinem Sterbenswörtchen erwähnt, daß Bodil und er Busenfreunde waren. Ist das nicht bemerkenswert?«

»Fiete schiebt sich nicht gern in den Vordergrund.«

»Ja, und Helmut Kohl hatte nichts am Hut mit der Macht.«

Sönke grinste. »Worauf wollen Sie hinaus?«

»Ich glaube, daß die ganze Geschichte mit Bodil zusammenhängt. Ich glaube, daß der zweite Mord nur dem Verwischen von Spuren dient. Der Mörder hat von der alten Elsbeth-Geschichte Wind bekommen und benutzt sie jetzt als Nebelvorhang. Oder er hat schon immer davon gewußt und von Anfang an geplant, sie einzusetzen.«

»Und was soll all das besagen?«

»Ich weiß es nicht«, antwortete der Kommissar. »Daß er uns immer weiter in diese Richtung locken wird, fürchte ich. Immer weiter weg von dem eigentlichen Kern, Bodil.«

»Was noch mehr Morde bedeutet.«

Der Kommissar seufzte. »Es sieht ganz danach aus.«

»Und dagegen kann man nichts machen?«

Das Telefon klingelte. Sönke ließ es einige Male läuten und sah den Kommissar auffordernd an. Der sagte kein Wort. Schließlich ging Sönke an den Apparat und hob ab.

Er lauschte eine Weile.

»Für Sie«, sagte er und hielt den Hörer vom Ohr.

Der Kommissar ging schnurstracks zu seinem Mantel und zog ihn an, nachdem er den Hörer aufgelegt hatte.

»Was ist los?« fragte Sönke

»Gunther Feddersen. Mein Assistent hat sich da wohl in eine ganz aberwitzige Geschichte verbissen.«

Er machte die Haustür auf.

»Sie haben meine Frage nicht beantwortet«, rief ihm Sönke nach.

»Nein«, sagte der Kommissar. »Wie unhöflich von mir.«

Er warf die Tür ins Schloß.

Feddersen

Sie hatten die Frequenz geändert. Das hatte der Fleischer gedeichselt. Ein einziges Mal war man offen und vertrauensvoll, und schon war man bei dem unten durch.

Polizeiarbeit ist Zusammenarbeit. Einsame Wölfe sind fehl am Platze. Der Polizist ist vereinzelt gar nichts. Korpsgeist ist mehr als das größte Genie. Wir dienen, auch untereinander. In der Polizeischule hatten sie ihnen das eingetrichtert, bis es ihnen aus den Ohren kam. Und jetzt war es plötzlich gar nichts, weil man seine Mutter lieb gehabt hatte und fremdes Volk nicht gern in seinen Straßen herumstreunern sah.

Denken, man ändert die Frequenz, und dann ist er abgehängt.

Kannte er nicht jede Nase in jeder Polizeiwache des Kreises? Da genügte ein Anruf. Er wußte genau, mit wem er wann was gehoben hatte. So etwas verband. Wenn man nicht war wie Fleischer, der selbst stocknüchtern blieb und nur darauf wartete, bis einem der Mund überlief. Und dann hatte er einen genau dort, wo er einen haben wollte.

Fassen würde er ihn. Daß er nicht schon längst daran gedacht hatte. Die Presseleute würden da sein. Iris hatte gesagt, wenn er ihr Bescheid geben würde, würden die Presseleute da sein, und sie würden ihn feiern. Daß er nicht schon längst daran gedacht hatte.

Ach, jetzt schneite es wieder. Nur gut, daß er die Meldung als erster aufgeschnappt hatte. Die würden sich wundern, wenn er mit dem Bescheid ankam. Vor ihm, vor der Tür zum Revier, würden die Pressefritzen stehen und knien, sogar knien würden sie, und ihn aus Blitzlichtkanonen mit Sperrfeuer belegen. So war das. So war das, wenn man seine Arbeit tat und zurecht berühmt wurde.

Bei Schneetreiben zu fahren, war ihm zutiefst verhaßt. Schlimm war es gewesen dort draußen bei ihrer Leiche. Als hätte er eine Leiche körperlich lieben können.

Sie sagten es. Er wußte, daß sie es sagten. Sie sagten, er hätte Mutti am liebsten einbalsamiert und ihren Körper im Schlafzimmer ausgestellt. Er wußte das. Aber wenn die Pressefritzen vor ihm niederknieten, dann hatte er es ihnen gezeigt.

Eine Hundertschaft oder mehr erwartete ihn, als der Schneevorhang auseinanderbrach, und er über den Bahnhofsvorplatz rollte. Er hielt vor der Wache. Die Menschen schrien, erwachsene Frauen und Männer jenseits der Pensionsgrenze bleckten die Zähne wie heißgemachte Schäferhunde, eine Mutter hob ihr Kind, sieben, acht war die, bestimmt nicht älter als sieben, acht, hob es in die Luft und schüttelte es, so daß die Locken der Kleinen um ihren Kopf wolkten, und auch sie, die Mutter schrie, und Feddersen schaltete den Wagen aus.

Diese Leute vertrauten ihm. Tötet ihn. Gut, töten wir ihn, wenn ihr die Gesetze macht, die es einem erlauben, ihn zu töten. Wir haben die Gesetze, ohne sie können wir nichts machen. Fleischer denkt, er könne die Vorschriften außer acht lassen und den Frauen nachjagen, aber das konnte keiner. Nur die Vorschriften standen zwischen einem selbst und den Negern. Ohne Vorschriften hätten wir in Nullkommanichts einen Khomeini.

Sie geiferten. Er mochte es nicht, wie sie ihn bedrängten und ihm ins Gesicht spien. Sie sprachen ja gar nicht, es war nur der Speichel, der ihnen aus dem Mund flog, der ihm entgegenspritzte, und das hatte der dort drinnen zu verantworten. Ohne den dort drinnen wären die hier draußen längst in ihren Betten.

Hinten stand Iris und lächelte ihn an. Da waren sogar einige vom Fernsehen. So hatten sie aber nicht gewettet. Er hatte Iris gesagt, keine vom Fernsehen, beim Fernsehen gab es keine Blitzlichter. Das hatte er ihr gesagt. Er hatte Iris gesagt, nachher sollten sie groß ausgehen. Wie konnte sie bloß jemanden vom Fernsehen mitbringen?

»Feddersen«, sagte er an der Schranke. »Ich habe einen Überstellungsbefehl.«

Rolf Petersen

Warm, so lange schon warm. Erst Schmerz, vor allem in Füßen und überall sonst. In Fingern, ja in Fingern. Suppe hatte Mutter oft. In kleinen Plastikschalen, Schalen mit Deckeln, geriffelte Schalen, aber die, ja das war lustig, mit Fingern, und es kitzelte.

Uniformen hatten sie, dunkle Uniformen und Mützen. Schweiß, draußen war kein Schweiß, sehr kalt und viel Schnee. Immer gehen und gehen und tiefer und tiefer und Kälte und Schmerz.

Mutter wird kommen, sagten sie, Mutter wird bald kommen und dich abholen.

Warm?

Sehr warm, für dich wird es noch sehr warm. Du weißt gar nicht wie warm, Kleiner.

Mutter würde kommen, und sie würde den Teddy mithaben, Mutter würde das alles für ihn tun. Liebhaben würde er sie wollen. Hingreifen überall, immer wieder hingreifen überall. Anschwellen würde er, hingreifen und anschwellen und lächeln.

Lächeln tat er, als der Polizist durch die Tür kam und seine Hand hielt. Lächeln. Anschwellen. Hingreifen.

Nein! Nein! Licht. Sah denn niemand Licht?! Sah sie denn niemand, hörte denn niemand Schreie?! Kamen, sie kamen auf ihn zu! Hörte denn niemand Schreie? Sah denn niemand Licht? Licht, Schwärze, Licht, Schwärze, Licht, Schwärze. In der Schwärze Fleck, immer größer. Er wollte in Fleck, er wollte unbedingt in Fleck.

Feddersen

Der Gefangene lief. Der Polizist ließ seine Hand los. Der Gefangene lief auf die Menschen zu. Offene Münder hatten sie, ganz schiefe Schultern. Ein Kind. In der Menge war ein Kind.

Ein Kind, das auf einem Hofplatz spielte, und der Vater war tot. Ein Kind, das in seinem Zimmer für die Prüfung lernte, und der Gerichtsvollzieher öffnete die Tür und sagte, das Kind müsse das Zimmer räumen, wegen der Schulden. Ein Kind, das seine Mutter beobachtete, die nackte Haut bis hinauf zu den Achseln, wo die Haare waren, schwarz.

Hauthärchen die sich sträubten in kaltem Duschwasser, Härchen die sich erhoben vor Angst, Härchen die in die Nakkenhaut hinein kitzelten.

Und der Gefangene kam näher, er kam näher, und da war ein Kind, und ein Stoß, und die Mutter starb vor der Zeit.

Feddersen riß die Pistolentasche auf, entsicherte die Waffe und lud sie durch.

Karin

Es galt doch den Welpen, sie konnten sich doch nicht wehren, sie hatten doch gar keinen Anteil daran, was vorgefallen war.

Mutter interessierte das alles nicht. Normalerweise sah sie Karin sofort an, wenn sie etwas bedrückte, und dann bestand sie darauf zu erfahren, was vorging. Und Karin konnte am Ende nicht umhin, es ihr zu erzählen.

Man mußte ihr das Glück mit dem Kommissar ja auch gönnen. Wenn es nur nicht jetzt gewesen wäre – ach, jetzt machte sie sich etwas vor. Niemals hätte Mutter sich auf so etwas einlassen dürfen. Karin würde es ihr irgendwann heimzahlen.

Aber zuerst mußte sie die restlichen Hunde finden.

Vater hatte sie gefragt, ob irgendetwas vorgefallen sei, und als sie den Kopf schüttelte, schärfte er ihr noch einmal ein, sie dürfe das Haus unter keinen Umständen auf eigene Faust verlassen.

Er hatte gut reden. Es waren zwar eigentlich seine Welpen, aber sie interessierten ihn gar nicht. Nur Oma wunderte sich, daß sie fort waren. Wenn Oma nur mehr Kräfte gehabt hätte.

Es ist besser, du kommst ganz allein zum Weiher hinunter. Besser für die Welpen, und besser für dich. Du darfst mich nicht mißverstehen, mein Schatz, aber wir haben trotz allem ein Abkommen getroffen.
Das muß man einhalten. Sonst ist man ein ehrloser Lump.

Es schneite, als sie losging. An den Straßenrändern lag der Schnee mehr als kopfhoch. Himmel und Erde gingen nahtlos ineinander über, und die erleuchteten Fensterscheiben schwankten.

Sie kannte den Weiher gut. Mit Kati und Hilde hatte sie dort oft gespielt, fast jeden Tag, in der ausgehöhlten Eiche.

Sie hatten sich vorgestellt, die Eiche wäre ein Märchenschloß und sie drei Prinzessinnen, die auf ihre Prinzen harrten, oder die drei Prinzen, die rettungshalber zu den Prinzessinnen aufbrachen, oder die drei Prinzessinnen, die den rettenden Prinzen einen bösen Streich spielen würden, oder die drei Prinzen, die auf halbem Weg kehrt machen und die nächste Kneipe ansteuern würden, und so fort.

Mitten im Weiher war ein kreisrunder Fleck aus dem Schnee gehoben und blitzeblank gefegt worden. Der Fleck glühte milchig orangen.

Karin lief darauf zu.

Die Lichtquelle ließ sich nicht ausmachen, denn sie wurde von einem Körper verdeckt, einem länglichen, kaum handballgroßen Körper, den kein Fell mehr bedeckte, kein daunenweiches, samtiges, cremefarbenes Fell.

Karin kratzte am Eis, aber es war zu hart. Sie sah die Augenhöhlen, die tiefen Falten und die weiche Schnauze mit der feucht-kalten Nasenspitze.

Wie konnte man Charlotte das bloß antun? Es war doch ein unschuldiger Welpe!

Sie hörte ein Geräusch, ein Knattern, wie von Fahnen im Wind.

Dann sah sie den Schatten auf sich zukommen, majestätisch auf sich zugleiten, ein riesiges Ungeheuer, eine Sagengestalt, die gleich das Maul aufreißen und sie verschlingen würde, und dann explodierte das Licht in ihrem Gesicht, und das Ungeheuer zischte.

Da wußte sie, daß Felix Timmsen diese Nacht gewählt hatte, um in den Himmel zu fahren.

Emma Gudenow

Sie war die Geliebte des örtlichen Großschlachters. Auf das *Groß* legte er besonderen Wert. Warum auch nicht? Er hatte schließlich drei Geschäfte.

Einen deutschtümelnden, fettwanstigen Mann zu lieben, vor den Augen seiner Frau. Und die Frau nahm es nicht einmal zur Kenntnis.

»Sie ist meine beste Freundin«, sagte Friederike Burmeister.

Emma war tatsächlich Friederikes beste Freundin und umgekehrt, sie vertrauten sich gegenseitig alles an, von den kleinen Geheimnissen des Alltags bis zu den ganz großen – dem Tod eines Sohnes zum Beispiel.

Es war ja nicht so, daß Emma kein Recht hatte, das zu tun, was sie tat. Friederike war schwach, und Franz brauchte eine starke Schulter, eine Frau, die ihm erzählte, wo es langging.

Sonst fing er unweigerlich an zu trinken. Außerdem war sie niemandem mehr gefährlich, seit sie in dem Versicherungsgebäude um fünf Uhr morgens die Treppe heruntergefallen war. Sie war im Bohnerwachs ausgerutscht, eine Hüftschale war fast gänzlich zertrümmert und ein Splitter hatte die Gebärmuttter durchbohrt.

Zwei Stunden hatte sie so dagelegen, bis ein Abteilungsleiter sie fand und den Krankenwagen rief, zwei Stunden, währenddessen das Blut aus ihrer Gebärmutter in die Bauchhöhle sickerte, tropfenweise, aber immerhin ausreichend, um sie unfruchtbar zu machen.

Oder war es ein Kunstfehler bei der Operation? Oder der Blutsturz zehn Stunden nach dem Aufwachen aus der Narkose? Oder eine Hormonstörung im weiteren Verlauf der Behandlung, die mit dem Entfernen der Geschlechtsorgane ihren Abschluß fand?

Franz war nicht unglücklich über ihren Zustand. Sie hatte ihm in der ersten gemeinsamen Nacht davon erzählt, und er hatte die Kondome wieder eingesteckt. Falls er wirklich welche dabei gehabt hatte. Ausgerechnet beim Schützenfest, nachdem er beim Schießen miserabel abgeschnitten hatte, traf er ins Schwarze, was sie anbelangte. Sie war vollkommen risikofrei. Wie oft erlebte man das schon auf dieser Welt?

Sie hörte ihre Mutter fragen, was denn an Franz dran sei.

Er hatte Kinder. Sie hatte sich geschworen, sie würde sich nie in einen Mann verlieben, der keine Kinder hatte. Wozu auch? Befriedigen konnte man sich selbst.

Norbert hatte sie geliebt – wie jeder im Dorf, selbst diese eingebildete Schnepfe, die in der Lichtung den Tod gefunden hatte. Jürgen liebte sie weniger, und Kati mußte man an die Kandare nehmen, sonst nahm sie sich zuviel heraus. Dabei war Kati vielleicht die Klügste von allen, obwohl Norbert, und vor allem die Schnepfe, bei weitem die besten Zensuren eingefahren hatten.

Kati war viel zu aufsässig, um eine wirklich gute Schülerin zu sein. Emma hatte Friederike mehr als einmal gesagt, sie müsse ihre Kinder härter rannehmen, ihnen Widerstand bieten, und ihnen zeigen, wo es langginge. Aber Friederike hatte in solchen Fragen nie auf sie hören wollen.

Dann hatte sie die Angelegenheit in ihre eigene Hand nehmen müssen. Es war keine Frage für sie gewesen, ob es sich gehörte, bei den Burmeisters einzuziehen, sondern eine Notwendigkeit. Ohne starke Hand würden die Kinder verwahrlosen.

»Du bist nicht unsere Mutter!« Machte sich irgendjemand klar, wie das schmerzte? Durch einen Kunstfehler ausgeschlossen zu werden, durch Hormonstörungen, durch einen simplen Sturz auf einer Treppe, die man selbst gebohnert hatte?

Sie tanzte den Cancan mit geschwinden Ausfallschritten nach rechts, riß das Kleid an beiden Nähten bis zur Operationsnarbe entzwei und trat Biergläser, Flaschen und Salzgebäckschalen unter lautem Gejohle vom Tisch. Kurz vor der Kante hielt sie inne, stieß einen Kiekser aus, warf die linke Schulter seitwärts und trippelte kleiderschwingend und austretend bis zum anderen Ende des Tisches. Die Musik war ohrenbetäubend, aber sie hörte nur das anschwellende Johlen, das seinen Höhepunkt genau dann erreichte, als sie nicht mehr im Stande war anzuhalten und vom Tisch fiel. Sie stand sofort wieder auf.

»Mir geht's tipptopp«, erklärte sie.

Neidhart Panser blies in seinen Grog. Seine Brillengläser beschlugen kurzzeitig. Er setzte das Glas an die Unterlippe und nippte. »Ganz üble Geschichte«, sagte er. »Ich frag' mich nur, wie sie die Einschußlöcher bei der Obduktion von seinem Rükken in die Brust versetzen werden.«

»Was er dafür wohl kriegen wird?« sinnierte Erich Mund.

»Jetzt bist du aber einfältig«, grinste Neidhart. »Wieso sollte ein Polizist, auch wenn er noch so ländlich und treudoof ist, dafür eingebuchtet werden, in Ausübung seines Dienstes die Bürger dieses Landes vor Unheil zu bewahren?«

»Dieser halbe Hahn und zwei Mädels umbringen«, sagte Erich Mund. »Von denen die eine dem Hörensagen nach eine Tonne wog. Habt ihr sein Gesicht gesehen? Der war doch ganz außer sich vor Angst, der hat nichts mitgekriegt von der ganzen Angelegenheit. Den hätte meine achtjährige Tochter mit dem kleinen Finger aufs Kreuz gelegt.«

»Hier denken sie aber, er war's«, warf Neidhart ein.

Sie sahen sich um. Im Schankraum waren etwa zwanzig Menschen versammelt. Sie hatten seit anderthalb Stunden gepichelt, getanzt und gesungen. Nachdem die Frau vom Tisch gefallen war, hatte sich die Begeisterung ein wenig gelegt. Aber sie waren noch immer auf hundertachtzig.

Der Fleischermeister hatte einen hochroten Kopf und blutunterlaufene Augen. Er stand an der Theke und redete auf den

Maler ein. Dessen Frau und Tochter saßen in der Ecke, eingerahmt von den beiden Lederjacken. Der verrückte alte Seebär stand mitten im Raum und riskierte eine dicke Lippe. Es wurde aber nicht mehr gesungen. Nach dreißig Wiederholungen hatte man ja auch langsam spitz, wer auf Kaperfahrt mitfahren durfte.

»Ich hab' es gewußt«, sagte Burmeister. »Das mußte ein Verrückter sein. Das konnte von uns einfach niemand sein. Aber er mußte irgendwie eine Verbindung zu uns haben, das mußte er einfach, das lag doch auf der Hand. Man mußte nur zwei und zwei zusammenzählen. Feddie hat das von allen am schnellsten begriffen. Hätte ich gar nicht von ihm gedacht, auf mich wirkte er eigentlich immer ein bißchen beschränkt.«

Scholz drehte sich zu Perksen um und bestellte noch drei Schnäpse.

»Inkarnat«, sagte er. »Und jetzt rede ich gar nicht von Perspektive oder Komposition. Einfach nur Fläche ohne Form, die reine Farbe. Ich weiß, ich weiß, so läuft der Hase nicht in der Malerei, die reine Farbe ist genauso ein Gebilde der reinen Vernunft wie das ideale Pendel in der Physik oder der vollkommene Markt in der Volkswirtschaft. Aber stellen Sie es sich trotzdem vor. Nicht zu machen, oder kaum. Rembrandt hat sich dem Problem über seine Kontrasttechnik entzogen. Aber wenn Sie ...«

»Ich habe ein Bild von Nolde«, unterbrach ihn Burmeister. »Nicht gekauft, wo denkst du hin, geerbt. Nolde hat bei meinem Großvater Schweinehälften bezogen. Na, vielleicht nicht ganze Hälften. Ich will, daß ein Bild was darstellt, ich will was sehen, und ich will was wiedererkennen. Die Blumen von Nolde, na ich weiß nicht. Auf Dauer sind mir Photos lieber. Vor allem die, auf denen ich drauf bin.« Er lachte laut los, breitete seine Arme aus und zog Emma Gudenow aus der Menschentraube um Fiete Brzcenzinski zu sich herüber. »Laß mich mal drücken«, erklärte er.

»Inkarnat«, wiederholte Scholz.

Stefan der Pommer schaute melancholisch drein. Er hätte Else dabei haben müssen. Aber sie wollte nicht. Er hätte sich wegen des Iraners und Bodil mit Stinna aussprechen müssen. Immer hätte er müssen. Immer sah er Manni vor sich, wie er in der Tür stand, kurz bevor er aufs Fahrrad stieg und in den Unfall raste. Und dann Bodil auf dem Fahrrad, und ihr Gesicht im Leichenschauhaus.

Er bestellte noch ein Bier. Obwohl Bier zum Vergessen zu schwach war.

»Du hast bestimmt nette Möpse«, flüsterte Jürgen Burmeister Adeltraud Scholz zu.

»Seit wann duzen wir uns denn?« kicherte sie.

Er kniff sie in die Seite. Sie quiekte.

»Ich könnte deine Mutter sein.«

»Besser nicht. Ich find das viel geiler mit reifen Frauen.«

»Mein Mann ist doch hier.«

»Ich find das auch viel geiler mit Frauen, deren Männer da sind.«

»Jetzt mußt du dich aber wirklich ...«

Broder Perksen zeigte währenddessen Adelheid Scholz die Stelle auf seinem rechten Oberarm, wo er sich eine Tätowierung machen lassen wollte. Sie sah sich die Stelle an. Dann blickte sie auf und strahlte ihn an.

»Was ich dich die ganze Zeit schon fragen wollte ...« sagte er.

»Nur zu.«

»Haben wir überhaupt schon ...?«

»Du weißt also nicht mehr, was damals vorgefallen ist?«

Er schüttelte den Kopf. »Ich war ganz schön knülle.«

»Das kann man wohl sagen.«

»Aber geknutscht haben wir.«

»Du hast aus dem Mund gestunken.«

»Und trotzdem hast du mich abgeschlabbert.«

»Mhm.«

»Heute stink ich nich so aus'm Maul. Ich bin auch noch gar nich' breit.«

»Jetzt hat Feddie schon wieder Bockmist gebaut«, erklärte Fiete nicht zum ersten Mal und schaute Emma Gudenow sehnsüchtig nach. Die Gebrüder Hugo und Freddie Jebsen schielten ihn an. Dann zogen sie die Lippen auseinander und entblößten zwei schadhafte, haferschleimbraune Zahnreihen.

»Ihr hattet ja alle keine Ahnung von Ernas Kleinem. Hier denkt doch niemand an sie, alle denken nur ans Saufen, alle sind aufgegeilt, weil wieder mal jemand umgebracht wurde, und was sonst noch passiert, ist euch scheißegal. Und wenn er's nicht war, wenn's ein anderer war, was dann, wenn's ein anderer war, was dann ...?« Er brach in Tränen aus. Die Gebrüder Jebsen schielten unverwandt.

Die Tür ging auf. Ein Windzug fegte in den Raum. Schnee rieselte auf sie herab. Die Tür wurde ins Schloß gerissen, und dort stand der Kommissar, über und über mit Schneeflocken bestreut.

Neben ihm stand Heidrun Nissen und blickte starr geradeaus.

»Daß die sich überhaupt trauen«, zischte Emma Gudenow leise.

Franz Burmeister nickte.

»Haben Sie ihn gesehen?« fragte Fiete eindringlich. »Hat er was gesagt? Wie geht es ihm?«

Der Kommissar ging zur Theke und bestellte ein Bier. Dann drehte er sich zu Heidrun Nissen um. »Einen Korn, bitte,« sagte sie.

Der Kommissar sah Perksen an. »Sie wissen, daß der Laden ungesetzlich ist,« stellte er fest.

Perksen grinste schafsköpfig. »Schankkonzessionen brauchen ihre Zeit.«

Der Kommissar nahm das Glas mit dem Schnaps entgegen und reichte es weiter. Er leerte sein Glas in einem Zug.

»Herr Kommissar, spannen Sie uns bitte nicht auf die Folter,« sagte Franz Burmeister.

Der Kommissar drehte sich zu ihm um. Sein Mantelkragen war hochgeschlagen, sein Gesicht ausgemergelt, und unter den Augen hatte er dunkle Ränder. Er sah an Burmeister vorbei in die Ecke. Dort saßen Adeltraud Scholz und Jürgen Burmeister. »Ich habe nichts zu erzählen,« sagte der Kommissar.

Jemand warf den Ghettoblaster an, und Marianne Rosenbergs Stimme füllte den Raum. Der Kommissar bestellte noch ein Bier und setzte sich zu den Journalisten. Heidrun Nissen stand an der Wand, das Glas in der Hand, mit unbeweglichem Gesicht.

»Wie wird die Anklage lauten?« fragte Neidhart Panser.

»Für den Fall bin ich nicht zuständig,« erwiderte der Kommissar. »Da müssen Sie schon meine Kollegen fragen.«

»Hab' ich,« sagte Neidhart. »Ich wäre ein ganz schlechter Journalist, wenn ich nicht hätte.«

»Du bist so und so ein schlechter Journalist,« warf Erich Mund ein. »Sonst hätten sie dich nicht hierher geschickt.«

»Ich höre, Ihr Sohn ist in Bosnien,« sagte der Kommissar.

»Woher wissen Sie das?« fragte Neidhart Panser schnell. »Ich will wissen, woher Sie das haben?«

»Polizisten reden auch«, sagte der Kommissar.

»Ich steig' nicht mehr durch«, sagte Jean Macoeur. »Aber vielleicht bin ich ja einfach zu doof oder zu betrunken.«

»Betrunken bist du nicht«, meinte Erich Mund.

Der Kommissar blickte hoch. Er versuchte, Heidruns Blick auf sich zu ziehen, aber sie starrte weiterhin geradeaus, und nicht einmal Fietes Faxen lenkten sie ab.

Dann ließ er den Blick schweifen. Zuletzt verharrten seine Augen in der verwaisten Ecke, wo vorher Adeltraud Scholz und Jürgen Burmeister gesessen hatten.

Als die beiden in den Schweinestall kamen, der leer war und kalt und modrig roch, hörten sie zuerst nur ihre eigenen hallenden Schritte und die harten Stoßlaute ihrer Atemzüge beim Küssen; doch dann nahmen sie das Stöhnen weiter hinten wahr, ganz weit hinten im Dunkeln, wohin sie sich stillschweigend hatten begeben wollen.

Jürgen Burmeister zog an Adeltraud Scholz, doch sie wurde von dem Stöhnen in der Ecke magnetisch angezogen. Er flüsterte, er wisse einen besseren Ort, wo es wärmer sei, wo sie eine Decke fänden, aber Adeltraud dachte jetzt nicht mehr im geringsten an ihre persönliche Bequemlichkeit, sondern interessierte sich nur noch dafür, was dort hinten in dem verlassenen Schweinestall wohl so hitzig ablief.

Es ließ sich nicht einmal sagen, ob sie genau mitbekam, was ihre Tochter mit Broder Perksen trieb, denn keine Wolken brachen plötzlich auseinander und legten das Mondlicht frei, das hätte durch das Fenster brechen und das Paar aus der Schwärze meißeln können. In Wirklichkeit sah sie nicht einmal Schemen oder Schatten, vielleicht hier und da eine Bewegung, vielleicht wurden auch lediglich die akustischen Zeichen in ihrem Kopf in Bilder umgesetzt, denn später dachte sie in Bildern, wenn sie sich den Augenblick vergegenwärtigte.

Sie rief: »Wie kannst du nur«, und daraufhin war das Paar vor ihr auf dem Beton schlagartig still. Ärgerlich war nur, daß sie und Jürgen Burmeister im Licht standen, wenn auch nicht in einem hellen, alles enthüllenden, so eben doch im Licht.

»Und was machst du hier? Mutter, du wolltest doch nicht ...«

»Werd jetzt nicht frech«, versuchte Adeltraud ihre Autorität zu wahren. »Du wirst mir jetzt auf der Stelle eine Erklärung geben.«

Jetzt kicherte ihre eigene Tochter. Das hatte sie von ihrem Vater.

»Du wirst sofort mitkommen«, befahl Adeltraud.

»Ich werde Vater hiervon in Kenntnis setzen.«

»Broder, wie konntest du meine Tochter nur ...«

»Sie hat mich umgerissen. Ich hab gesagt, wir warten, bis wir im Wagen sind.«

»Du machst es auch nicht unbedingt besser, Broder«, stellte Adelheid fest.

»Meine Fresse«, sagte Neidhart Panser und blinzelte einige Male.

Sönke Jürgsen trug eine Art Paillettenkaftan und hatte die Kapuze über den Kopf gezogen. Mund zückte instinktiv seine Kamera, wurde aber von Fiete Brzcenzinskis Pranke gehindert, die sich über die Linse legte. Fiete grinste gemütlich und schüttelte fast unmerklich den Kopf.

Heidrun Nissen stand an der Theke und bestellte ihren zweiten Korn.

Sönke Jürgsen blickte in die Runde. Er lächelte, als er den Kommissar ausmachte. »Sie waren so schnell weg, Herr Kommissar. Da mußte ich es eben aus dem Radio erfahren. Ihr sitzt hier und kriegt euch einen ein. Das Lachen wird euch schon noch vergehen. Seit wann hat denn Feddersen jemals was richtig gemacht? Jochen, zapf mir mal ein Pils.«

»Du redest viel, wenn der Tag lang ist«, rief Franz Burmeister. Die Gebrüder Hugo und Freddie Jebsen spulten ihre Augen nach links und schielten ihn an. »Guck doch mal in den Spiegel, Mann. Und du willst uns erzählen, daß dieser Klapsheini die Taten nicht begangen hat?«

»Ich wollte nur in Ruhe und Frieden mein Pils trinken.«

»Meine Fresse«, wiederholte Neidhart, wenige Zehntelsekunden nachdem der kalte Luftzug den Nacken des Kommissars hatte ersteifen lassen. Er drehte sich um.

Feddersen hatte jene Art Grinsen im Gesicht, die sonst Liebenden vorbehalten war.

Seine Augen glühten fiebrig. Seine Wangen waren gerötet. Er rieb die Hände aneinander. Hinter dem Kommissar sang Marianne Rosenberg noch immer von der Liebe.

Er drehte sich um. Heidrun hatte gerade das Glas von den Lippen genommen und sah ihm in die Augen. Sie streckte die Hand mit dem Glas aus, ihm entgegen. Er stand auf und nahm ihr das Glas aus der Hand. Er ging zur Theke.

»Mir auch ein Helles«, rief Feddersen. »Und Sekt für die ganze Mannschaft. Und nachher werden wir Schlitten fahren.«

»Genauso, wie du mit Ernas Jungen Schlitten gefahren bist?« fragte Sönke.

Sie umringten Feddersen, rissen ihn zu Boden, hoben ihn wieder auf und warfen ihn in die Höhe.

Heidrun stand mit Sönke in einer Ecke. Der Kommissar ging zur ihr und gab ihr das Glas mit dem Schnaps. Sie nahm es entgegen, ohne ihn anzusehen.

Karin

Mein Sohn,

Rache is schiet, sagt der Pastor. Der muß es wissen. Deshalb werden wir ihm nix von erzählen. Das bleibt unter uns.

Ich war n'e liebe Deern, das mußt Du mir glauben, mein Sohn. N'e Hexe wie jetzt wurd ich erst viel später. Nee, viel später eigentlich nicht. Rache is schon schiet, aber was is denn besser?

Ich hab es Maitje versprechen müssen an ihrem Totenbett, daß ich nie aufgeben werde. Ich habe auch nie aufgegeben, aber man is schwach als Frau. Da hast Du's leichter, mein Sohn.

Ich hab' sie ans Kreuz genagelt, verstehst Du? Und ich habe Timmsen geliebt. Es war sein Mädel. Aber er wollte es nicht, genausowenig wie er Dich wollte. Bastard hat er Dich genannt, immer wieder.

Nachdem ich sie ans Kreuz genagelt habe, bin ich schnurstracks zu Maitje. Der Hein war bei ihr. Er hat mich immer nur in den Hintern ... is ja auch egal, mein Sohn.

Auf jeden Fall war er nicht der Vater der Kleinen. Es war Timmsen, ich weiß ganz genau, daß es Timmsen war. Geh einfach nur davon aus, er war's. Du wirst's schon richten.

Der Hein wollte immer in den Schweinestall. Er war Bürgermeister, die Heins waren immer Bürgermeister. Er hörte dabei die Schweine gerne grunzen. Es tat so weh.

Du verzeihst Deiner alten Mutter doch, daß sie so offen ist? Ich hab' immer gesagt, was ich gedacht hab. Vielleicht nicht bevor ich sie ans Kreuz genagelt hab', aber nachher immer.

Nachher war's mir egal. Nachher hatte ich auch keinen Ruf mehr. Und Du warst immer stolz darauf, daß Deine Mutter kein Blatt vor den Mund genommen hat. Manchmal war's Dir auch ein bißchen peinlich. Dann hab ich immer in mich hineinlächeln müssen. Eben weil Du so rot wurdest. Die Augen gingen dann auch immer spazieren. So nannte ich das in mir drin. Aber meistens mochtest Du meine Offenheit.

Ich bin zu ihm zurückgekrochen. Ich habe ihn nie vergessen können.

Maitje hat den Hein fortgeschickt. Dann bin ich in Ohnmacht gefallen. Dann hatte ich drei Wochen lang Fieber. Aber wir konnten keinen Arzt rufen. Das ganze Dorf wußte, wo ich war.

Aber zugeben konnte man es nicht. Dann hätten sie nich' so tun können, als ob die Kindsmörderin geflüchtet war. Also kam kein Arzt. Ich hatte Fieber und schwitzte und konnte nichts essen und träumte die ganze Zeit nur vom Kind.

In den klaren Augenblicken sagte ich Maitje, daß ich ihn liebte und nicht von ihm wegkam. Dann gab sie mir eine Ohrfeige. Nachher sah sie traurig aus. Du weißt, wie Maitjes Gesicht war, wenn sie traurig aussah.

Man kann solche Gefühle nicht beschreiben. Ich hab' sie immer noch in mir drin. Ich weiß, wie sie sich anfühlen, immer noch. Ich wollte, ich könnte Deine Hand nehmen und sie in mich reintun, damit Du sie spüren könntest. Aber das kann ich nicht. So is das. Du mußt mir nur glauben, daß sie da waren und immer noch da sind.

Begraben tust Du mich im Watt, damit die Ebbe mich mitnimmt, nicht wahr?

Du warst ein lieber Sohn. Du konntest nichts dafür, daß ich von dem Kind nicht wegkam und daß er Dich einen Bastard nannte. Warum bin ich nur zurückgekommen?

Ich glaub', man versteht es nur deshalb nicht, weil man die Fremde falsch sieht. Wenn man davon träumt, ist sie ein

Schlaraffenland. Ich weiß das. Wie oft glaubst Du wohl, daß ich von der Fremde geträumt habe? Mutter war ja in Amerika, und dort wollte ich auch hin. Vor allem, wenn der Hein auf meinem Rücken lag im Schweinestall.

Aber so ist die Fremde nicht. Die Fremde ist genau wie hier, nur eben fremd. Man kennt niemanden. Das fängt schon damit an, daß man Geld verdienen muß. In Träumen muß man nie Geld verdienen. In Träumen muß man ja auch nie essen. Ich glaub', ich hab' Träume immer gehaßt. Aber ich hab' auch Timmsen gehaßt, und gleichzeitig hab' ich ihn geliebt. Man kann Träume nicht hassen. Wenn man das tut, was bleibt einem dann noch?

'Ne Stelle hab ich ganz schnell gekriegt in Hamburg. Stubenmädchen suchten sie damals überall. Es war ein feines Haus, für mich war das ein Palast. Marmor überall, Tischdecken aus Damast, jeden Morgen frische Blumen in allen Vasen. Eine Haube hab´ ich auf dem Kopf gehabt. Aus gestärktem Leinen war die. Und ein grünes Kleid, jeden Tag ein neues. Und eine schneeweiße Schürze. Ich hab' sie so gerne geknotet, hinten auf dem Rücken. Man mußte die Hände um seinen Körper tun. Es zog in den Schultergelenken, und man war noch ganz verschlafen. Das hab´ ich gern gehabt.

Ganz spillrig war er, der junge Herr. Sehr dünn. Immer hat er geredet. Der alte Herr hat mir gesagt, ich krieg' kein Zeugnis, wenn ich nich' tu', was er sagt. Also hab' ich getan, was er sagt.

Dabei wußte der junge Herr gar nicht, wie er es anstellen sollte. Ich wette, er wußte nicht einmal, daß der alte Herr mich unter Druck gesetzt hat. Er dachte, ich mach' es aus Liebe. Männer denken immer, man macht es aus Liebe, weil sie nicht begreifen wollen, wie mickrig sie sind. Er war auch nicht zärtlich. Niemand war zärtlich.

Der erste, der je zärtlich war, warst Du, aber das mußtest Du ja sein. Vielleicht mußtest Du nicht. Aber der erste und einzige warst Du schon. Weißt Du, wie gut Du rochst als Säugling? Weißt Du sicher nicht. Aber wenn Deine Mutter Dir das sagt, wird's schon stimmen.

Zuerst habe ich Tollkirschen gegessen. Die Krämpfe waren ganz furchtbar. Aber sie waren nur im Magen, nicht in der Gebärmutter. Dann hat mir die Zugehfrau eine Adresse in die Hand gedrückt. Und ich war mein ganzes Geld los. Nach Amerika wollte ich. Gekriegt hab ich nur eine rostige Stricknadel. Nachher mußte ich spucken.

Es is' nich' so schlimm, mein Sohn. Ein bißchen schon, und ich möchte auch gar nicht daran denken.

Wenn ich im Watt bin, und das Wasser trägt mich davon, brauch' ich nicht mehr daran denken. Du warst eine Liebe, das warst Du.

Dann bin ich eben zurückgekommen. Die ganze Zeit habe ich an ihn denken müssen. Und ich wollte ja auch. Obwohl seine Frau mir leid getan hat. Aber ich wollte ja. Und wenn man will, wenn man liebt und gleichzeitig haßt ... ich weiß nicht. Im Watt ist alles einfacher.

Für sie war ich eine starke Frau. Weil ich Dich ausgetragen habe, und weil ich meine eigene Nähstube aufgemacht habe von seinem Geld. Nur Geld gab er mir, nicht das, was ich gern gehabt hätte von ihm. Konnte er ja auch nicht. Man ist verheiratet, und dann darf man nicht. Und ich war ja auch eine Verworfene. Aber aufs Geschäft hab' ich mich verstanden.

Der Pastor war ein guter Mensch. Ich bin oft auf den Friedhof und hab' ihm Blumen aufs Grab gelegt. Er war schwach, aber gut war er schon. Timmsen war nicht gut. Schwach auch, aber nicht gut.

Weißt Du was? Rache is schon schiet, aber ich hoffe doch, daß Du sie nimmst. Man braucht ja Würde. Und wenn ich im Watt liege, und die Ebbe trägt mich davon, will ich Würde haben. Ich weiß, daß ich Dir damit zuviel auferlege, ich weiß. Aber so ist das. Ich will meine Rache. Das mußt Du mir versprechen.

Karin hatte den Brief nur unter großer Mühe entziffern können. Auf dem Umschlag stand in Großbuchstaben ihr Name. Nur der Vorname, sonst keine Mitteilung. Vielleicht hatte sie ihn ja auch falsch verstanden. Die Hunde wurden gar nicht erwähnt; wenn dort nur etwas von den Hunden gestanden hätte.

Oma schnarchte. Neben ihr auf dem Nachttisch stand das Glas mit den dritten Zähnen. Es mußte weh tun, sie an die Gaumen zu pressen.

Kati könnte ihr bestimmt helfen; aber es war noch viel zu früh, um sie aufzusuchen. Karin sah auf die Uhr. Es war halb sechs. Um diese Zeit standen Sönke und Felix auf, aber Kati nicht, doch nicht Kati, die bis in die Puppen schlief und jeden zweiten Tag zu spät kam und immer eine tolle Entschuldigung parat hatte, so daß man sie nur bewundern konnte.

Sie sah wieder Oma an, deren schmale, etwas trübe Augen auf ihr ruhten.

»Wie lange guckst du schon so, Oma?« fragte sie.

Oma antwortete nicht. Ihre Lippen waren eingefallen und schrumpelig. Sie sprach nicht gerne mit zahnlosem Mund.

»Möchtest du etwas trinken?« fragte Karin.

Oma nickte.

Karin ging ins Bad und füllte ein Zahnputzglas mit kaltem Wasser.

Oma hatte das Gebiß eingesetzt, während sie weg war, und die Hörgeräte lugten aus den Ohren. Sie schrillten, als Karin eintrat, und Oma drehte hastig an den Lautstärkereglern. Sie trank in gierigen Zügen und leerte das Glas bis zur Hälfte. Sie atmete einige Minuten schnell und mit geschlossenen Augen.

Karin guckte aus dem Fenster, und dann, während ihre Gedanken schon weit fort waren, sagte Oma: »Elsbeth«, und Karin brach in Tränen aus.

»Aber sie werden Madeleine doch nicht ...« wiederholte sie unzählige Male, und Oma lag nur dort, stierte die Decke an und schmatzte ab und zu, während sie mit der Zunge ihr Gebiß zurechtschob.

Es war halb sieben, als Karin aus dem Haus lief. Es war bitterkalt, der Wind trieb die Schneeflocken vor sich her und warf sie einem ins Gesicht. Nirgendwo schien Licht, das Dorf wirkte wie ausgestorben. Normalerweise war um diese Uhrzeit kein Fenster dunkel, oder es brannte doch zumindest in jedem Haus ein Licht.

Als sie um die Ecke bog und gegen den Wind auf das Haus von Burmeister zustrebte, tauchte Manni auf.

Zuerst kam sein Hund. Er stellte sich an ihre Wade, hob das linke hintere Bein und pinkelte sie an. Dabei winselte er die ganze Zeit über.

Dann hörte sie das Quietschen von Mannis Wagen, und sie spürte die Wärme an ihrem Bein, und Mannis Augen waren noch viel wirrer als sonst. Aus seiner Kehle kam ein raspelndes Gluggern. Er umarmte sie. Er stank nach Blut und nach Schweiß und nach Manni, und sie würgte. Aber sie drückte ihn trotzdem.

»Was ist denn los, Manni?« fragte sie, aber Manni sagte nichts, sondern blubberte einfach weiter.

»Ich bin doch bei dir«, sagte sie.

Manni nickte, riß sich von ihr los und rannte die Straße in die Richtung hinunter, aus der sie gekommen war. Er schrie die ganze Zeit über.

»Kati!« rief sie und drückte die Klinke, und die Zimmertür schoß einwärts und knallte gegen die Wand. Sie hätte fast das Gleichgewicht verloren. Das Bett war unberührt. Es roch nach Kälte, Frische und Nacht im Freien, nicht nach Schlaf.

»Kati!« rief sie wieder, rannte den Gang hinab und riß die Tür zum Badezimmer auf; aber die Kacheln an den Wänden und am Fußboden und die Emaille in der Duschkabine waren knochentrocken, und es roch noch immer nach Nacht im Freien, nicht nach Kati.

»Kati!« rief sie erneut, als sie in die Küche hinabstürzte. Dort brannte Licht, und auf dem Tisch stand ein Becher. Sie faßte ihn an. Er war lauwarm. Sie sah das Gemisch aus Kaffee und Milch an. Auf der Oberfläche schwamm ein Fettfilm. In der Ecke tickte eine Uhr.

»Kati!« rief sie zum vierten Mal.

Und dann bimmelten die Kirchturmglocken wild, chaotisch und anhaltend.

Fleischer

Niemand traute sich, die Kirchentür zu öffnen. Es wurde kaum gesprochen. Fiete rauchte eine Pfeife. Arne Nissen stand an dem einen Ende des Halbkreises und brütete. Der Kommissar sehnte sich nach Heidrun Nissen. Es war kalt, sie traten von einem Fuß auf den anderen.

Die Tür knarrte und quietschte ein wenig in den Scharnieren. Ein leichtes Echo erklang aus dem Inneren der Kirche.

Der Pastor trug sie im Arm. Er machte die Tür nicht ganz auf, sondern zwängte sich seitwärts hindurch. Karin Nissen stand im Brennpunkt des Halbkreises, eine alte Frau an der Hand. Niemand weinte. Niemand sprach ein Wort.

Die Schultern des Pastors waren herabgedrückt von dem Gewicht der Toten. Sein Gesicht war zerfallen, alt und unrasiert. Das Gesicht der Toten ließ einen schlucken. Die alte Frau neben Karin sagte: »Elsbeth.«

»Oma«, bat Karin.

»Es ist Elsbeth«, wiederholte die alte Frau.

Der Pastor blieb vor ihnen stehen und hielt ihnen die Tote hin, aber nicht am ausgestreckten Arm, sondern eingesackt in den Knien, in einer flehenden, gequälten Haltung. Er keuchte vor Anstrengung. Ihr Kopf wippte hin und her, fast unmerklich.

Die Gruppe wurde durchbrochen, und Burmeister rammte den Rücken der alten Frau. Der Pastor weinte und hielt Burmeister die Leiche hin. Burmeister stöhnte aus der Tiefe seines massigen Körpers. Die Gruppe bewegte sich nicht und sagte kein Wort. Der Kopf der Toten vibrierte unmerklich. Der Kommissar sehnte sich nach Heidrun Nissen.

Der Schrei war hoch und spitz.

Die Gruppe drehte sich um und sah der Mutter entgegen, die die Straße hochlief, vor sich den Kameramann von Jean Macoeur, neben sich den Photographen von Erich Mund, dessen Kamera in einem fort surrte und klickte, gefolgt von Jean Macoeurs Tonmann, der ihr das Mikrofon über die Schulter schob, während er im Lauf an seinen Reglern drehte.

Wahrscheinlich sind alle Nadeln im roten Bereich, dachte der Kommissar und sehnte sich nach Heidrun Nissen.

Die Mutter warf sich über die Leiche. Burmeister röhrte tief aus seinem massigen Körper, und seine Frau schrie und weinte abwechselnd. Die Gruppe schwieg.

Der Kommissar fühlte sich nichtswürdig und sehnte sich nach Heidrun Nissen.

»Es muß doch jemand den Bürgermeister verständigen«, sagte Neidhart Panser.

Johan Hein

Hatte er seinen Vater geliebt?

Fünf Deziliter ungepantschten, reinsten Wodkas, und eine solche Frage ließ sich stellen, ohne daß man gleich in Tränen ausbrach.

Man war mit einem goldenen Löffel im Mund geboren worden. Oder war es ein Silberlöffel?

Man bedeutete in dem Zusammenhang er – Johan –, der von seinem Vater das erste Mal im Alter von fünf Jahren ein Waschlappen genannt worden war. Da der Vater ein faules Gemüt besaß, und außerdem mit dem Alter recht kindisch wurde, hatte er die Bezeichnung erst auf Lappen reduziert, dann kurz und knapp auf Pen. Daraus ließ sich mühelos ein Penner drechseln, was der Vater auch nicht versäumte.

Goldene Löffel und Fräsmaschinen, Drehbänke und Schublehren, Temperaturdehnung und Isoliereigenschaften, Eigenkapitalverzinsung und Abschreibungsverfahren, Amortisation und Zonenrandförderung.

Irgendwo unter ferner liefen vielleicht Liebe. Zärtlichkeit nie, wann wurde einer wie er schon gestreichelt, höchstens zu Weihnachten, wenn sie sich aufstellten zum Gruppenbild ohne die Mutter, und der Vater barsch dreinschaute, aber auch den Schopf des Kleinen liebevoll tätschelte, und dabei gleichzeitig furchteinflößend und väterlich-gutmütig aussehen konnte.

Dabei war der Vater nicht der Alte, der er so gerne gewesen wäre. Er war nicht das Genie, das nach der vierten Klasse die reetgedeckte Schule quittiert hatte, mit elf in die Schmiedelehre gegangen war, oder vielmehr tagsüber bei einem Bauern aushalf und abends beim Schmied den Umgang mit Hammer und Amboß lernte.

Er war nicht der Alte, der den Meister mit achtzehn aus der Schmiede drängte, indem er dessen zehn Jahre ältere Tochter schwängerte, zielsicher fünf Züge vorausdenkend, des Meisters Augenstern, und dem Meister immer wieder und wieder mittels des Töchterleins Neigung zu Schreikrämpfen beim Geschlechtsakt vorführte, wohin der Hase lief, jetzt da das Töchterlein auf den Geschmack gekommen war und den eigenen Vater nicht mehr in dem Maße nötig hatte.

Im Dorf erzählten sie sich noch Jahre später davon, wie der Schmied über Nacht ergraut war, mehr noch, schlohweiß seien die Haare geworden. Johans Vater war nicht der Mann, der das alles verursacht hatte, er war lediglich die Frucht davon. Und alle drei hießen sie Johan, und nur der erste taugte was, obwohl der Schmied das sicherlich nicht unterschrieben hätte.

So sei das eben mit Großnaturen, pflegte der zweite Johan zu tönen, Lappen seien sie nicht, Widerstände wüßten sie zu brechen, nur gegen die eigene Sippschaft kämen sie nicht an, die könne sich schließlich keiner aussuchen, dagegen sei man machtlos, mit den Nachkommen sühne man seinen Hochmut.

Der zweite Johan dachte nicht an sich, wenn er den generationellen Niedergang beklagte. Er dachte schon deshalb nicht an sich, weil er den Betrieb ausgebaut, durch die Kriegsjahre gerettet, aufgebaut und noch einmal erweitert hatte, bis seine verkalkten Adern so brüchig wurden, daß selbst seine landauf, landab gerühmte Widerstandskraft irgendwann erlahmen mußte.

Auf Knien vor dem Schlüsselloch der Kindermädchenkammer, und als der Arzt aufkreuzte, um den Totenschein auszustellen, hockte er noch immer vor der Tür, und das Kindermädchen schämte sich ganz entsetzlich, weil es den ärmsten Knecht des Sprengels mit auf sein Zimmer genommen hatte und ihn jetzt nicht unauffällig hinausbugsieren konnte.

Der erste Johan hatte aus der Schmiede eine winzige Manufaktur gemacht, dann ergatterte er im ersten Krieg einen Rüstungsauftrag, ein Rückkopplungsauslöser für Torpedos, oder vielmehr für deren Lenkeinstellung, und bis zur Weltwirtschaftskrise hatte er den Betrieb auf fünfzig Mann erweitert.

Er starb an Herzversagen, als er sich in der Wahlzelle endlich durchgerungen hatte, statt den Deutschnationalen den Nationalsozialisten seine Stimme zu geben, anno 1932, die erste Wahl des Jahres. Er schaffte es noch, sein Kreuz zu machen, und seine Stimme wurde auch in die Urne geworfen und gewertet, und so konnte man sagen, daß in jenen Jahren selbst Sterbende ihren Anteil an der Nationalen Revolution hatten.

Den dritten Johan hatte es immer gewundert, wie wenig seine beiden Altvorderen an ihren Frauen gehangen hatten.

Die Frau des zweiten Johan hatte sich angeboten, weil ihr Vater sein Geld nicht in die Darmstädter Bank gesteckt, keine Aktien gekauft oder in Pfund spekuliert hatte, sondern alles entweder in Grund und Boden oder schlichtweg in seine Matratze gestopft hatte und deshalb den dahinsiechenden Betrieb sanieren konnte. Das alles hatte der erste Johan nur wenige Tage vor seinem schicksalsschweren Wahlgang in die Wege geleitet.

Den dritten Johan schmerzte die Tatsache, daß seine Mutter die Verbindung als Liebesheirat aufgefaßt hatte, sein

Vater dagegen nur als Kalkül, und noch mehr quälte ihn, daß sein Vater diese Ansicht nie geändert hatte. Am allermeisten allerdings peinigte es ihn, daß auch seine Mutter nicht von ihrer Ansicht abgerückt war, trotz aller Beweise des Gegenteils.

Aber der zweite Johan hatte mit dieser Handlung – wenn auch nicht mit seiner späteren Grausamkeit – dreißig Männern den Arbeitsplatz gerettet, und im Aufschwung der mittleren und späten dreißiger Jahre noch einmal hundert Mann in Lohn und Brot setzen können.

Der dritte Johan hatte schon als Jugendlicher viel getrunken. Es war ja genügend Geld da, und wenn man genügend Geld hatte, hatte man auch genügend Freunde, und wenn man genügend Freunde hatte, brauchte man genügend Alkohol, weil man ihrer sonst schnell überdrüssig wurde.

War das nicht eine blitzsaubere Gedankenkette? Mußte der zweite Johan ihn unbedingt als geistigen Kretin bezeichnen?

Den ersten Johan hatte das Bürgermeisteramt genau fünfundfünfzig Rentenmark und einen Groschen gekostet, alle Auslagen inbegriffen.

Die Beerdigungskosten für seine Frau, die in der Woche anfielen, als er vereidigt wurde, schlug er nicht der Wahlwerbung zu, obschon ihr plötzlicher Tod den einen oder anderen Wähler in sein Lager gezogen haben mochte. Auf der anderen Seite brachte ihn der Tod auch um eine Stimme.

Der erste Johan kalkulierte haarscharf. Er war kein Zyniker, er sagte nie etwas, das auf Gefühlsroheit hingedeutet hätte, aber er verschwendete auch nicht allzuviele Gedanken an Gefühle. Dafür war der Pastor zuständig oder Nettie, der er in der Kreisstadt eine gemütliche kleine Wohnung eingerichtet hatte, bis die Wirtschaftskrise und die einsetzende Altersentstellung ihres Körpers gewisse Redispositionen nötig machten. Aber ein gutes Wort hatte er schon für sie übrig, und als er sie ein Jahr später in einem Mülleimer herumwühlen sah, schnitt es ihm vorübergehend ins Herz.

Konnte man dem dritten Johan etwa verdenken, daß er bei dieser Verwandschaft an seinen eigenen Neigungen zweifelte und am Ende verzweifelte, besonders nach dem wirtschaftlichen Einmarsch der Japaner, die ihn mit ihren Billigprodukten um den Betrieb brachten?

Die ganzen sechzig Jahre hatte ihnen niemand den Bürgermeisterposten streitig gemacht, nicht einmal nach der Gemeindereform. Jeder ging davon aus, ein Johan Hein würde sowieso aufgestellt, irgendjemand schrieb den Namen auf die Wahlliste, und alle anderen setzten ihre Kreuze.

Ein Jahr hatte dieser Jemand vergessen, den Namen Johan Hein auf die Wahlliste zu setzen, schlimmer noch, die Wahlliste blieb leer, weil sich auch kein Gegenkandidat hatte aufstellen lassen, und da hatten die Dorfbewohner in ihrer Not einfach den Namen Johan Hein in Blockbuchstaben auf ihre Liste geschrieben, und er hatte die Wahl mit fünfundneunzig Prozent der Stimmen gewonnen.

Hundert Prozent kriegte er schon deswegen nicht, weil einige ehemalige Saisonarbeiter nie richtig schreiben gelernt hatten. Ähnlich wie der erste Johan, aber der hatte einen besonderen Kopf, und dann mußte man auch nicht soviel schreiben. Es war schon ein seltsames Gefühl, in einem demokratischen Staat einen Posten in Erbpacht zu haben, zumal man sonst nichts geerbt hatte, was man nicht schon längst vermöbelt hätte.

Das Klopfen an der Tür war lang, dumpf und anhaltend. Also wußte er, daß Einheimische darunter waren. Die Journalisten hatten schon des öfteren vergebens geklingelt.

Die Dörfler mißtrauten ihnen, sonst hätten sie ihnen erzählt, daß die Betätigung der Klingel bei Johan Hein Fernbleiben garantierte.

Er öffnete die Haustür. Vor ihm stand Fiete. Daneben der Mann, den ihm Fiete als Kommissar vorgestellt hatte. Daneben Arne Nissen, der heute richtig ernst aussah, nicht bloß sauertöpfisch wie sonst.

»Was wollen die Herren?« fragte Johan langsam und um eine betont tadellose Aussprache bemüht.

Dann brach das Blitzlichtgewitter los und ließ ihn für einen kurzen Moment erblinden. Stimmengewirr brandete auf und beraubte ihn des Gehörs.

Er blieb ruhig stehen. Er mußte sich und allen anderen beweisen, daß ein Bürgermeister etwas darzustellen hatte und nicht bei der erstbesten Gelegenheit einsackte. Er sehnte sich nach der Flasche.

Die Menschenflut brach über ihn herein und spülte ihn mit, alldieweil er krampfhaft bemüht war, sich würdevoll beiseite schieben zu lassen. Anfangs war er zwischen den Leibern verkeilt und ließ sich treiben. Dann zerteilte sich die Menge, die Körper entfernten sich voneinander, und er blieb kurz in der Schräglage hängen, bevor er zu Boden fiel.

Er hoffte nur, daß dort kein Tisch stand, keine scharfe oder spitze Kante, denn er sah sich außerstande, die Arme nach vorn zu werfen und den Fall abzufangen. Er dachte, ich muß die Arme ausstrecken, dazu sind sie in einer solchen Situation da; aber sie gehorchten ihm nicht, stattdessen fing er den Fall mit seiner Oberlippe ab. Seine Vorderzähne knirschten, sein Gesicht matschte gegen das Parkett, lief aus über den Boden, und dann spürte er die Schmerzen in seinem Jochbein und in der Verankerung der Vorderzähne.

Als er sich auf den Rücken gedreht und die Augen geöffnet hatte, starrte er genau in die Linse einer Fernsehkamera, eines dieser modernen, kleinen Geräte, die mittels eines hydraulischen Gestänges am Körper des Kameramannes befestigt waren und selbst im Lauf schwebende, gestochen scharfe Bilder aufnahmen. Er schmeckte an dem Blut, das in seine Mundhöhle tröpfelte. Dann sah er ein Mikrofon zu sich herabgleiten.

»Wie bitte?« fragte er.

»Was halten Sie von den tragischen Ereignissen in Ihrer Gemeinde, Herr Bürgermeister? Meinen Sie, die Polizei unternimmt ihr Äußerstes, um den Mörder zu fassen, falls es sich um einen Mann handelt?«

»Er ist ein guter Mann«, antwortete er. »Haben Sie Erfahrungen mit Japanern? Wußten Sie, daß die Verbrechensrate in Japan nur ein Zehntel der deutschen beträgt?«

Der Kommissar ging ans Fenster. Er sah die kleine Karin die Hauptstraße entlangstapfen, die Hände in den Manteltaschen.

Sie sollte nicht allein dort draußen herumlaufen, dachte er. Ich muß zu ihr.

Eine eigentümliche Scheu hielt ihn zurück, und er blieb am Fenster stehen und betrachtete das Mädchen, das zwischen zwei Häusern hindurchging und in den Schneewehen zu versinken schien.

Arne Nissen

Irgendwann würde er ein Gesuch an den Bischof aufsetzen, in dem die Untersagung der Mitnahme von Nacken zum Gottesdienst gefordert wurde. Der Gedanke erheiterte ihn.

Die Orgel setzte ein, kurz darauf senkte sich Stille über den Raum. Es knarrte von den Sitzen, Lederschuhe quietschten leise beim Aneinanderreiben, ein Kleinkind schmatzte, hinter Arne Nissen wurde leise geschnarcht, der Pastor stand auf der Kanzel und blickte die Gemeinde der Reihe nach an, direkt vor Arne Nissen raschelte Else mit einem Bündel Papier.

Er hatte Fiete gefragt, warum er so unliebenswert sei.

»Du bist zu kalt«, hatte Fiete gesagt. Perksen hatte stehend, mit dem Kopf in den Armen, an der Theke geschlafen, und sie hatten sich allein hinausgelassen.

»Ja?« meinte Arne und sog die frische Luft hektoliterweise in die Lungen.

»Ja.«

»Da kann man nichts machen.«

Fiete schüttelte den Kopf. »Kann man wohl nicht. Ich geh nicht davon aus, daß du das Trinken anfangen willst.«

»Hilft das denn?«

Fiete setzte zu einer Erklärung an, aber dann torkelte Johan Hein an ihnen vorbei, fiel hin, stand wieder auf, torkelte weiter und fiel endgültig hin.

»Vergiß es«, sagte Fiete, ging zu Johan Hein, hob ihn auf und schleppte ihn nach Hause.

Gestern hatte er Heidrun die gleiche Frage gestellt, ausgerechnet gestern, als sie sich anschickte, mit dem Kommissar auszufahren.

Sie hatte geantwortet, er sei liebenswert, sonst hätte sie ihn nicht geheiratet.

»Du hast mich wegen des Geldes und der Sicherheit geheiratet«, sagte er.

»Geld und Sicherheit sind alle Liebe wert.«

Er verstand nicht, weshalb sie derart bewußt grausam sein mußte.

»Warum?« fragte er.

»Frag mich nicht. Bitte. Es wird schon alles gut werden; aber frag mich jetzt nicht.«

»Wirst du mich verlassen?«

»Ich glaube nicht. Wie kannst du in dieser Lage nur eine solche Frage stellen? Wir müssen die Tragödien erst verarbeiten, dann sehen wir weiter.«

»Du fühlst dich wohl in den Armen eines Gesetzeshüters geborgener, weil ein Mörder unter uns ist. Woher weißt du aber, daß er es nicht war?«

»Arne, bitte«, sagte sie und verließ das Haus, und er hielt sie nicht auf.

Seine Mutter hatte ihm verboten, sich in körperliche Auseinandersetzungen zu begeben. Sie hatte seinen Körper täglich auf Kampfspuren hin abgesucht, und wenn sie blaue Flecken oder Hautabschürfungen entdeckte, setzte es fünf Ohrfeigen aus dem Handgelenk, die die Wange nur kurz streiften, aber im Rückschlag ungeheuer weh taten, so daß die Wange noch Stunden danach pochte. Gleichzeitig hatte es die Demütigung gegeben, wegen körperlicher Versehrtheiten körperlich abgeurteilt zu werden, auch wenn die ursprünglichen Verletzungen ganz harmloser Natur, etwa beim Völkerball entstanden waren.

Also hatte er Heidrun nicht körperlich daran gehindert, aus dem Haus zu gehen und sich dem Polizisten hinzugeben.

Als die Dämmerung ins Wohnzimmer kroch, die Gräue sich über Möbel und Bilder legte, hob er das Glas mit dem Whisky und schnupperte daran. Aber er trank nicht. Er stellte das Glas wieder auf den Tisch, lehnte sich zurück und dachte, es sei das reinste Labsal, endlich wieder allein und nackenfrei zu sein nach der kirchlichen Qual.

Seine Nasenhärchen richteten sich auf, als er an die Kälte draußen dachte, an den rauchigen Geruch der frostdurchwirkten Luft, an das Knirschen des Schnees bei jedem Schritt, an die langen Schatten, die silbrigen Strahlen des Mondes.

Er führte das Glas an seine Lippen und nippte an dem Getränk. Anfangs schmeckte es so rauchig wie die von der Kälte geschärfte Luft draußen, aber dann setzte sich der Alkohol durch, er brannte und raubte Arne fast den Atem.

Er setzte das Glas wieder ab.

Er ging die ganze Strecke in seinen Halbschuhen. Die Zehen waren bereits am Dorfrand ganz taub, dann taten sie weh, anschließend verfielen sie in Gefühllosigkeit, die sich über den gesamten Körper ausbreitete.

Er wurde schnell müde, die Augenlider ließen sich bleiern an, die Oberschenkelmuskeln verhärteten sich und kamen ihm zuletzt brüchig vor.

Unten an der Kreuzung, wo der Feldweg in die Landstraße mündete, sah er den Wagen des Kommissars und warf sich in den Straßengraben, oder vielmehr in eine ein Meter dicke Puderschneeschicht. Der Wagen bog in den Feldweg ein und fuhr auf Perksens Hof zu.

Nach einer Weile arbeitete er sich aus dem Schnee und setzte die Wanderung fort. Er wußte, daß jetzt der Moment gekommen war, um sich bodenlos lächerlich zu machen. Ein Mann mußte sich dieser Gefahr aussetzen, wollte er nicht aufhören, ein Mann zu sein.

Aus den Stallungen erklangen Schreie, hohe, spitze, sich beschleunigende Schreie, unterbrochen von einem tiefen Röhren. Aber die Stallfenster waren pechschwarz, man konnte nichts sehen.

Arne drehte sich um, ging um die Gebäude herum, drückte die Klinke zum Schankraum und trat ein. Zuerst sah er nichts, denn seine Brille beschlug. Die Geräusche im Raum änderten ihre Qualität kaum. Nur seine Frau war verstummt.

Sonst schien ihn niemand zur Kenntnis zu nehmen. Das enttäuschte ihn anfangs, bis er die Brille soweit gesäubert hatte, daß er sie aufsetzen und den wippenden Penis und Bauch von Franz Burmeister betrachten konnte. Franz weinte, während er auf dem Tisch mit der ebenfalls nackten Emma Gudenow tanzte.

Rufus Scholz klatschte. Seine Frau und Tochter waren nicht zu sehen. Iris Müller saß auf dem Schoß von einem Journalisten. Ein anderer hatte seine Hand unter ihre Bluse geschoben.

Arne Nissen ging an die Theke. Perksen grinste ihn an.

»Selter ist alle«, gluckste er.

»Whisky«, sagte Arne.

Er drehte sich mit dem Glas in der Hand um und sah dem Kommissar in die Augen. »Sie«, sagte er.

Der Kommissar sah zu Heidrun Nissen hinüber, sie sah ihn an, dann blickte er Arne Nissen an und anschließend wieder Heidrun. Ihr Blick hatte sich keinen Augenblick lang von seinem Gesicht gelöst.

Er rannte auf die Toilette. Das rostige Wasser tröpfelte aus dem Hahn, und es kam ihm wie eine Ewigkeit vor, bis er die gewölbten Handflächen gefüllt hatte und sich das Wasser ins Gesicht spritzen konnte.

Als er aus der Toilette kam, sah er Iris Müller an der Wand stehen, den Unterarm gegen die Stirn gelegt. Unter dem

Schleimfaden, der von ihren Lippen hing, war eine ellipsenförmige Lache in den Schnee geätzt.

»Ich würde mich am liebsten umbringen«, wimmerte sie, als er an sie herantrat und seinen Arm um ihre Schulter legte.

»Das sagen Sie nur so dahin.«

»Wieso machen wir das?«

Er schüttelte den Kopf und schaute in den Himmel. Gegen Westen war die Wolkendecke aufgerissen, und ein ockerfarbenes Licht sickerte zwischen den Zacken dieses klaffenden Wolkenlochs auf sie herab. Der Kommissar senkte den Blick.

»Haben Sie einen Verdacht?« fragte sie.

»Ich habe mich verliebt«, erwiderte er und schluchzte.

»Ich will unbedingt einen anderen Job.« Sie schluchzte ebenfalls.

»Wo wollen Sie denn gerne arbeiten?«

»Egal wo, Hauptsache bei den überregionalen Medien. Ich möchte nicht mein Leben damit vergeuden, über Tierschauen und die Asphaltierung von Nebenstraßen zu schreiben.«

Der Kommissar schüttelte erneut den Kopf. »Sie möchten gerne in die Großstadt.«

»Wer möchte das nicht?«

»Eine Menge Leute.«

»In Wirklichkeit wollen sie schon, sie trauen sich bloß nicht. Das sind doch alles Feiglinge hier.«

Sie hatte den Satz nicht so gemeint, nicht so ernst. Sie sprach gerne mit dem Kommissar, der einen Fall zu lösen hatte und statt dessen einer Journalistin erzählte, er habe sich verliebt und interessiere sich nicht für den Fall. Einer Journalistin, die in den letzten vier Tagen mit fünf Männern geschlafen hatte, um einen besseren Job zu ergattern.

Warum war Felix Timmsen nur so, wie er war? Oder wäre sie seiner überdrüssig geworden, wenn er anders gewesen wäre und sie sich allen Ernstes hätte entscheiden müssen?

Doktor hatten sie gespielt, und schon damals war er ganz vernarrt gewesen in Ballone und alles, was schwebte oder flog.

Einen Teelöffel hatte er in ihrer Scheide stecken lassen und war mitten ins Feld gelaufen, als die Concorde im Tiefflug über sie hinwegsauste; eine Gabel mit den Zinken auswärts beim Anblick des Goodyear-Zeppelins; sehr viel später einen Schwall Sperma über ihren Bauch und ihre Brüste bis in die Halsbeuge gespritzt, als er und sie sich anschickten, zur gleichen Zeit zu kommen, und vier Hubschrauber über dem Feld standen, zehn Minuten lang unbeweglich in der Luft.

Sein Penis war die ganze Zeit über eregiert gewesen, trotz der Ejakulation, und es war schon lange kein Doktorspiel mehr, außer vielleicht für ihn. Das würde sie nie erfahren.

Er hatte ihr wundervolle Sachen gebastelt als Kind, alle möglichen Spielzeuge aus Schilfrohren und Fäden und Holzwürfeln und so einem Zeug, seltsame Wesen, zu denen er eine Geschichte erfand und die nachts immer zu ihr sprachen, wenn sie aufwachte und die Dunkelheit die Illusion erzeugte, die Figuren wären tatsächlich am Leben.

Einmal hatte sie ihn gefragt, was er werden wolle, wenn er groß war. Er hatte in den Himmel gezeigt und gesagt, er wisse nicht was, aber er wisse wo, und ihr waren die Tränen gekommen, denn sie fühlte sich schon da einsam ohne ihn.

Sie hatte gesagt, sie wolle was ganz Großes werden und es den Menschen zeigen, alles aufdecken, was sie an Schweinereien trieben.

Er hatte sie nur verständnislos angeblickt. Nicht einmal getröstet hatte er sie. Irgendwann waren die Tränen versiegt, sie waren auf den Dachboden gekrochen und hatten sich dort geliebt. Sein Penis war in ihr geblieben, bis sie beide kamen. Anschließend hatten sie nebeneinander gelegen, er ein Stück von ihr entfernt, weil er die Berührung verschwitzter Körper nicht ertrug.

Felix stand hinter dem Haus und starrte in den Himmel. Vor seinem geistigen Auge war das ganze All aufgespannt, und er saß in seinem Korb – oder besser noch in der Kanzel eines Zeppelins – und navigierte nirgendwohin. Er drehte sich nicht einmal um, als sie mit knirschenden Schritten auf ihn zukam.

»Ich will so gerne«, sagte sie. »Ich brauche es.«

»Ja.« Er warf einen letzten, bedauernden Blick auf die Schwärze über seinem Kopf.

Sie lagen direkt über Adelheid und Broder, die noch immer schrien und röhrten, die zweite Stunde schon; aber Iris schloß die Welt um sich herum aus und konzentrierte sich ganz auf Felix, der von der Welt schon seit Jahren kaum etwas mitbekommen hatte.

Wenn man Passat und Monsun in der richtigen Verzahnung erwischt, dann sollte eine Weltumquerung im Ballon durchaus möglich sein, dachte er.

Er streichelte ihre Brüste.

Meteorologisch gesehen war eine solche Verzahnung allerdings äußerst unwahrscheinlich. Bisher hatte es sie nur einmal gegeben, und derjenige, der sie ausnutzte, war Schweizer gewesen und Sohn, und es hatte Felix fast verbittert. Begeistert und verbittert.

Wenn man die Welt von der Gondel aus betrachtete, verlor das, was unten lächerlich erschien, seine Unverwechselbarkeit und glich sich dem an, was unten ernst und wichtig war. Beide umschmeichelte ein Schimmer des Beliebigen. Aber nur dort oben, oder wenn man sehr stark mit dem dort oben lebte.

Unter ihnen waren Adelheid und Broder verstummt. Man hörte jetzt nur noch die Musik und das Gerede aus dem Schankraum.

Ein ganzes Haus sollte man in den Himmel entführen können. Es würde schweben und sich im Luftstrom und dem Tanz der Bewohner, die beschwingt waren von der stetig dünner werdenden Luft, leise wiegen. So sollte es sein.

Er stand auf, als sie sich eine Zigarette anzündete. »Hast du es genossen?« fragte sie.

»Das hast du mich noch nie gefragt.«

»Ich werde älter.«

»Man sieht es dir nicht an.«

»Man täte es schon, wenn man mich ansähe.«

Er war auf dem Weg nach Hause, als er eine Zigarettenspitze aufleuchten sah.

»Sie rauchen immer so schnell«, sagte er laut.

»Was würden Sie an meiner Stelle tun?« fragte der Iraner zurück.

»Mit Stinna tanzen oder nach Hause gehen.«

»Sie will nicht tanzen, und nach Hause will sie schon gar nicht. Außerdem ist Else da.«

Felix blickte in den Himmel, aus dem heute niemand schlau wurde. Reza hatte sich schon längst an diesen fernen Blick gewöhnt. Auf eine gewisse Art war Felix der einzige, der alle Menschen gleich behandelte, unabhängig von ihrer Hautfarbe und Herkunft. Sie waren ihm einfach vollkommen egal.

Reza öffnete die Tür zum Schankraum. Er hatte eigentlich nicht hineingehen wollen, denn er wußte, wie gefährdet er heute als Ausländer war. Aber er mußte Stinna unbedingt sehen.

Doch zuerst sah er nur Else, und ihr Blick war voller Haß.

Sie würden sie schon kleinkriegen, die Stinna, das würde nie halten, kein Jahr würde das halten, nicht einmal ein halbes Jahr.

Wie er dich kleingemacht hat, dachte sie, wie Stefan von seiner Wanderschaft nach Hause gekommen ist und seinen Platz in deinem Bett eingefordert hat, und du ihm nachgegeben hast, weil man das damals tat.

Und weil ich ihn geliebt habe. So sehr, daß mein eigener Sohn davon wahnsinnig wurde. Ich will nicht, daß meine Tochter das gleiche Schicksal ereilt, denn er ist ein Fremder.

Deine Tochter hat keine Kinder mehr. Reza könnte mit ihr ein Kind zeugen und du würdest die Geburt noch mitkriegen.

Schöner könnte es für dich wohl nicht laufen. Ich möchte keinen Enkel mit Säbelbeinen, knochigem Gesicht und gelocktem Stahlwollhaar.

Du möchtest gar keinen Enkel.

Wenn der eigene Mann fortbleibt, und man jahraus, jahrein auf ihn wartet, und er dann schließlich kommt und sich den Zutritt zu deinem Schoß erzwingt, zu deinem trockenen Schoß, wenn er dir Schmerzen zufügt, dann hältst du nicht mehr viel davon, was zwischen Menschen in dieser Hinsicht so vorfällt.

Das hat doch mit Familie nichts zu tun.

Ohne Geschlechtsverkehr keine Familie, dachte sie.

Und die Liebe damals, als Manni hereinkam, euch überraschte und davonrannte, die Liebe damals, hast du sie etwa vergessen?

Ich habe sie nicht vergessen, aber ich habe auch nicht vergessen, wohin sie geführt hat.

Ich bin doch nur eine alte Frau.

Sie stand langsam auf, und ihre Gelenke knackten. Sie warf Reza einen weiteren Blick zu, der aber wesentlich milder war als der erste.

Eine müde, alte Frau, dachte sie.

»Ich möchte an die frische Luft«, sagte sie.

»Sollen wir dich nicht begleiten?« fragte Stinna schnell.

»Laß man«, wehrte sie ab. »Der Reza hat genug damit zu tun, auf sich selber aufzupassen.«

»Wie nett du bist«, sagte Stinna.

Reza schien völlig unbeteiligt.

»Ja, nicht wahr«, sagte sie.

Als junges Mädchen habe ich mich auf den Tod gefreut, mich danach gesehnt, voller Runzeln in einem Schaukelstuhl zu sitzen und dem Vergangenen nachzusinnen, das keine Gefahr mehr darstellte, weil es in Stein gemeißelt wäre und sich nicht willkürlich verändern könnte. Wie sich Manni veränderte. Wie sein Vater sich veränderte im Verenden. Wie sich Stefan veränderte. Wie Bodil. Und Stinna, die mir entrückt ist, weil sie mit dem Fremden angebändelt hat.

Und gleichzeitig ändert sich nichts. Ein Schaukelstuhl ist durchaus da, und auch die Runzeln, aber der Friede will sich nicht einstellen und mir die Weisheit geben, die mir als altem Menschen zusteht. Ich fordere diese Weisheit, ich will sie, bevor ich den Löffel abgebe, und ich sehne mich überhaupt nicht mehr nach dem Tod.

»Das Leben lehrt einen die Gräue kennen«, sagte sie laut und betrachtete den weißen Atemhauch, der sich allmählich zergliederte und in die Nacht schwebte.

»Du hast schon immer gern Sprüche gekloppt«, sagte Sönke hinter ihr.

Sie nickte. »Könntest du einen von denen lieben? Ich meine, richtig lieben?«

»Und wenn ich sage, ich könnte, würdest du deiner Tochter verzeihen und fortan nur Gutes von uns allen denken?«

»Du hast meine Frage nicht beantwortet.«

»Wieso sollte ich einen von ihnen lieben?«

»Du weißt, wieso.«

»Woher weißt du?« Sie wußte, daß er errötete.

»Jeder weiß das, lieber Sönke.«

»Die beiden Dinge haben nichts miteinander zu tun.«

»Sei doch kein Narr.«

»Dir kann man auch nichts vormachen.«

»Oh doch. Jede Menge. Der Mann, den ich geliebt habe, hat mir vorgemacht, wir würden ein Leben teilen.«

»Er ist im Krieg gefallen. Dafür konnte er nichts.«

»Es sind nicht alle im Krieg gefallen, nicht einmal die Mehrzahl. Er wäre immer gefallen. Er dachte nicht genügend an sich. Er war zu dumm.«

Dann weinte sie und sagte ihm, er solle verschwinden.

Er warf noch einen Blick zwischen die Schneewehen.

Er schlug mit dem Kopf gegen den Balken des Torrahmens. Der Laut verschwand neben den Schreien von Iris Müller.

Einfach einen Schwanz in den Mund nehmen. Einfach daran lutschen. Einfach mit der Zunge in den After dringen und den Geschmack in sich aufnehmen. Haut streicheln. Brustwarzen küssen und zärtlich lecken. Küssen, einfach küssen, eine Zunge spüren, wie sie in der Luft erkaltet, die Feuchtigkeit und Weichheit der Mundhöhle, ihre Weite, sie weitet sich und wird zu einer Kathedrale.

Mit der Zunge am Rückgrat herabgleiten, wieder daran hinaufriffeln mit den Schneidezähnen, in den Nacken hinein, könnte man ihn nur durchbohren, weiter hineindringen, bis ins Gehirn, könnte man es nur in Besitz nehmen, all dies, für immer, für alle Zeit.

Wie man sich wälzte, wie man schrie und wimmerte und gurrte, wie im tiefsten Schmerz, aber es gab keinen, nur Behagen.

»Ich glaube, ich habe vor Glück geschissen«, sagte er lange nachher und schämte sich wegen der Grobheit seiner Worte.

Arne Nissen hob kaum den Kopf. Er war schon wieder vollständig angekleidet. Aus dem Schankraum klang noch immer Musik. Es war kalt ohne die Bewegung des Geschlechtsakts.

Karin

Ach, mein brennendes Herz

Deine Mutter ist also Deine Mutter. Aber von welcher Familie stammt sie ab, und stammt sie wirklich von dieser Familie ab? Der Fragen ist kein Ende.

Du bist noch so jung, und diese Dinge solltest Du gar nicht wissen. Es ist ungerecht, daß die Umstände es erzwingen, Dich einzuweihen.

Wenn ich Dir sage, Timmsen, dämmert es Dir sicher. Ach ja, jetzt habe ich mich endlich kenntlich gemacht, zwar nicht wirklich, aber zumindest preisgegeben, daß ich eine Identität besitze.

Von den drei restlichen Hunden später mehr.

Sie ließ den Brief fallen, weil sie kaum noch atmen konnte. Sie rannte in ihrem Zimmer herum, und wenn sie am Hundekorb vorbeikam, drehte sie den Kopf gewaltsam in die andere Richtung.

Du solltest wirklich weiterlesen, denn in Briefen wie diesem entscheidet sich nicht selten das Schicksal einiger Menschen.

Du hast ja schon miterlebt, von welchen Schicksalen bisher die Rede gewesen ist. Und woher wissen wir, daß Norberts Unfall tatsächlich ein Unfall war? Das ist lediglich eine Frage. Lege nicht mehr hinein als das.

Eine Timmsen also. Du hast Deiner Oma Elsbeths Testament gezeigt; aber sie ist leider zu senil, um sich einen Reim darauf zu machen. Sie hat ihre Brille wahrscheinlich nicht aufgesetzt. Aber von Elsbeth hat sie sicher gesprochen. Sie spricht kaum von etwas anderem.

Ich denke, Du wirst einen oder zwei der Welpen retten können, wenn Du es besonders schlau anstellst.

Deine Oma spricht nie von ihrem kleinen Bruder, Deinem lieben Großonkel. Warum wohl nicht? Du hast ihn nur zwei Mal gesehen, und da warst Du viel zu klein, daran erinnerst Du Dich bestimmt nicht mehr. Oma möchte sicher gerne von ihm sprechen, wenn sie dazu aufgefordert würde.

Was war er für ein Mensch? Wieso ist er von der Bildfläche verschwunden? Klingelt es bei der Erwähnung des grünen Schuppens? War Deine Mutter ein glückliches Mädchen?

Es geht mindestens um einen, vielleicht sogar um zwei Welpen, also solltest Du Dich anstrengen. Die Fragen sind ja auch wirklich nicht allzu schwierig. Ich wünsche Dir viel Glück. Du wirst es schon schaffen.

Ehrlich

Fleischer

Es sauste sich so dahin. Die Landschaft war endlos und flach. Die Flanken der Pferde glänzten ölig. Kalte Dunstwolken standen aus ihren Mäulern. Ab und zu schnaubten sie. Der schmatzende Laut klang gut in der Stille der schneebedeckten Landschaft.

Heidrun Nissen und er räkelten sich in den Ledersitzen des Schlittens. Um ihre Körper hatten sie weiche, dicke Felle geschlungen. Ihre Augen tränten, und die Gesichtshaut war straff und hart wie Pergament.

Der Kommissar hatte die Pferde und den Schlitten besorgt, von Felix Timmsen, den er am Vormittag noch einmal zum Tod von Hilde Gudenow befragt hatte. Während des Gesprächs hatte Felix lustlos die Pferde gefüttert. Er wäre lieber aufgestiegen. Zwar sei es kalt, aber auch windstill. Der Kommissar erbot sich, den Pferden die Bewegung zu verschaffen, die sie unbedingt nötig hatten. Seitdem Hildes Leiche an der Tür gehangen hatte, waren sie nicht mehr aus dem Stall gekommen.

Über ihnen schwebte der rostrote Heißluftballon von Felix Timmsen. Der Himmel war hellblau, die Sonnenscheibe matt und an den Rändern zerfasert.

»Ein schöner Tag«, sagte der Kommissar.

»Und wenn er uns sieht?« Heidrun deutete nach oben.

»Er ist so weit weg.«

»Er hat einen Feldstecher.«

»Von mir aus darf es das ganze Dorf wissen.«

Sie lachte. »Das Dorf hat schon immer alles gewußt.«

»Wann, immer?«

»Rede nicht so viel.«

Sie liebten sich. Der Ballon bog nach rechts. Vielleicht verharrte er aber auch nur unbeweglich über dem Erdboden, und die Pferde brachen nach links aus, die Manifestation einer relativen Bewegung, bei der es nur darauf ankam, wie man sich entschied, wen man für in Ruhe befindlich erklärte.

»Ich liebe dich«, sagte der Kommissar, als sie wieder einigermaßen Luft holen konnten.

»Es ist nicht deine Aufgabe, gerade jetzt jemanden zu lieben.«

»Gegen seine Gefühle kann man nichts tun.«

»Ich kenne das.«

»Ja? Erzähl.«

Sie schüttelte den Kopf. »Es ist so lange her. Es bringt niemandem etwas, in alten Geschichten zu wühlen.«

»Diese ganze Verbrechensserie hat höchstwahrscheinlich mit alten Geschichten zu tun.«

Sie atmete scharf ein. »Ich glaube, wir kehren besser um.«

»Machst du dir Sorgen um Karin?«

»Sie ist so verschlossen. Ich komme nicht an sie heran. Ich glaube, sie weiß, was zwischen uns vorgeht.«

»Was sagt dein Mann dazu?«

»Wir leben schon seit Jahren nebeneinander her. Von daher führen wir eine ganz normale Ehe. Ich konnte gar nicht anders, als dich an dem Abend zu küssen.«

»Ich nehme es dir nicht übel.« Er drückte ihre Hand.

»Darum geht es nicht. Merkst du nicht, wie sich alles verändert hat? Ich meine nicht nur mich, sondern das gesamte Dorf, und nicht nur durch den Tod. Wir werden alle verrückt, wir werden erschlagen von der Geschichte, die nie vergeht.«

»Man ist nicht verrückt, wenn man liebt.«

Sie stöhnte unterdrückt, und der Kommissar schämte sich, weil er solch einen Satz ausgesprochen hatte. Aber wenn er nicht einmal ihr alles sagen konnte, was ihm durch den Kopf ging, wem dann?

Er nahm die Zügel in die Hand und zog an ihnen. Die Pferde sträubten sich, und er zog fester. Weit hinten an der Horizontkante schwebte der Ballon. Der Kommissar benutzte ihn als Peilmarke.

»Ich glaube, ich weiß, was du meinst. Ihr geht sehr intensiv miteinander um.«

»So sind Dörfer nun mal.«

»Ich weiß nicht«, sagte der Kommissar. »Dieses Dorf ist anders. Es gibt haufenweise Andeutungen und Ausschweifungen, und ich habe das Gefühl, als befände ich mich in einem Labyrinth. Ich bin auch nicht ganz bei der Sache. Ich habe so etwas noch nie erlebt.«

»Ich auch nicht.«

»Tatsächlich?« Als würde sein Herz vor Freude bersten. Der Erste und Höchste wollte er in der Liebe sein, das war fast noch wichtiger als die Liebe selbst. Alle anderen aus dem Feld schlagen, obwohl er insgeheim wußte, daß es jemanden gab, den er nicht schlagen konnte – und dabei handelte es sich nicht um Arne Nissen.

»Das heißt aber nicht, daß du ein besonders guter Kommissar bist.«

»Nein. Ich bin ganz lausig.«

Er behielt den Ballon im Auge.

»Felix ist ein komischer Kauz«, sagte sie, als habe sie seinen Gedanken erraten.

»Ich werde nicht schlau aus ihm.«

»Die Leute hier denken, er sei sehr einsam. Aber das glaube ich nicht. Die Gesellschaft verlangt von uns, daß wir unsere Mitmenschen lieben oder uns zumindest für sie interessieren. Vielleicht weil es die Religion der Gesellschaft so vorschreibt. So ist Felix aber nicht. Das kann man ihm auch nicht verübeln.«

»Ich interessiere mich für meine Mitmenschen. Für einen ganz besonders.« Er lächelte verschämt. Die Pferde schnaubten.

»Ach du«, sagte sie.

»Er hat doch seine Eltern. Er geht mit ihnen aus und kümmert sich um sie.«

Sie sah ihn verständnislos an. »Wieso geht er mit ihnen aus? Klaus und Inga Timmsen gehen schon seit Jahren nicht mehr aus dem Haus. Ich glaube, das letzte Mal habe ich sie vor fünf Jahren gesehen.«

»Aber er hat mir doch gesagt, sie wären bei Burmeisters Geburtstag gewesen.«

»Wann hat er dir das erzählt?«

»Am Tag nach Hildes Tod. Er hat gesagt, sie hätten bei Freunden übernachtet.«

Der Ballon schwebte noch immer dicht über der Horizontkante. Der Kommissar ergriff die Peitsche und schlug haarscharf an den Flanken der Pferde vorbei. Die Schlittenkufen sirrten metallisch, die Pferde keuchten und wieherten, während sich ihre Körper im Galopp streckten.

»Karin«, sagte Heidrun Nissen.

»Erst Felix Timmsen«, sagte der Kommissar.

»Immer erst die anderen. Schon bei Horst waren es immer erst die anderen, und erst danach kam ich.«

»Wer ist Horst?«

»Mein Onkel.«

»Von dem hast du mir noch nie erzählt.«

»Weil ich mich seinetwegen entsetzlich schäme.«

Der Ballon war gelandet, Schneekristalle wirbelten kalt und spitz in ihre Gesichter, die Schatten waren lang und flach, die Mähnen der Pferde wehten im Fahrtwind.

Karin

Omas Augen brachen kurz nach Sonnenuntergang.

»Ich möchte nicht darüber reden«, hatte sie gerufen. »Ich will nichts von Horst wissen. Es war verflucht, natürlich war das Dorf verflucht wegen der Grausamkeit gegen Elsbeth, davon konnte sich das Dorf nicht erholen, es ließ sich nicht sühnen, das Böse war da, niemand hatte sich ihm in den Weg gestellt, und damit war über unser Schicksal befunden, noch bevor ich und Jahre später Horst das Licht der Welt erblickten. Ach, Horst, der beste Bruder, den sich ein Mädchen wünschen konnte. Und sein Großvater der schlechteste, aber Horst kannte ihn nicht, nur ich habe ihn noch gekannt, ich saß auf seinem Schoß und wußte nicht, was dieser Schoß Elsbeth angetan hatte.

Und deshalb galt, was für das Dorf galt, die Schuld und die Verdammnis, noch viel stärker und mächtiger für unsere Familie, denn ich war eine Timmsen, meine Mutter war eine Timmsen, und Horst war ein Timmsen, Mutters Blut war stärker als das von Vater, am Kreuz war Blut vergossen worden von unserem Blut, Mutters Blut, Großvaters Blut, das Blut von Horst, nur nicht das Blut von meinem Vater, der immer so unschuldig war, und den wir gerade deshalb nicht liebten. Niemals lieben wir die Unschuldigen. Sie sind so viel weniger grausam als wir.

Wenn dir jemand erzählt, es sei nicht bekannt, wessen Kind das Gekreuzigte war, dann lügt er, glaube ihm nie wieder ein Wort. Denn wir dürfen nicht denen vertrauen, die uns anlügen, auch wenn es nur um eine Kleinigkeit geht. Sie werden immer weiter lügen. Mein Großvater hat nie gelogen. Er hat Elsbeth ganz offen ausgehalten. Er war nicht stolz auf das, was passierte; aber er stand dazu. Das muß man ihm lassen. Sonst gibt es nichts, was man ihm lassen könnte.

Er hat Elsbeth gekauft, als sie noch beim alten Pastor Magd war, mein Großvater hat sie bestiegen und geschwängert, und er hat sie von Burmeister besteigen lassen, von Perksen, Petersen, Drexler und dem alten Gudenow.

Der alte Gudenow war doch noch gar nicht hier, wirst du sagen, der war noch in Ostpreußen, das war doch alles noch vor dem ersten Krieg, die Gudenows sind erst nach dem zweiten ins Dorf gekommen, wirst du sagen. Und ich sage, du siehst den Raum zu eng, du empfindest die Zeit als zu starr, sie waren alle schon hier, wie sie jetzt hier sind, es gibt keinen Unterschied zwischen Jetzt und Hier, und er weiß es, der Mörder, er weiß, daß wir noch immer drin sind im Damals und im Jetzt.«

Omas Lippen waren trocken. Karin nahm das Glas vom Tisch und flößte Oma Birnensaft ein, bis die Lippen voll waren, erdbeerrot und weich, nicht mehr rissig, das volle Leben, so kurz vor dem Tod, den Karin nicht mehr fürchtete, weil er Oma so leicht fiel, scheinbar oder auch nicht, wer wußte das schon, so sehr steckte sie in der Erinnerung.

»Warum vertraute ich Horst so sehr?« sagte sie. »Weil ich ihn liebte, Kind, nein, ich vergötterte ihn, und ich war nicht die einzige, ich kann dir sagen, er war unser Augapfel, und nicht nur unserer, sondern der von allen Frauen im Dorf.

Mutter hat ihren Mann nicht geliebt. Er war mein Vater, und ich sollte ihm nichts Böses nachsagen. Ich glaube, Mutter liebte niemanden in ihrem Leben, abgesehen von ihrem eigenen Vater, nicht mich und auch Horst nicht. Niemals vergaß und vergab sie uns den Schmerz, den wir ihr bei der Geburt zugefügt hatten. Bei mir dauerten die Wehen sechsunddreißig Stunden, bei Horst eine Stunde weniger, und Mutter wäre beide Male fast verblutet, sie war monatelang krank und ihre Brustwarzen entzündeten sich, aber sie mußte trotzdem stillen, darauf bestand Vater, er wollte keine Amme, und diese beiden Male im Leben setzte er sich durch.

Der alte Timmsen, der einzige Mensch, den Mutter wirklich liebte, war ein richtiges Mannsbild. Er hat Elsbeth genotzüchtigt, und trotzdem ist sie ins Dorf zurückgekehrt und hat ihn angefleht, sie wieder zu seiner Geliebten zu machen. So war der Vater meiner Mutter.

Ihr Mann dagegen hatte eine zarte Seele. Er brachte den Hof durch die erste Inflation, die große Krise und die zweite Inflation. Dann starb er. Der Vater meiner Mutter wäre an der ersten Inflation zerschellt. Aber trotzdem liebte sie ihn und nicht meinen Vater.

Du denkst jetzt sicherlich, deine alte Oma spinnt, oder du denkst, sie erzählt von ihrem eigenen Mann, aber das tut sie nicht, denn sie wählte sich genau die Sorte Mann wie ihre Mutter. Nicht solche Männer wie den alten Timmsen oder Horst; sie suchten sich beide das genaue Gegenteil, obwohl sie Männer wie den Vater meiner Mutter oder Horst abgöttisch liebten.

Ich war acht Jahre alt, als Horst zur Welt kam, und achteinhalb, als ich den Kinderwagen in die Au fuhr, um ihn wieder loszuwerden.

Wie konnte ich bloß glauben, ein Junge wie Horst ließe sich so einfach um die Ecke bringen? Der Wagen versank nicht, er trieb auf der Au und wurde bis zur Furt hinabgetragen, wo Erna Petersen ihn aus dem Schilf fischte. Horst war ein Gesalbter. Und ich liebte ihn abgöttisch.

Weißt du, ich hätte ihn wohl hassen müssen oder zumindest verabscheuen, als ich ihn in die Au fuhr, aber das tat ich nicht. Ich glaube, ich tat es, um mich selbst zu schützen – vor dem, was er in mir auslöste. Ich wollte nicht, daß er am Leben blieb, denn wie sollte ich am Leben bleiben können neben ihm?

Eine Schwester und ein Bruder, die acht Jahre voneinander getrennt sind, haben normalerweise nicht viel gemeinsam. Das wächst erst mit dem Alter, wenn sich der Unterschied zwischen ihnen verwischt und sie Hand in Hand in den Tod marschieren.

Das ist zumindest der Normalfall; aber wir reden von Horst und mir. Da war nichts normal. Wir waren immer zusammen.

Als ich sechzehn war und die ersten jungen Männer sich für mich interessierten, baute ich mit einem achtjährigen Jungen Baumhäuser, aß Regenwürmer und balgte mich am Rande eines Brennnesselbeetes, weil das so schön gefährlich war. Ich schnitzte Äste zu Bögen zurecht, versteckte mich im Gebüsch und zielte mit Blasrohren auf Vorbeispazierende.

Horst sah mir dabei nur zu und war außer sich vor Freude.

Mit sechzehn war Schluß, weil ich mit sechzehn in die Haushaltsschule kam und Horst ein halbes Jahr lang nicht sah.

Und auch in den folgenden Jahren sah ich ihn nur gelegentlich, weil ich durch etliche Pfarrhäuser wanderte und in einem piekfeinen Hotel arbeitete, damit ich alle Feinheiten der Haushaltsführung lernte.

Und als ich endlich in mein Dorf zurückkehrte, wurde er aufs Gymnasium geschickt, und von dort ging er an die Universität, wo er vorgab, Landwirtschaft zu studieren.

Hinter sich ließ er stets einen turmhohen Haufen gebrochener Herzen.

Er brach diese Herzen nicht nur, weil er Horst war, wunderschön und quicklebendig und wild, sondern weil er der Enkel des alten Timmsen war, den er nie kennengelernt hatte.

Der Vater meiner Mutter starb auf dem Feld, als ich sechs Jahre alt war. Als wir zum Feld kamen, wehten die Mähnen der Pferde im Wind, und er lag vor dem Pflug, den Kopf auf die Pflugschare gebettet, und es war keine Wolke am Himmel, und ein Ballon hing im Osten, so weit weg von der Sonne, wie er nur sein konnte.

»Herzstillstand«, sagte der Doktor.

Und Elsbeth hatte eine Nähstube in Flensburg, drei Näherinnen und ein Alibi. Aber wir wußten um das Kind am Kreuz, wir wußten um das Blut, und der Ballon zog über den Himmel, der Sonne entgegen, die gerade unterging, weil an dem Spätnachmittag Ostwind herrschte, aber am nächsten Morgen hatten wir wieder Westwind, das weiß ich noch genau, denn als sie den Sarg von unserem Hof in die Kapelle trugen, zog der Ballon erneut über den Himmel, der Sonne entgegen, die eine Handbreit über dem Horizont stand, und der Ballon schimmerte wie der Tagmond, er fuhr der Sonne entgegen und verglühte nicht.

Wir blickten alle zum Ballon, und als wir die Augen senkten, stand Elsbeth am Eingang der Kapelle, und wir wußten, daß sie das Herz des alten Timmsen gebrochen hatte, so wie ihres zerbrochen war in der Nacht am Kreuz.

Und weil Horst der Enkel von jemandem war, der ein Herz zerbrochen hatte und dessen Herz selbst brach auf einem Feld hinter Pferden auf einem sanddurchmischten Feld, brach auch er Herzen, Mädchenherzen, Schwesternherzen, Nichtenherzen, gelegentlich im Feld, gelegentlich hinter einem Kreuz in einer Kapelle, gelegentlich in einer grünen Scheune, als er so alt war wie der alte Timmsen beim Kauf von Elsbeth. Weil er nicht nur wunderschön, quicklebendig und wild war, sondern auch vom Bösen abstammte, vom großen alten Timmsen, begehrten ihn die Mädchen, die Schwester, die Nichte, sie wollten an dem Bösen teilhaben und hofften, es in Gutes zu drehen, und sie machten sich lächerlich und wußten es auch.

Aber sie konnten nicht anders.«

Die Falten schnitten sich noch tiefer in Omas Gesicht als sonst, und dazwischen war die Haut kissenartig aufgedunsen und von bläulichen Adern durchzogen. Karin fragte, ob sie trinken wolle. Oma bewegte abwehrend die Hand.

»Inzwischen war ich Anfang dreißig, ging meiner Mutter zur Hand und wies alle Bewerber hochmütig ab, weil mir niemand gut genug schien, ich maß sie alle an Horst und am großen alten Timmsen.

Natürlich fiel es auf, daß ich derart in meinen eigenen Bruder vernarrt war. Man möchte immer, daß viele, daß alle einen begehren, auch wenn der, den man selbst begehrt, sein Agrarstudium schon seit mehreren Jahren schleifen läßt und heimlich eine Freundin hat, und man selbst die dreißig allmählich zu überschreiten droht, sie schon überschritten hat und sich damit abfindet, weil Horst alle halbe Jahr nach Hause kommt und seinen Schabernack mit allem und jedem treibt.

Bis der Vater deiner Mutter an die Tür klopfte.

Er wollte uns eine Versicherung verkaufen. Er war ein schmächtiger, schüchterner Mann, so ganz anders als Horst, ganz anders als der alte Timmsen, so sehr wie mein Vater.

Kurz nach unserer Hochzeit kam Horst wieder nach Hause, und das einzige, was er von seinem Studium mitbrachte, war ein dickes Paket Briefe, die er schleunigst verbrannte, damit ich sie nicht las. Ich hätte sie ganz sicher gelesen. Jedes Wort hätte ich verschlungen.

Sie waren von ein und demselben Mädchen.«

Oma öffnete den Nähkasten und hob das Nadelkissen hoch. Darunter lagen Schnipsel mit verkohlten Rändern. Karin nahm einen der Schnipsel zwischen die Finger. »Geliebter« stand dort, in einer blaßblauen Frauenschrift. Die anderen Wörter waren unleserlich. Ganz schwach roch der Schnipsel nach Feuer. Karin legte ihn zu den anderen.

»Wer war sie?« fragte sie.

»Das weiß niemand. Eine seiner Eroberungen. Vielleicht die Frau, die er abgesehen von deiner Mutter am meisten liebte.«

»Vielleicht ist es wichtig.«

»Wenn alle Frauen, die Horst geliebt haben, wichtig und tödlich wären, dann wären wir alle schon längst tot.«

Karin sagte nichts. Man sollte einer Sterbenden nicht widersprechen.

»›Ich bin endgültig zurückgekommen‹, sagte Horst, und dann drückte er mich an sich und küßte mich auf die Wange.

Ich war im sechsten Monat schwanger, und der Vater deiner Mutter sah uns dabei zu.

Nein, mein Kleines, das richtete sich nicht gegen deinen Vater. Ich weiß, wie lieb du ihn hast.

Also war Horst wieder zu Hause, und der Vater deiner Mutter arbeitete als Gebietsvertreter bei der Versicherung, und mein Vater starb kurz nachdem sie die Bundesrepublik aus der

Taufe gehoben hatten. So kam alles zusammen. Aber vergiß nicht, mein Kind, es war der Fluch, der über diesem Dorf liegt, es war nichts anderes als der Fluch. Niemand konnte etwas dafür. Niemand konnte es ändern.

Sie hat den Kommissar gern, nicht wahr? Ich wußte es, ich habe es ihr gleich angesehen, als sie zu mir hinaufkam, um mir die Haare zu kämmen und mich für die Nacht zurecht zu machen.

Mag er sie auch? Ich hoffe es, denn es ist scheußlich zu lieben und nicht wiedergeliebt zu werden.

Ich weiß, daß es mit der Zwangsversteigerung anfing. Damals saßen Felix' Eltern noch nicht auf dem Hof. Sie kamen viel später, erst fünf Jahre, nachdem Horst den Timmsenhof verspielt hatte. Nachdem Felix' Eltern ihn kauften, war er wieder ein Timmsenhof, zumindest dem Namen nach, und nachdem er sich den Ballon zugelegt hatte, war da auch wieder ein Bezug zum Vater meiner Mutter, und doch war es nicht dasselbe, und Felix wußte es, sonst hätte er es seinen Eltern nicht angetan. Nein, sage nichts, ich will nicht erzählen, was Felix Timmsen seinen Eltern angetan hat.

›Spielschulden sind Ehrenschulden‹, sagte Horst immer und nahm noch eine Hypothek auf, und dann noch eine, und als die Hypotheken nicht mehr bewilligt wurden, verkaufte er die Möbel, das silberne Geschirr, das Porzellan, einfach alles. Er weidete das Haus aus, und es half nichts.

Wenn er nicht spielte, schlief er, und wenn er nicht schlief, lag er im Bett oder im Feld auf irgendwelchen Mädchen, oder in der Kapelle unter ihnen, und wenn er nicht lag, machte er sich ans Melken oder Pflügen oder Rübenhechseln. Immer erst ganz zuletzt. Wenn ein Hof etwas nicht verzeiht, ist es Vernachlässigung. Ein vernachlässigter Hof stirbt dir unter den Händen weg. Horst hatte derartige Pfuscherhände, daß ein schuldenfreier Hof von tausend Morgen binnen drei Jahren verjubelt war.

Die schönsten drei Jahre seines Lebens, sagte er immer.

Er sah glücklich bei diesen Worten aus, das kann ich dir sagen, und den Vater deiner Mutter trieb es zur Weißglut, daß einer derartiges Unheil anrichten und sich dabei auch noch gut vorkommen konnte, das ging über seinen Verstand. Er starb an Horst und an der Begrenztheit seines eigenen Verstandes.

Konnte ich denn anders, als Horst bei uns einen Platz anzubieten? Vor allem, nachdem er mir in die Hand hinein versprochen hatte, nicht mehr zu spielen, und dieses Versprechen auch hielt, tatsächlich hielt?

Alle haben sich gewundert und sich gefragt, wovon Horst denn lebte, und ob er sich in diesem einen Zimmer in einem fremden Haus nicht unwohl fühlte. Er aber lachte nur und verdrehte den Mädchen damit den Kopf.

Und weshalb auch nicht? Jedes Mädchen wußte, daß sie mit Horst eine Niete zog. Sie konnte schwanger werden, vor Liebeskummer fast vergehen, ihn aus Gasthöfen zerren; aber sie konnte nicht darauf hoffen, wiedergeliebt und versorgt zu werden. In seiner Nähe gab es keine Geborgenheit, sondern nur ein karg ausgestattetes Zimmer, ein überirdisches Lächeln, eine griesgrämige Schwester und einen Schwager, der zusehends vom Fleisch fiel.

Und es gab deine Mutter. Immer watschelte Heidrun hinter Horst drein als Kind. Immer. Überallhin. Sie wäre ihm am liebsten bis aufs Klo gefolgt.

Stell dir das vor, keine fünf Jahre alt war das Kind, und es heulte Rotz und Wasser, weil der Mensch, den es auf dieser Welt am allermeisten liebte, auf Klo gegangen war.

Und dann wundert man sich, daß Horst uns andere in seinen Bann schlug.

Ich habe mich oft gefragt, wie sich alles entwickelt hätte, wenn ich früh genug eingesehen hätte, daß die beiden den Tod des Vaters deiner Mutter verursachten, und ich bin immer zu dem Ergebnis gekommen, daß nichts anders gekommen wäre. Wenn ich die Wahl gehabt hätte zwischen meinem Bruder und dem Vater deiner Mutter, hätte ich stets meinen Bruder gewählt. Ich hatte gar nicht so viel dagegen, daß der Vater deiner Mutter starb.

Er wollte sein wie Horst, er wollte geliebt werden wie Horst, wenn auch nicht unbedingt von allen Frauen der Gegend, so doch bedingungslos von seiner eigenen Tochter. Vielleicht wollte er sogar von seiner eigenen Frau geliebt werden, wenn er mich nicht schon längst aufgegeben hätte.

Er kaufte sich großkarierte Anzüge mit untertassengroßen Knöpfen, das tat er wirklich, der Gebietsvertreter der Versicherung, er kaufte sich eine Perücke, trug nur noch knallbunte Fliegen und Plateauschuhe und einen gertendünnen Spazierstock mit einem silbernen Knauf. Er dachte vielleicht, es sei Horsts Geheimnis, daß er sich auffallend kleidete. Er hatte nichts begriffen. Wenn man nichts begreift, wird man Gebietsvertreter einer Versicherung, und wenn man nichts begreift, aber alle einem zu Füßen liegen, dann kriegt man ein Zimmer beim Gebietsvertreter.

Und wenn der eine Tochter hat, lacht sie ihren Vater gnadenlos aus, weil er sich nicht zu kleiden versteht. Und die Frau sitzt daneben, kennt die Ursachen seiner Qual und hilft ihm nicht.

Horst nahm ihn mit in die Kneipe, damit er endlich picheln lernte, und als er sturzbetrunken nach Hause kam und sich im Eingang übergab, holte seine Tochter Eimer und Scheuerlappen und wischte den Mageninhalt auf.

Aber sie tröstete ihn nicht.

Er wollte nichts anderes von ihr als Zärtlichkeit, deswegen war er schließlich mit Horst in die Kneipe gegangen. So ist das, mein Kleines, es gibt Menschen, die strecken beide Hände aus und rufen so laut sie können, aber niemand kommt ihnen entgegen, niemand hört ihre Stimmen.«

Bevor Karin reagieren konnte, hatte Oma schon das Glas in der Hand, leerte es, leckte die letzten Tropfen des Birnensaftes vom Rand, seufzte, und auf einmal waren die kissenartigen Flächen zwischen den Falten weiß. Da waren überhaupt keine Adern mehr. Sie setzte das Glas ab, und ihre Zunge glitt über die Lippen, die noch immer voll und erdbeerrot waren und gar nicht nach Tod aussahen.

»Du hättest den Baum sehen sollen. Er steht noch immer da, es ist die Kastanie mit der leichten Delle, einen Kilometer vor unserem alten Hof. Die Delle ist vom Vater deiner Mutter. Der Baum hat sie überlebt, dein Großvater dagegen nicht. Einige hundert Meter weiter in der Schonung stand der grüne Schuppen. Dabei behaupteten sie, es sei kein Selbstmord gewesen.

Deine Mutter war damals schon mindestens seit drei Jahren geschlechtsreif. Damit brüstete er sich immer, der Horst: ›Sie müssen nur geschlechtsreif sein. Ich will keine Frau, die kein Vergnügen daran findet.‹

Manchmal wundere ich mich, daß wir jemanden derart vergötterten, der im Stande war, so etwas zu sagen, ohne rot zu werden.

Glaube ja nicht, daß er deine Mutter dazu gezwungen hat, das hat er nicht. Ich hätte ihn nie ins Haus nehmen dürfen, ich hätte es kommen sehen müssen; aber selbst an dem Abend, als der Vater deiner Mutter vor dem Fenster des grünen Schuppens stand und seine nackte Tochter und seinen nackten Schwager begaffte, weil er es längst geahnt hatte, war ich ahnungslos. Ich blieb die ganze Zeit über ahnungslos, die ganzen Jahre. Ich liebte Horst viel zu sehr, als daß ich auf solche Gedanken verfallen wäre.

Der Vater deiner Mutter starb an einer Schädelfraktur und mehreren offenen Rippenbrüchen. Ich weiß nicht, welche der Verletzungen tödlich war. Die ganzen Untertassenknöpfe hingen an dünnen Fäden an der Knopfleiste seines Anzugs. Es war nicht zu sehen, ob er geweint hatte. Ich bin sicher, daß er geweint hat. So hatte der Tod auch sein gutes: Er stillte dem Vater deiner Mutter die Tränen.

Es ist kaum zu verstehen, warum er nicht in den Schuppen ging und Ordnung schuf, nicht wahr? Warum er Horst nicht zur Rede stellte oder ihn vor Gericht zerrte oder ihn verprügelte?

Er wäre nie in der Lage gewesen, Horst zu verprügeln, aber er hätte es versuchen können. Vor Gericht stellen, ich meine, selbst der größte Feigling kann den dicksten Helden vor Gericht stellen.

Er hingegen bestrafte sich selbst.

Ich glaube, er verlor in jener Nacht alle Möglichkeiten, in Liebe zu leben. Und daher wählte er den Tod. Er wußte, ich hätte es ihm nie verziehen, wenn er mir Horst entrissen hätte.

Und wohin hätten wir Heidrun geben sollen? Er hatte eine gute Lebensversicherung. Er verkaufte den Plunder ja schließlich.

Sie waren glücklich zusammen, die beiden, mein Kind. Deine Mutter hat einen hohen Preis für ihr Glück bezahlt, und ich glaube auch nicht, daß die Geschichte mit dem Kommissar gut ausgehen wird; aber sie war glücklich. Und ich hatte keine Ahnung. Sie hätten direkt vor mir, du weißt, und ich hätte irgendeine Ausrede gefunden. Ich war dermaßen vernagelt, du glaubst gar nicht, wie vernagelt ich war.

Sie ist urplötzlich nach Flensburg gezogen. An einem Tag war sie da, am anderen schon nicht mehr. Natürlich hätte ich wissen müssen, daß sie dich erwartete. Als sie mir sagte, ich bekomme ein Kind, habe ich gedacht, sie hätte sich mit einem Flensburger eingelassen, und habe sie eine Schlampe genannt.

Mütter sind blind, vor allem wenn sie ihren eigenen Bruder mehr lieben als ihr Kind. Niemals, sage ich dir, niemals hätte ich es zugelassen, daß sie ihn der Vaterschaft bezichtigte. Des Hauses hätte ich sie verwiesen, ihr speiend die Mutterschaft aufgekündigt.

Und er wurde so ernst, dein Vater. Denn Horst Timmsen ist dein Vater. Dein Großonkel, dein Vater, der Onkel deiner Mutter, ihr Geliebter, mein Bruder, mein Geliebter, der Enkel vom alten Timmsen, Blut von dem Blut, das vom Kreuz herabtropfte. Du bist keine Nissen, du bist eine Timmsen, und jeder weiß es, obwohl du so klein bist.

Nie wieder lächelte Horst, nachdem deine Mutter nach Flensburg gezogen war, deinen Stiefvater kennenlernte und dich ohne Horst zur Welt brachte, unter dem Namen deines Stiefvaters, damit du in den Augen der Leute keine Timmsen, sondern eine Nissen wärst, und es war, als legte sich seine Trauer über das gesamte Dorf.

Wer konnte noch lachen, wenn Horst nicht mehr lachte?

Noch trauriger wurde er allerdings, als deine Mutter deinen Stiefvater mit nach Hause brachte. Horst sagte nichts gegen Arne, überhaupt nichts, er nahm ihn sofort, ohne Umstand, in die Familie auf; aber er schwieg von da an so gut wie ununterbrochen.

In der Geburtsnacht betrank er sich wie alle Männer damals. Du warst elf Monate, als er verschwand. Ich sagte ihm, er solle sich aufrappeln. Er sagte mir, er wolle meinen Schoß nicht. So einfach ging das, damit waren wir geschiedene Leute.

Ich liebe euch. Ich liebe deine Mutter und dich, und Arne habe ich mit den Jahren liebgewonnen. Aber ihr habt es nicht vermocht, in mir den Schmerz über Horsts Flucht wegzuwischen.

Wenn ich nur wüßte, wo er ist. Alles würde ich ihm verzeihen, selbst wenn er alt und unschön geworden ist. Ein Mal würde ich ihn so gerne noch sehen wollen. Jetzt muß ich im Himmel auf ihn warten.

Was ist in der Nacht nur vorgefallen? Warum mußte er uns verlassen? Ich hatte keinen Streit mit ihm. Er hatte sich damit abgefunden, daß du in den Augen der Leute nicht seine Tochter warst. Er wußte, er hatte sein Leben verpfuscht, wie auch der alte Timmsen sein Leben verpfuscht hatte. Es gab keinen Grund, mich im Stich zu lassen.«

Und dann weinte Oma ganz bitterlich, sie weinte und weinte.

Karin strich ihr über den Handrücken, der knochig und voller Leberflecken war, aber doch ganz weich, obschon es eine trokkene Weicheit war, nicht wie das glänzende Fell der Welpen.

So saßen sie stundenlang; Oma weinte, Karin streichelte ihre Hand, kurz nach Sonnenuntergang brachen Omas Augen, und die Hand erkaltete allmählich.

Aber da war Karin schon längst auf dem Weg zu dem Ort, wo einst der grüne Schuppen gestanden hatte.

Fleischer

Sie fegten über die Landschaft. Die Mähnen der Pferde wehten straff nach hinten. Schnee stob neblig auf und prickelte in ihren Gesichtern.

Heidrun stieß den Kommissar kurz vor einer Kastanie an und sagte: »Dahinter lag der grüne Schuppen.«

»Ach ja«, sagte er und behielt den Ballon im Blick, der zitternd über dem Wohngebäude des Timmsenhofes stand, und dann zögernd zu Boden glitt.

»Ja«, sagte sie.

Er vernahm den verletzten Klang in ihrer Stimme, konzentrierte sich jedoch nicht darauf, sondern immer noch auf den Ballon und auf die Zügel in seiner Hand. Er war Pferde nicht gewohnt, und er fürchtete, erst nach Felix Timmsen am Hof anzukommen.

Sie waren aber gleichzeitig da. Später gab er zu, daß sie besser einen Abstecher an den Ort gemacht hätten, wo bis vor zwölf Jahren der grüne Schuppen gestanden hatte, dann hätte er früher von Horst Timmsen erfahren und die Zusammenhänge vielleicht erahnt; aber später und in Gedanken konnte man jede Menge Abstecher machen.

»Du weißt, was wir wollen, Felix«, rief er.

Felix stand gegen die Gondel gelehnt und grinste. Er sagte nichts. Er stand einfach nur an der Gondel und grinste.

Der Kommissar blieb vor ihm stehen. Felix' Blick war auf ihn gerichtet; aber der Kommissar war sicher, daß Felix ihn nicht sah. Er war schon wieder am Himmel.

Es hatte ja niemand mitgekriegt. Das mußte man doch verstehen, es hatte niemand mitgekriegt. Sie waren alle überzeugt, daß Klaus und Inga ein bißchen blöde im Kopf geworden waren, daß sie sich nicht mehr aus dem Haus trauten, keiner Seele mehr begegnen wollten, der ganzen Welt spinnefeind waren.

Es bekümmerte ihn, daß die Nachbarn so etwas von seinen Eltern denken konnten. Er liebte sie. Er hatte sie immer geliebt. Aber sie hatten irgendwie ihr Lebensziel verloren, als sie den Timmsenhof endlich wieder in Familienbesitz gebracht hatten.

Natürlich arbeiteten sie immer noch hart, aber ohne echte, innere Freude. Er hatte seinem Vater gesagt, sie sollten kürzer treten, sich einen Urlaub gönnen, vielleicht mal die wilden Tiere Afrikas sehen, das müsse doch ganz mächtig sein.

Sein Vater hatte ihn keines Blickes gewürdigt. Wie konnte man einen Sohn ernst nehmen, der sich nicht für die Landwirtschaft, sondern ausschließlich für seinen Ballon interessierte?

So war das eben, wenn man von seinem eigenen Vater verachtet wurde und es ihm nicht heimzahlen konnte. Man sollte seine Eltern lieben und ehren, das war vor vielen tausend Jahren in Stein eingestanzt worden, daran konnte man nicht rütteln.

Sein Vater versäumte keine Gelegenheit, ihn daran zu erinnern, was in jenen vierzig Tagen am Berg Sinai geschehen war.

Man mußte aber auch verstehen: Klaus und Inga gehörten nur einer Seitenlinie an. Karin nannte ihn zum Beispiel Onkel Felix, aber er war kein echter Onkel. Er war nicht der Bruder von Heidrun, sein Vater nicht der von Karins Oma. Er war ein Halbneffe eines Cousins von Karins Oma. Er war ein Timmsen, aber eben nicht einer von *den* Timmsens. So was setzte einem zu. Von dem ganz alten Timmsen wurde gesprochen und von Elsbeth, und dann wurde kurz vermerkt, daß der Hof inzwischen nicht mehr richtig im Familienbesitz war.

Genau dafür hatten Vater und Mutter jedoch all die Jahre geschuftet, daß der Hof wieder bei den Timmsen anlangte, bei ihrer Linie der Timmsensippschaft, und daß diese Linie über den Erwerb des Hofs in den Stand der Hauptlinie erhoben wurde. Und dann ging der eigene Sohn hin und verschoß sich in Fesselballons statt in junge Deerns, und was vorher schon nicht anerkannt wurde, war jetzt endgültig für die Katz.

Felix machte sich keinen Vorwurf. Woher denn auch? Man konnte nichts für seine Vorlieben. Wieso sollte man die verleugnen? Er hatte seine Eltern nicht darum gebeten, der zu sein, der den Hof in der Familie hielt. Er wollte die Stellung der Seitenlinie nicht durch lange Jahre der Plackerei an einen sagenumwobenen Ort hieven, zu dem die Leute versteinert emporblickten.

Er wollte, daß sie seine Ballonfahrerfertigkeiten bewunderten. Im Ballonfahren schuf er sich seine individuelle Nische. Das andere war nur alter Dreck. Familienpack war Familienpack. Da konnten sie seinetwegen sagen, was sie wollten.

Bedauern tat er eigentlich nur, daß er es ihnen auf den Kopf zugesagt hatte in jener Nacht, als es draußen so stürmte. Schließlich mußte man verstehen, daß die Jahre sie verbittert und geschwächt hatten. Es ging nicht an, daß ihr einziger Sohn ihre kostbarsten Werte verwarf.

Das tat er nicht.

Die Stimme des Vaters zitterte, er spie die Worte aus, vibrierend, als sei er sich seiner Lippen- und Zungenmotorik nicht sicher, als säße ein Däumling in seinem Kehlkopf und konnte sich nicht einkriegen vor Vergnügen darüber, daß er den Sohn des Hauses verwies.

»Heute nacht noch«, zitterte die Stimme des Vaters, »heute nacht noch wirst du dieses Haus verlassen und uns nie wieder unter die Augen treten.«

Die Gegenstände bewegten sich synchron in Felix' Gesichtskreis: die Schnalle vom Gürtel seines Vaters und die zitternde Hand der Mutter. Die Schnalle wischte die Hand beiseite und verbiß sich in Felix' Wange.

»Heute nacht noch«, zitterte die Stimme des Vaters, und die Schnalle machte einen rückwärts gerichteten Bogen, erhob sich in die Luft, sauste herab, traf auf die Hand der Mutter, wischte sie beiseite und verbiß sich erneut in der Wunde auf Felix' Wange.

»Haben Sie nichts zu sagen?« fragte der Kommissar.

Felix Timmsen stand unbeweglich an der Gondel und grinste. Die Fenster des Wohngebäudes waren tintenschwarz. An der Stalltür klebten vertrocknete Bluttropfen.

»Wir müssen zu Karin«, sagte Heidrun.

»Sie haben gesagt, Ihre Eltern seien bei Burmeisters Geburtstag gewesen«, sagte der Kommissar. »Das war gelogen. Warum haben Sie gelogen?«

Felix grinste leer.

»Wir müssen zu Karin«, wiederholte Heidrun.

Am liebsten hätte der Kommissar ihr gesagt, dann solle sie doch selber gehen, sie wisse, wie man zwei Pferde lenkte; aber er sagte: »Ich will wissen, was dort drinnen vorgeht.«

Felix Timmsen löste sich von der Gondel, schritt am Kommissar vorbei auf die Tür zu und öffnete sie. Einen kurzen Augenblick lang hatte der Kommissar gedacht, Erleichterung auf dem Gesicht von Felix Timmsen zu sehen.

Erleichterung worüber?

Er hatte sich nicht schlagen lassen wollen. Schon gar nicht von seinem Vater. Als Kind hatte er die Schläge hinnehmen müssen, die alle Kinder erhielten; aber jetzt war er kein Kind mehr. Die Gürtelschnalle traf ihn zum dritten Mal an der Wange.

Er ergriff den Gürtel und zog. Seine Mutter kam dem Vater zu Hilfe, vielleicht, weil sie erkannte, daß er inzwischen schwächer war als sein eigener Sohn.

Das Seltsame war, daß er sich vom Hof hatte befreien wollen. Sein Vater hatte ihm die Tür gewiesen, und wenn er ihn nicht auch noch geschlagen hätte, wäre Felix am nächsten Morgen mit seinem Ballon verschwunden. Aber der Vater mußte ihn unbedingt schlagen, es reichte nicht, Felix die Tür zu weisen und das Haus zu verbieten, er mußte Felix reizen und ihn dadurch an Haus und Hof fesseln. An das Geheimnis im Schlafzimmer.

Ab heute war es kein Geheimnis mehr, also auch keine Fessel. Aber auch kein Ballon, wenn ihm nichts einfiel.

Dem Kommissar fiel fast beiläufig auf, wie sauber und ordentlich es im Hause Timmsen war. Kein Staubfussel auf den Möbeln, zwei Uhren tickten im Wohnzimmer behäbig um die Wette, die Tür zum Altenteil knarrte gemächlich, und der Spiegel im Schlafzimmer war blitzeblank.

Sein Antlitz grinste ihm schimmernd entgegen. Denn er grinste, als er die beiden Mumien im Bett sah. Er atmete tief und klackend ein, hätte sich fast verschluckt, aber grinsen tat er trotzdem, denn die beiden Mumien grinsten, und man erwies dem Tod Respekt, indem man tat, was Seine Zöglinge taten.

Sie waren eingeschrumpft und ledrig. Die Haut war gräulich. In den Augenhöhlen klafften tiefschwarze Löcher.

Er hob die Decken nicht an, sondern drehte sich um und betrachtete Felix Timmsen, der ebenfalls grinste, und dann Heidrun, die als einzige in diesem nach Mottenkugeln riechenden Raum ernst blieb.

Die Standuhr neben dem Spiegel schlug sechsmal, und in den verklingenden Ton des letzten Schlags hinein donnerten und glöckelten die übrigen Uhren im Haus.

Ihre Schläge wurden von einem Schuß zerrissen. Der Kommissar rannte durch das Haus, riß die Haustür auf und stand Feddersen gegenüber, der mit rauchender Pistole auf der unteren Treppenstufe stand. Er blinzelte den Kommissar verlegen an.

»Sie haben keine Klingel«, erklärte er.

»Und Sie schießen ja ganz gerne.«

»Deine Mutter«, sagte Feddersen zu Heidrun.

Der Kommissar ergriff ihre Hand und lief auf den Schlitten zu. Er ließ die Peitsche knallen, und die Pferde galoppierten vom Hof, als wüßten sie genau, wohin die Reise ging.

Um ein Haar hätten sie in der Dunkelheit die Kastanie gerammt, aber die Pferde bemerkten sie im letzten Moment, noch bevor der Kommissar die Zügel ergreifen konnte, und brachen seitwärts aus. Der Schlitten schrägte an und fuhr kurz auf einer Kufe. Dann fiel er wieder in die Waagerechte. Sie verloren dabei kaum an Geschwindigkeit.

Hinter ihnen stieg der Ballon unmerklich auf. Blendend weißer Sand fiel kegelförmig herab, wurde vom Wind erfaßt und zerstob in unzähligen, winzigen Wunderkerzen. Der Ballon sauste ruckartig in die Höhe, neigte sich und fuhr, vom Ostwind getragen, auf die Küste zu, hinter der sich die Nordsee erstreckte.

Karin

Daß sie den Hund nicht gesehen hatten, beim ersten Mal schon.

Karin hatte den Schlitten doch genau gesehen, fast jede Einzelheit hatte sie voneinander unterscheiden können: wie linkisch der Kommissar die Zügel um seine Handgelenke geschlungen hatte, so daß er den Zügeldruck gar nicht spürte und sich die Handgelenke brechen würde, sobald die Pferde ernsthaft scheuten; wie ihre Mutter vornübergebeugt saß und den Kommissar antippte, als sie die Kastanie passierten, er aber nur in den Himmel schaute; die weißen Schaumflocken um die Pferdemäuler; der aufstiebende Schnee; der Rost auf den Beschlägen und den Oberseiten der Kufen; die hektischen roten Flecken auf Mutters Wangen.

Wahrscheinlich hatten sie den Hund tatsächlich nicht sehen können. Er hing hinter Zweigen, blätterlosen Zweigen zwar, aber auch ganz verfilzten.

Sie wollte ihrer Mutter nicht unterstellen, daß sie absichtlich den Blick von Karins Angst und Sorge um die Hunde abgewandt hatte. Mutter hatte sie zwar in diesen Tagen vernachlässigt, das hatte sie, aber sie machte so etwas nicht absichtlich. Es geschah einfach, und wenn es geschah, war es scheußlich, aber eben keine absichtliche Scheußlichkeit, sondern eine, derer Mutter sich nicht erwehren konnte. Sie litt genauso darunter wie Karin, da war sich Karin vollkommen sicher, oder etwa nicht?

Sie waren noch nie länger als einen Tag voneinander getrennt gewesen, außer bei den Klassenfahrten und dem Ferienlager, wo Karin dermaßen unter Heimweh gelitten hatte, daß sie sich jeden Abend vor dem Schlafengehen übergeben hatte. Sie hatte kaum ein Wort mit den anderen gewechselt, einfach nur still auf ihrem Platz gesessen, das Essen nicht angerührt, nie gelächelt. Kati und Hilde hatten sie in Ruhe gelassen.

Und dann das eine Mal eben, an das sie sich nur schemenhaft und mit Entsetzen erinnerte. Sie konnte sich keine Einzelheiten ins Gedächtnis rufen. Das wollte sie auch gar nicht. Sie konnte nicht einmal sagen, wie lange Mutter fortgewesen war und sie in der Obhut ihres Vater gelassen hatte. Sie wußte nur noch, daß sie die ganze Zeit über starr vor Schreck gewesen war und daß sie um ein Haar die Klasse hätte wiederholen müssen, wenn Mutter nicht gerade rechtzeitig zurückgekehrt wäre, damit sie gemeinsam das Pensum aufarbeiten konnten. Es wäre allzu peinlich gewesen, gleich in der ersten Klasse eine Ehrenrunde drehen zu müssen.

Vater und Mutter hatten damals einen wilden Streit gehabt, der sich über die gesamte Nacht hinzog. Mutter war wieder betrunken, obwohl sie das doch vor Jahren aufgegeben hatte. Vater hatte sie deswegen verhöhnt, ihr die Flasche aber nicht weggenommen. Im Gegenteil, er hatte sie angestachelt, noch einen Schluck zu trinken, und dann noch einen, bis sie umfiel.

»Denn wenn du trinkst, Liebes, ist das Kind mein«, sagte er und lachte.

Mutter schrie nicht und versuchte nicht, sich ihres Kindes zu versichern und mit ihm davonzulaufen, irgendwohin, einfach irgendwohin, wo er sie nicht fand; sie stöhnte, und sie trank.

Dann verschwand sie.

In jenen Wochen setzte Vater sich nackt zu Karin in die Badewanne. So hatten Mutter und sie das immer gehalten, wenn Karin unbedingt wieder ganz groß baden mußte, weil man sie sonst einen Dreckspatz schimpfen würde.

»Jetzt werden wir genau soviel Spaß haben wie Mutter und du«, sagte er und glitt ins Wasser. Eine Flutwelle lief von ihm auf sie zu und drohte, sie in die Tiefe zu reißen.

Die Tage dehnten sich. Sie dehnten sich unweigerlich, wenn man sie vor dem Fenster verbrachte und fast blicklos auf das Kommen der Gestalt wartete.

Als Mutter endlich kam, war ihr Gesicht aschgrau. Sie wankte nicht, aber ihre Bewegungen waren langsam, und sie brachte nicht die Kraft auf, das Kreuz durchzudrücken und die Schultern zu heben. Unter den Augen hatte sie schwarze Ränder, und in ihnen waren jede Menge Kapillaren geplatzt.

Aber es war die Heimkehr von Mutter, und die ersten Tage schliefen sie gemeinsam im Ehebett, und Vater mußte mit dem Gästezimmer vorliebnehmen, und sie badeten gemeinsam in der Badewanne, und die Enten tanzten fröhlich auf den Wellen.

Seit Jahren hatte Karin sich nicht mehr an diese Wochen erinnert. Sie hatte sie in sich verkapselt. Aber es tat nicht mehr weh, daran zu denken. Es gab so viele andere Dinge, die viel stärker schmerzten. Den Tod von Hilde und Kati zum Beispiel. Die Erinnerung an Bodil.

Mutter und Vater hatten sich über Horst unterhalten.

Den Namen Horst hatte sie vor einigen Stunden erst wieder gehört, als ihn Oma zum ersten Mal aussprach. Dazwischen war er nie gefallen. Worüber hatten Mutter und Vater noch gesprochen? Über Mord? Den Mord an wem?

Gleich würde sie es erfahren. Sie fürchtete sich nicht einmal davor.

Der Schlitten war in der Einfahrt des Timmsenhofs verschwunden. Der enthäutete Welpe baumelte zwischen den Zweigen. Ab und zu löste sich ein Tropfen Blut von seinem After und fiel zu Boden, in jene Kuhle, die seine Vorgänger in den Schnee gegerbt hatten.

Es war Madeleine. Karin erkannte sie auch ohne Fell.

Jetzt blieben nur noch Madame Pompadour und Georgette. Wenn sie nicht gerettet wurden, war Karins ganzes Schweigen und Suchen vergeblich gewesen. Dann hätte sie Mutter doch einweihen, und die hätte ihr von Horst erzählen müssen, denn er war der Schlüssel zu allem, sonst wäre er nicht im letzten Brief erwähnt worden. Oder Karin hätte sich dem Kommissar anvertrauen müssen. Sie hätte sich ihm anvertraut, wenn er Mutter nicht geküßt hätte. Immer kam ein »hätte« dazwischen, bis sie alle aufgebraucht waren, und man keine Wahl mehr hatte.

Dann knallte ein Schuß, und kurz darauf kam der Schlitten zurück, hätte um ein Haar die Kastanie gerammt, wich ihr aber noch im letzten Moment aus, und die Pferde galoppierten führerlos auf das Dorf zu. Mutter und der Kommissar saßen wie versteinert auf dem Kutschbock.

Sie wäre fast auf die Straße getreten und hätte sich zu erkennen gegeben. Aber eben nur fast, die »hätte« waren noch nicht aufgebraucht, denn hinter sich hörte sie das Winseln eines Welpen. Als sie sich umdrehte, flackerte ein Feuer auf, und in seinem Widerschein erkannte sie Madame Pompadour. Sie sah auch die Hand, die den Nacken des Welpens hielt und die Umrisse eines Körpers vor dem dunklen Hintergrund der Fichten.

»Es ist an dir«, sagte er.

Sie wünschte, daß sie Mutter hätte Bescheid sagen können, damit sie sich nicht ängstigte. Es gab keinen Grund zur Sorge: Dort, wo sie jetzt hinging, hatte sie jede Menge Spielkameradinnen.

Das Auto stand auf der Lichtung, wo bis vor zwölf Jahren der grüne Schuppen gestanden hatte.

»Dort bist du gezeugt worden«, sagte er, während er ihr die Beifahrertür aufmachte. Georgette lag auf einer Decke auf der Rückbank. Am liebsten wäre Karin nach hinten geklettert und hätte den Hund in ihrem Schoß gebettet.

»Das war nicht recht von Mutter«, sagte sie.

»Dir oder mir gegenüber?«

»Wo fahren wir hin?«

»Ans Meer.«

»Ich mag das Meer nicht. Dort ist es immer so windig.«

»Unter Wasser nicht.«

Fleischer

Stinna saß neben Heidruns Mutter und streichelte die erkaltende Hand. Sie hatte Tränen in den Augen. Heidrun warf sich vor die Füße der Mutter.

»Das Mädchen«, sagte der Kommissar.

Ihr Zimmer war leer. Im Korb war keine Decke, und das Bett war frisch bezogen.

Der Brief lag auf dem Fußboden. Heidrun hob ihn auf und las. Der Kommissar bewegte sich um sie herum, damit er einen

Blick darauf werfen konnte. Aber sie schirmte ihn ab. Er fühlte sich überflüssig und nichtswürdig und sehnte sich nach Heidrun Nissens Nähe.

Sie stand auf und verschwand aus dem Zimmer. Der Kommissar folgte ihr. Sie bat Stinna um den Autoschlüssel.

»In einem Pferdeschlitten komme ich mir jetzt so lächerlich vor«, sagte sie.

»Du bist nie lächerlich«, sagte Stinna.

Keine von beiden schaute den Kommissar an. Heidrun forderte ihn nicht einmal auf, ihr zum Wagen zu folgen. Er mußte sich ihr aufdrängen.

Das Lagerfeuer war ausgegangen, aber der Geruch nach Rauch und bitterer Asche hing noch in der Luft. Es dauerte eine geraume Weile, bis sie mit Hilfe der Taschenlampe den Kadaver eines enthäuteten Welpen zwischen den Zweigen der Kastanie fanden.

Kurz darauf fanden sie Madame Pompadour, eingewickelt in eine Pferdedecke. Sie war starr, aber ihr Herz schlug noch, und die Zunge bewegte sich suchend zwischen den Lefzen.

Heidrun kauerte sich nieder. Sie sagte nichts. Der Kommissar vermied es, sie anzuleuchten.

»Hier ist Vater umgekommen«, sagte sie nach einer Weile. »Hier wurde Horst getötet. Und hier hat er mir das Kind geraubt. Ich hasse diesen Ort. Ich weiß nicht, warum ich das immer wieder tue. Warum verrate ich ständig mein Kind? Kannst du mir das erklären? Warum renne ich immer davon, wenn sie mich braucht? Ich hasse sie doch nicht, oder? Glaubst du, daß ich mein eigenes Kind hasse?

Ich kann sie nicht hassen, sie ist doch das einzige, was ich noch von Horst habe. Er war meine große Liebe, verstehst du? Ich wußte schon, daß er es war, als sie mir die Zahnspangen einsetzten, und als sie sie mir wieder herausnahmen, war auch er draufgekommen. Ich kann dir nicht schildern, in welche Himmel er mich entführte, es wäre ungerecht dir gegenüber. Du hast mir viel geschenkt. Aber du bist auch schuld daran, daß meine Tochter mir genommen wurde.

Diese Liebe war unmöglich, und wir versuchten, sie zu verbergen. Ich schlug Horst vor, wegzuziehen, aber das wollte er nicht. Er kam einfach nicht von dieser Gegend los.

Er war kein großartiger Mann. Er kam uns nur so vor, weil er anders war als wir, weil er sich nicht um unsere Konventionen scherte, und weil er ganz offensichtlich prima damit fuhr, keiner Arbeit nachzugehen. Das machte Eindruck auf uns. Das und sein Lächeln natürlich. Ich habe in meinem ganzen Leben nie wieder ein solches Lächeln gesehen.

Und natürlich die Geschichte von Elsbeth und dem alten Timmsen. Wie lächerlich sie mir vorkam. Meiner Mutter kam sie alles andere als lächerlich vor. Für Elsbeth und das Kind waren die Geschehnisse alles andere als lächerlich. Aber es war so lange her. Es betraf mich nicht. Und schon gar nicht verstand ich die Glorifizierung des alten Timmsen. In meinen Augen war er nichts anderes als ein ganz gemeiner Machtmensch und Vergewaltiger. Der große Timmsen, wenn ich das schon hörte! Er war mein Urgroßvater, daran konnte ich nichts ändern. Ich hatte ein Sechzehntel seiner Gene in mir; aber die für Machtmißbrauch und Vergewaltigung hatte ich nicht, dessen war ich mir sicher.

Ich übersah, daß er den Menschen im Dorf wichtig war, daß jemand wie Horst ihn für groß hielt und sich in seiner vermeintlichen Größe sonnte. Ich übersah, daß Horst sich danach sehnte, etwas ähnlich Böses zu vollbringen, und am allermeisten übersah ich, daß ich mich so erhaben dünken konnte, wie ich wollte, auch ich war geprägt von Elsbeth und dem alten Timmsen.

Sexualität ist in unserem Dorf immer noch, was die fünf Männer vor hundert Jahren mit dem einen wehrlosen Mädchen machten, und wie sie sich rächte, indem sie ihr Kostbarstes opferte.

Oder es war eine Totgeburt, und sie opferte es nicht, sondern gab ihm bloß die einzige ihm gemäße Bestattung. Das berühmteste Kind des Dorfes, und die einzige Frage, die uns insgeheim bewegt, die uns spaltet, ist die Frage, ob Elsbeth eine Kindsmörderin oder ob das Kind schon tot war.

Und wo, denkst du, stehen die Frauen, und auf welcher Seite die Männer? Und wie gehen sie miteinander im Schlafzimmer um, und welche Ängste bewegen sie, wenn die Föten in ihren Bäuchen heranwachsen?

Es ist ein Unterschied, ob ein Dorf so eine Vergangenheit hat oder nicht. Ich habe es lange geleugnet. Ich habe einen hohen Preis dafür bezahlt.

Horst hatte den Schuppen ausfindig gemacht und ihn Klaus Timmsen abgeluchst. Es mußte unbedingt ein Gebäude auf Timmsen-Grund sein. Nicht meinetwegen, ich hielt den Schuppen nicht für geheiligter als andere Schuppen in der Gegend. Für Horst war es anders. Er stellte sich vor, daß der alte Timmsen es genau hier mit Elsbeth getrieben hatte, und ich bin sicher, er dachte während des Akts genau so oft an sie wie an mich.

Und ich dachte natürlich auch an sie, vor allem an das blutende Kind am Kreuz, und es erregte mich ungeheuer. Ich bildete mir ein, daß es mich erregte, weil es Horst erregte. Aber das stimmte nicht. Mit der Zeit wurde der grüne Schuppen auch für mich der Ort, an dem der alte Timmsen und Elsbeth es miteinander getrieben hatten, obwohl es sehr viel wahrscheinlicher war, daß er sie hauptsächlich in ihrer Kammer besucht hatte.

Wir alle bilden die Wahrheit so lange um, bis sie zu einer Legende wird, vor allem ein Horst Timmsen und alle, die ihn lieben. Zum Beispiel ich.

Horst mußte für den Schuppen natürlich keine Miete zahlen. Das war ihm wichtig. Er war Horst Timmsen, der Enkel vom alten Timmsen, und in dieser Gegend mußte ein Timmsen nie etwas bezahlen, das er nicht bezahlen wollte. Als Gegenleistung ging er mit den Ehefrauen und Freundinnen der Männer ins Bett, die ihm immer wieder etwas ausgaben oder schenkten. Selbst in den sechs Jahren, in denen wir uns fast täglich im grünen Schuppen liebten.

Völlig undenkbar, daß Horst Timmsen es sechs Jahre lang mit einer einzigen Frau ausgehalten hätte. Sechs Tage vielleicht, sechs Wochen schon nicht mehr. Ganz anders übrigens als der alte Timmsen. Der hatte nur seine Frau und Elsbeth gehabt. Dem war an der Macht gelegen gewesen. Natürlich wußte ich, daß Horst mir untreu war. Aber er war meine große Liebe, und ich hätte es nie zwischen uns treten lassen.

Weißt du, ich war nicht die Spur naiv damals. Von wegen Zahnspange und all das. Die reift einen übrigens auch vor der Zeit. Ich habe mir nie etwas vorgemacht, nicht, nachdem Horst es abgelehnt hatte, mit mir in die Fremde zu gehen. Ich war fünfzehn. Danach wußte ich, daß es eine Beziehung auf Zeit war.

Vielleicht war ich deshalb nicht besonders eifersüchtig. Ich konnte ihn ja nicht besitzen. Früher oder später würde ich ihn ohnehin abgeben müssen.

Zu Ende war es natürlich, als Vater sich umbrachte.

Meine Mutter hätte ihn nie heiraten dürfen. Sie verachtete ihn von Anfang an. Sie verachtete alle Männer außer Horst und den alten Timmsen, auf dessen Schoß sie gesessen hatte. Sie hätte diese Linie der Familie aussterben lassen sollen. Dann wäre die Linie von Felix Timmsen übrig geblieben, und vielleicht hätte Felix seine Eltern nicht umbringen müssen.

Mutter hat sich Horst angeboten, schon als er dreizehn Jahre alt war. Sie wollte ihn in die Wunder der Liebe einführen. Dabei wußte sie selbst nichts davon. Nach außen unnahbar, nach innen ihrem kleinen Bruder verfallen.

Er wollte nicht. Bei mir wollte er, bei ihr nicht. Unser Verhältnis sah er nicht als Inzest an. Vetter und Kusine durften schließlich auch heiraten. Mit Mutter war er dagegen aufgewachsen. Er konnte nicht. In der grünen Scheune machte er sich über sie lustig. Wie sie ihn vergötterte. Immer wieder machte er sich über sie lustig. Kannst du dir vorstellen, wie das ist, wenn sich dein Liebhaber über deine Mutter lustig macht, was das in dir auslöst?

Und dann noch mein armer Vater, der mitten drin war und nicht begriff, was geschah. Der es nicht gewohnt war, nach den eigentlichen Gefühlen der Leute zu fragen. Der noch nie viel Liebe bekommen hatte und das, was meine Mutter ihm bot, für den Normalfall hielt.

Trotzdem war er es, der mißtrauisch wurde. Es muß ihn eine Menge Kraft gekostet haben, dieses Mißtrauen überhaupt zuzulassen. Offiziell war Horst zwar sein Untermieter, aber psychologisch sah das anders aus.

Wir kriegten ganz schnell mit, daß er uns nachspionierte. Ich wette, das halbe Dorf wußte, daß wir uns im grünen Schuppen trafen. Nur Vater wußte es nicht, und er wagte auch nicht zu fragen. Wir hielten uns für viel schlauer als er. Jeden Tag aufs neue schüttelten wir ihn ab. Es war unser zweitgrößter Spaß.

Bis zu dem Tag, an dem er starb. Da war er Horst nachgegangen, nicht mir, da hatte Horst meinen Vater nicht abgeschüttelt. An dem Tag machte sich Horst noch stärker über meine Mutter lustig als sonst. Damals verstand ich nicht, weshalb. Er wußte, daß mein Vater irgendwo da draußen war. Er hatte ihn nicht abschütteln wollen. Wahrscheinlich hoffte er, daß unserer Beziehung auf diese Weise ein Ende gesetzt werden konnte. Er hatte nicht die Kraft, es selbst zu tun, es mir zu sagen und dabei ehrlich zu sein. So war Horst. Immer mußte er anderen wehtun, um sich selbst helfen zu können.

Der arme Vater. Sieht seine Tochter nackt mit dem eigenen Schwager, und hört, wie der dabei auch noch seine Frau verhöhnt. Und dann doch, andersherum, kein armer Vater, sondern ein böser Mensch, der alles, was er hat, einsetzt, um sich zu rächen. Wie bei Elsbeth, nur daß es keine Totgeburt ist, die vor deinen Augen verblutet. Mitten in unser Liebesspiel hinein setzte er den Wagen gegen die Kastanie, an dem Tag, als Karin gezeugt wurde. Ich glaube, viele Paare denken, ihre Kinder werden unweigerlich zum ungünstigsten Zeitpunkt auf den Weg gebracht. Aber nur wenige Paare haben so viel Grund dazu wie Horst und ich.

Du kannst dir nicht vorstellen, in welchen Zwiespalt wir gerieten. Wir waren praktisch Zeugen. Es war aber wirklich nichts zu machen. An seinem Körper war zuviel zu Bruch gegangen. An den Trümmern des Wagens sagte ich Horst, daß es zu Ende sei. Wir haben niemandem erzählt, daß wir während des Selbstmords praktisch dabei waren. Ich bin sicher, so hatte Vater es gewollt, genau diese Schuldgefühle hatte er hervorrufen wollen.«

Es war stockdunkel, und die Kälte nahm laufend zu, obwohl der Wind jetzt vollständig abgeflaut war. Heidrun streichelte den Kopf von Madame Pompadour. Der Kommissar hatte das Bedürfnis, etwas zu tun, er wußte nur nicht, was.

»Ich werde eine Großfahndung auslösen«, sagte er und zog das Handy aus der Tasche.

»Diese sinnlosen Namen waren Arnes Idee.«

Er sah sie an. »Die Namen der Welpen«, sagte sie. »Ich fand sie absurd; aber Karin war hellauf begeistert. Er hatte viele Ideen.«

»Durchaus.«

»Kannst du mit der Großfahndung nicht noch eine Weile warten? Er wird sie nicht heute nacht umbringen.«

»Woher weißt du das?«

»Das Kind wurde frühmorgens ans Kreuz genagelt.«

Er wunderte sich, daß sie so ruhig war. Vielleicht hatte sie selbst etwas damit zu tun und erzählte ihm das alles nur, um Zeit zu schinden. Er schaltete das Handy aus und lauschte.

»Ich fing umgehend mit dem Trinken an, als ich erfuhr, daß ich schwanger war. Ich bildete mir ein, ich könne den Embryo dadurch aus meinem Körper und meiner Seele vertreiben.

Ich habe maßloses Glück gehabt, daß Karin nur kleinwüchsig geworden ist. Als Zwergin ist das Leben nicht schön, aber es hätte wesentlich schlimmer kommen können.

Findest du nicht, daß sie trotz alledem noch ganz normal wirkt?

Ich habe getrunken, bis sie drei Jahre alt war und mich fragte, warum ich immer so aus dem Mund stinke. Da habe ich einen Schlußstrich gezogen. Es ist mir nicht leicht gefallen. Mir kommt es so vor, als sei der letzte Rest Freude aus meinem Leben gewichen, als ich auf das Trinken verzichtete.

Du wirst gleich sehen, daß ich gerade etwas geflunkert habe, aber es ist nicht schlimm, nur eine kleine Auslassung.

Ich bin also nach Flensburg gezogen. Das weißt du ja alles schon. Auch, daß ich dort Arne kennengelernt habe, weißt du.

Daß ich ihn heiratete, weil ich dachte, ich bräuchte einen Mann, weißt du auch. Das war ein Fehler.

Er wollte unbedingt hierher ziehen, nicht ich. Ich bin sicher, daß er allen erzählt, ich hätte darauf bestanden. Ich glaube sogar, er ist selbst davon überzeugt, mir nachgegeben zu haben. Aber das ist einfach Quatsch. Ich bin ihm nur widerwillig gefolgt. Nicht, weil ich das Dorf nicht ausstehen konnte, sondern weil Horst noch immer hier war und ich mir alle möglichen Schwierigkeiten ausmalte.

Es ist völlig egal, was Arne sich in seinem verwirrten Gehirn ausdachte. Seit dem Todestag meines Vaters habe ich nicht mehr mit Horst geschlafen. Ich saß von morgens bis abends in unserer damaligen Wohnung, trank und ließ niemanden ins Haus. Außerdem mußte ich mich um Karin kümmern. Ich habe sie vom ersten Tag an ernst genommen. Ich habe ihretwegen nicht das Trinken aufgegeben, oder zumindest nicht gleich, aber ich habe sie ernst genommen. Ich wollte ihr eine schöne Kindheit bereiten. Sie war Horsts Pfand.

Ihn sah ich kaum noch, weil ich nur selten das Haus verließ – aber wenn ich es tat, war er sofort zur Stelle. Er war grau geworden. Er tat mir leid. Er wußte nicht, was er mit seinem Leben anstellen sollte. Er war ganz allein in dem Haus mit Mutter, es gab keinen Puffer mehr zwischen den beiden, keinen Schwager, keine Nichte.

Es war seltsam, Horst Timmsen zu bemitleiden. Plötzlich entdeckte man, daß man ihn insgeheim immer bemitleidet hatte, weil man immer gewußt hatte, daß ihm genau das blüht, wenn er alt wird und seine Attraktivität verliert – der Verlust der Frauen und damit der Verlust von allem, was ihn ausgemacht hat.

Dann verschwand er. Gleich am nächsten Tag riß Klaus Timmsen den Schuppen ab, und Arne half ihm dabei. Ein Familiendienst.

Du fragst dich sicher, wie wir auf den Tag genau bestimmen konnten, wann Horst verschwand. Du kennst eben seine Gewohnheiten nicht. Er verließ das Dorf so gut wie nie, und wenn, dann nur aus einem besonderen Grund, und meistens begleiteten ihn dabei ein oder zwei seiner Kumpels.

Als er an dem besagten Morgen nicht zum Frühschoppen bei Perksen auftauchte, wußten alle, daß etwas Schlimmes passiert war. Wir haben alle nur darauf gewartet, daß sich irgendwann irgendjemand an ihm rächt.

Damals war Feddersen schon Polizist, deshalb konnte aus den Nachforschungen einfach nichts werden. Dorfpolizisten sind gar nicht putzig, wenn man sich ernsthaft auf sie verlassen muß, nicht wahr? Zumindest dieser ist es nicht.

Feddersen schrieb also einen Bericht, Horst Timmsen habe sich unerlaubt von der Truppe entfernt, oder so ähnlich. Eine Fahndung sei aber nicht nötig, er würde schon noch beim Ehrgefühl gepackt werden.

Ich habe mich Arne sexuell entzogen. Schon vorher passierte da nicht viel; aber nachdem Horst verschwunden war, mochte ich gar nicht mehr. Mit Horst verschwand auch meine Sexualität. Bis du kamst.

Arne hat fünf Jahre auf meinen Körper gewartet. Es machte ihn mürbe. Außerdem war er schon damals nicht mehr ganz richtig im Kopf. Am Ende schlug er mir ein Abkommen vor: Er erzählte mir, wo Horst war, und im Gegenzug gab ich mich ihm wieder hin. Ich war einverstanden.

Da erzählte er, er habe Horst in jener Nacht im grünen Schuppen umgebracht, es sei mehr oder weniger ein Unfall gewesen, kein echter Mord. So kurz, kein warum er es getan, nichts davon, wie er die Leiche hinterher entfernt oder was zu dem Streit geführt hatte. Nur: Ich habe ihn erschlagen, es war praktisch ein Unfall. Und ich fragte: Warum? Wieso im grünen Schuppen? Was hast du mit der Leiche gemacht? Wart ihr betrunken? Habt ihr euch gestritten? Worüber?

Ich beantworte deine Fragen nicht, sagte er. Wir haben ein

Abkommen. Ich habe dir erzählt, was aus Horst wurde, jetzt werden wir ficken, und zwar hier, im Wohnzimmer.

Ich glaube tatsächlich, daß ich zu viel Zeit mit Männern verbracht habe, vor allen Dingen natürlich mit Horst. Denn ich wählte den Ausweg der Männer: Ich griff mir die nächstbeste Flasche, setzte mich ins Auto und fuhr davon. Ich war anderthalb Wochen weg. Kannst du dir das vorstellen, anderthalb Wochen lang habe ich das Kind beim Mörder ihres Vaters gelassen? Kannst du dir das vorstellen? Ich weiß nicht, was damals in mich fuhr. Die anderthalb Wochen sind völlig verschwunden. Ich glaube, ich verdiente das Geld zum Trinken auf dem Strich, aber selbst das weiß ich nicht mehr so genau. Ich möchte es auch nicht wissen.

Es war mein erster Verrat an Karin, und obgleich er fast zehn Jahre zurückliegt, denke ich jeden Tag daran und schäme mich. Seitdem sind wir immer zusammen gewesen, und wenn wir es aus offensichtlichen Gründen nicht waren, litt sie an fast krankhaftem Heimweh. Sie war so tapfer, aber gegen ihre eigene Angst kam sie nicht an.

Glaubst du, er wird sie umbringen? Ich glaube schon. Dann werde ich wieder mit dem Trinken anfangen, und nach langen Jahren der Qual werden Johan Hein und ich auf dem Friedhof liegen und uns über den Grabstein hinweg zuprosten.«

Das Licht kam aus Osten, und einen Augenblick lang glaubte der Kommissar, die Sonne ginge auf. Aber das Licht kam viel zu schnell näher, es breitete sich auch nicht über den ganzen Horizont aus, es war buttergelb und flackernd, und es war erst kurz nach Mitternacht.

Es waren Fackeln, und als sie näher herankamen, sah der Kommissar, wie der Rauch sich von den Flammenspitzen löste und in der Dunkelheit verschwand. Vorne gingen Stinna und Reza, hinter ihnen Fiete und Else. Der Kommissar sah Burmeister und seine Frau, sah die beiden Gudenows und Sönke Jürgsen, er sah sogar Perksen und die junge Journalistin.

Sonst sah er keine Journalisten, zum ersten Mal seit dem zweiten Mord waren keine da. Sie schliefen alle. Die Dörfler waren in ihrer Verzweiflung schlauer als die Auswärtigen.

Als sie im Halbkreis um Heidrun, Madame Pompadour und dem Kommissar herumstanden, flackerten ihre Fackeln heftiger und die Flammen bogen sich nach Osten. Ein sanfter, warmer Luftzug kam von Westen, vom Meer, und der Kommissar dachte, er könne es riechen, den Fisch, den Tang und das Salz; in Wirklichkeit roch es dort, wo er stand, überwiegend nach Hund.

»Wir helfen dir suchen«, sagte Stinna.

»Ich weiß aber nicht, wohin er sie gebracht hat.«

»Was wissen wir von Elsbeth?« fragte die Witwe Neurath.

»Er hatte nichts mit Elsbeth zu tun.«

»Und was ist mit dem zweiten Kind?«

»Ach, hör doch ...«, sagte Else.

»Elsbeth ist ins Meer gegangen«, sagte die Pastorin.

»Das weiß niemand«, widersprach ihr Mann.

»Jeder, der zu uns gehört, weiß es.«

»An welcher Stelle ist sie ins Meer gegangen?« fragte der Kommissar.

»Direkt im Westen. Sie war alt, sie konnte nicht so weit laufen.«

Karin

Sie waren eine Stunde gefahren. Ihr Vater hatte nichts gesagt. Kein Wagen kam ihnen entgegen. Immer wieder drehte Karin sich zu Georgette um, bis er eine Handbewegung machte und ihr erlaubte, Georgette von der Decke zu heben und in ihren Schoß zu betten.

Sie fühlte sich besser, seitdem sie wußte, daß Vater der Mörder war. Vorher war der Mörder eine ungreifbare Macht gewesen, jetzt hatte er wenigstens ein Gesicht. Er würde ihr nicht wehtun. Er hatte Madame Pompadour am Leben gelassen, weil sie an den Ort gekommen war, an dem der grüne Schuppen gestanden hatte.

Zwischen ihren Beinen sickerte etwas. Es war naß und klebrig. Sie hätte die Tampons nicht vergessen dürfen. Sie wußte doch, wann ihre Regel einsetzte. Aber sie hatte nicht gewußt, daß sie in die Marsch und ans Wattenmeer fahren würden.

Es war dunkel, als sie den Deich bei Dagebüll passierten und nach Norden fuhren. Nach ungefähr einem Kilometer kurbelte ihr Vater am Lenkrad, hielt und schaltete den Motor aus. Sie hörten die Wellen und sahen die Gischt auf den Wellenrücken. Ab und zu krächzte eine Möwe.

Nach zehn Minuten wurde ihr kalt. Nur dort, wo Georgette lag, war noch ein bißchen Wärme.

»Es riecht nach Blut«, sagte Arne. »Kurz davor riecht es jedesmal nach Blut.«

Sie mochte ihm nicht sagen, warum es nach Blut roch.

»Elsbeth hätte das zweite Kind auch erdrosseln und ans Kreuz schlagen sollen«, sagte Arne. »Aber der alte Timmsen hatte vier Töchter und keinen ehelichen Sohn, und Elsbeth hoffte, daß er das Kind an Sohnes Statt annehmen würde. Sie hoffte, sie würde respektabel werden und ihren Lebensabend auf dem Timmsenhof verbringen. Keiner von euch hieß Timmsen, weder deine Großmutter, noch deine Mutter, noch Horst. Sie stammten alle von der ältesten Tochter des alten Timmsen ab, und Horst nannte sich nur Timmsen, in Wirklichkeit hieß er Nissen, genau wie ich, schließlich ist er mein Vater. Meine Mutter dagegen hätte Timmsen heißen müssen, denn sie stammte vom einzigen Sohn des alten Timmsen ab. Elsbeth hätte ihn erdrosseln und ans Kreuz schlagen sollen. Stattdessen wuchs er bei einer Kusine von ihr auf, und sie sah ihn nur sonntags.

Sie war eine wundervolle Frau, und sie hat Haß gepredigt. Es ist das einzige, was man in dieser Welt predigen darf, alles andere ist Lüge.«

Kurz darauf, oder schon mittendrin, schlief sie ein. Vielleicht hatte sie seine ganze Rede auch nur geträumt und lag in Wirklichkeit in ihrem Bett.

Als sie aufwachte, waren ihre Glieder steif, und vor ihnen breitete sich der Schlick des Wattenmeeres aus. Die Möwen hingen im Wind, und die Sonne kitzelte Karin im Nacken. Ihr Vater sah aus dem Seitenfenster.

»Was machen wir jetzt?« fragte Karin.

Georgette regte sich. Sie gähnte, dann schaute sie zu Karin empor und wedelte ganz sacht mit dem Schwanz. Zu viel Vertrauen konnte auch wehtun.

»Wir steigen aus.«

»Ich habe Hunger.«

»Nicht mehr lange.«

Es waren zehn Autos, sie fuhren in einer langen, dünnen Schlange und waren eine halbe Stunde von Dagebüll entfernt, als Karin und Arne Nissen aus dem Wagen stiegen und sich gegen den Wind stemmten, der kräftig, kalt und gleichmäßig vom Meer hereinkam.

Heidrun Nissen fuhr den ersten Wagen, der Kommissar saß auf dem Beifahrersitz, es war kalt im Auto, weil Heidrun die Heizung ausgeschaltet hatte, und vor ihnen war der Himmel dämmerungsgrau und wolkenfrei.

Sie fuhren hundertdreißig. Es war sechs Uhr morgens. Schafe grasten auf den alten Deichen. Die Flügel der Stromgeneratoren drehten sich so schnell, daß sie Scheiben in die Luft zeichneten.

Das Meer lag weit draußen hinter der Horizontkante. Bald würde es die Siele entlanggurgeln, Zentimeter um Zentimeter die vernarbte, graubraune Fläche aus weichem Schlick erobern und wenige Meter vor dem Deich auslaufen.

Es würde grau und undurchdringlich sein. Kabbelwellen würden darauf spielen, und wenn ein steter Westwind aufkam, würden sich die Wellen türmen, schaumgekrönt auf den Deich zulaufen, sich lange vorher brechen und die Gischt ausspeien.

Sie standen mitten im Watt. Karin sank fast bis zu den Knien in den Matsch. Sie war barfuß. Sie fror. In den Armen hielt sie Georgette.

Arne Nissen trug Gummistiefel, einen Südwester, eine Öljacke und darunter einen dicken Wollpullover. Sein Gesicht war zu einem sinnlosen Grinsen verzerrt. Sie hatte ihn noch nie so gesehen; aber andererseits, wenn man drei Welpen getötet hatte, und Kati und Hilde und Bodil, dann mußte man anders werden im Gesicht, dann konnte man nicht einfach man selbst bleiben.

Sie fror, ihre Zähne klapperten, und sie hoffte, er würde doch ein bißchen werden wie sonst und ihr seine Jacke anbieten, damit sie Georgette darin bergen und sich selbst ein wenig wärmen konnte.

»Es ist besser, du frierst jetzt und bist nachher entkräftet«, sagte er. »Je weniger du dem Wasser entgegenzusetzen hast, desto schneller geht es.«

»Ich weiß, daß du nicht mein Vater bist.«

»Wie schön. Also weißt du endlich, daß wir den gleichen Vater haben, Horst Nissen, der sich Timmsen nannte. Ihr denkt alle, ihr wißt genau, wie es um mich bestellt ist, aber ihr habt keine Ahnung. Heidrun dachte, sie habe mich durchschaut. Sie dachte, ich bin eifersüchtig auf ihren Kommissar-Geliebten. Ihr habt nichts begriffen. Dabei war es so einleuchtend, nicht wahr?

Mutter wußte, daß es für uns allein um Rache ging. Jeden Sonntag las Großvater ihr Elsbeths Testament vor.

Wußtest du, daß sich Urgroßmutter hier umgebracht hat, genau an diesem Ort? Mit achtzig Jahren hat sie den Freitod gewählt. Eigentlich hätte sie die paar Jahre auch noch durchhalten können. Den größten Teil hatte sie ja nun geschafft. Aber sie wollte nicht mehr.

Großvater wußte, daß er der eigentliche und rechtmäßige Timmsen war. Er hätte der Besitzer des Hofs sein müssen, nicht die älteste Tochter des alten Timmsen, und schon gar nicht Horst Nissen, der sich den Namen Timmsen nur angemaßt hatte. Die Leute nahmen es ihm ab, weil sie einem Horst Nissen alles abnahmen.

Mein Großvater hatte keinen großen Hof, er hatte kein Erbe,

er mußte sich als Futtermeister durchschlagen, von Hof zu Hof zog er, nie mehr als eine Tagesreise vom Dorf entfernt, weil er auf Rache hoffte. Oder auf Genugtuung. Dann hätte er auf seine Rache verzichten können. Obwohl das wiederum eine Lüge gewesen wäre. Ein Timmsen muß nicht verzichten. Ich verzichte schließlich auch nicht.

Meine Großmutter starb bei der Geburt meiner Mutter, und Großvater nahm sich keine neue Frau, obwohl er immer von einem Sohn geträumt hatte, der den Namen Timmsen weitertragen konnte, natürlich nur insgeheim, denn im Taufzeugnis stand der gleiche Name, den auch Horst eigentlich trug.

Großvater erzog meine Mutter ganz allein, wechselte jedes Jahr seine Stellung, immer in Sichtweite des Dorfs, er hoffte und las ihr sonntags nach der Kirche Elsbeths Testament vor. Und später las sie mir daraus vor.

Wir mußten leiden, weil wir die eigentlichen Timmsen sind.«

Der neue Deich tauchte vor ihnen auf, grün, klar und heiter.

»Halten wir an«, sagte der Kommissar.

Heidrun Nissen fuhr weiter, immer noch mit hundertdreißig, als wollte sie am Deich zerschellen.

»Halten wir an«, wiederholte der Kommissar.

Sie biß sich in die Unterlippe, die trocken und rissig war. Ihre Hornhaut war durchzogen von geplatzten Kapillaren. Dabei hatte sie überhaupt nicht geweint.

»Wenn er uns sieht, wird er sie sofort umbringen«, sagte der Kommissar. »Für ihn gibt es nur noch diese eine Tat, danach ist ihm das Leben egal.«

»Woher willst du wissen, wie es in Arne Nissen aussieht?«

Jetzt biß er sich in die Unterlippe. Auch sie war trocken und rissig. Heidrun ging vom Gas. Sie bog links auf den Parkplatz und hielt. Die anderen Autos bildeten einen Kreis um sie. Heidrun stieg aus. Der Kommissar blieb sitzen. Die Dörfler stiegen aus. Der Kommissar schaltete sein Handy ein. Heidrun sprach zu den Dörflern.

Ihr Rücken war nicht kalt, die Sonne erwärmte ihn. Sie war immer gut zu Karin gewesen. Der Schlick roch alt, obwohl er bei jeder Flut erneuert wurde und vor Leben barst. Allmählich wurde Georgette ihr fast zu schwer. Sie würde Vater nachher bitten, Georgette mitzunehmen und wenigstens dieses Leben zu retten. Georgette konnte nichts dafür. Kein Welpe konnte etwas dafür, was sich die Menschen antaten.

»Mutter wußte, daß wir für die Rache lebten. Trotzdem geht sie hin und verliebt sich in einen von denen. In den schlimmsten Windhund von allen. Du hast Horst Timmsen zehn Meilen gegen den Wind angesehen, daß er sich bei der geringsten Schwierigkeit aus dem Staub machen würde.

Mutter hatte so viel von den Timmsens gehört, sie kannte Elsbeths Testament in und auswendig, aber sie hatte nie einen gesehen, und dann tauchte plötzlich dieser wunderschöne Mann auf, und er war ein Timmsen, und sie wußte, er war ihr Halbcousin, und er wußte nichts von den Blutsbanden, und dem konnte sie nicht widerstehen.

Ich habe ihr das nie übelgenommen. Ich weiß, daß nur die Rache keine Lüge ist; aber das wußte Mutter nicht, als sie achtzehn Jahre alt war, und dieser schöne Mann sie begehrte, und sie ein köstliches Geheimnis hatte, das sie mit ihm verband. Zwei Wochen waren sie zusammen, dann mußte Horst in die Stadt, wo er studierte, und als Mutter entdeckte, daß sie schwanger war, wußte sie nicht, was sie tun sollte. Großvater war damals schon seit einem Jahr tot. Sie schrieb Horst; er hatte ihr eine falsche Adresse gegeben. Sie fuhr nach Kiel und streunte eine Woche lang durch die Straßen, um ihn zu finden. Aber er wohnte gar nicht in Kiel, sondern in Göttingen. Sie fuhr nie ins Dorf. Das war für sie tabu.

Von da an hatte Mutter nur noch mich, und sie bereitete mich für die Rache vor. Sie sorgte dafür, daß ich nicht aus dieser Gegend verschwand, daß ihr Gift zu meinem wurde.«

Der Wind traf einen wie ein Hammer, sobald man den Kamm des Deiches erreicht hatte, und in den Ohren bildete sich sofort ein Unterdruck, so daß der Kommissar vorübergehend nichts hörte. Er sah die Sprechbewegung und das Kräuseln von Heidruns Lippen, sah, wie Fiete die Hände trichterförmig um den Mund legte, sah ein Auto auf den Fährparkplatz fahren.

Das Wattenmeer vor ihnen war leer, bis auf ein halbes Dutzend Vögel mit wippenden Köpfen. Weit draußen kam langsam das Wasser. Das Handy des Kommissars klingelte, Heidrun Nissen sagte: »Ich glaube, er ist nach Norden.«

Sie ging am Kommissar vorbei, der das Handy ans linke Ohr hielt und mit dem rechten Zeigefinger den Gehörgang verstopfte.

Georgette winselte, und Karin wußte, daß sie allmählich ihr Vertrauen verlor, und wenn Hunde ihr Vertrauen schon als Welpen verloren, war das ihr Leben lang nicht mehr zurecht zu biegen. Wenn sie Georgette tatsächlich so liebte, wie sie immer behauptet hatte, mußte sie Vater sofort sagen, daß er Georgette mitnehmen und sie allein lassen sollte. Aber so sehr liebte sie Georgette nicht. Warum mußte man sich selbst nur immer wieder derart enttäuschen?

Vater beugte sich vor und streichelte Georgettes Kopf. Also gab es Hoffnung.

»Als deine Mutter mit dir schwanger war, zog sie nach Flensburg, und ich wußte das. Genauso wie ich von ihrer Beziehung zu Horst wußte. Ich war nie im Dorf, aber ich wußte alles, was sich dort abspielte. Ich verbrachte meine ganze Zeit damit, das Dorf auszukundschaften.

Also zog ich auch nach Flensburg. Es war leicht, deine Mutter kennenzulernen und zu heiraten. Man mußte nur bereit sein, sich fortwährend von ihr demütigen zu lassen. Das war ich gewohnt, es war Futter für meine Bereitschaft zur Rache.

Wie grau Horst war. Ich hatte meine ganze Kindheit von seiner Schönheit gehört, ich kannte all die Geschichten von seinen Eroberungen. Am Ende war er nur mittelgroß, halbkahl und viel zu auffällig gekleidet für diesen schlaffen Körper. Wir lebten dreizehn Monate nebeneinander her und sprachen kein einziges Wort miteinander. Stell dir das mal vor, Vater und Sohn, und nur der Sohn weiß Bescheid, weiß von seiner Rache.

Dann bekam Mutter Krebs, und zum ersten Mal suchte ich die Begegnung mit Horst Nissen, der sich Timmsen nannte. Ich folgte ihm in den grünen Schuppen. Dort ging er jeden Nachmittag hin und träumte von seinen Verflossenen, unter anderem von deiner Mutter, die er hier geschwängert hatte.

Ich wollte ihn nicht umbringen. Aber Mutter lag im Sterben, und sie wollte ihn so gerne sehen. Ich sagte es ihm. Ich hätte auf die Rache verzichtet. Er weigerte sich. Er sah nicht ein, weshalb er einer alten Flamme seine Aufwartung machen sollte. Er hatte Angst vor der langen Fahrt. Damals war er schon nicht mehr aus dem Dorf herauszuprügeln. Er war zu alt, ich hätte es verstehen müssen. Heute weiß ich das.

Aber ich konnte es nicht auf sich beruhen lassen. Mutter durfte nicht ungetröstet sterben. Ich hatte soviel auf sich beruhen lassen, die ganzen Jahre hindurch, jetzt konnte ich nicht mehr. Das mußt du doch verstehen.

Also ergriff ich den Spaten und spaltete ihm den Kopf.

Heidrun erzählte ich Jahre später, es sei ein Unfall gewesen. Aber unser gemeinsamer Vater starb an dem wohlgezielten Hieb mit einem Spaten.«

Der Kommissar sah den Ballon zuerst. Ein winziger rostbrauner Fleck, der rasch größer wurde. Dann erkannte der Kommissar die Gondel, die vor dem Ballonkörper trieb, als würde sie ihn ziehen. Also war sie leer und Felix Timmsen irgendwo dort draußen im Wasser.

Dann streckte Heidrun den Arm aus und stöhnte, und der Kommissar kniff die Augen zusammen. Lange Zeit sah er nichts. Dann sah er Fiete, der die flache Seite des Deiches hinunterkollerte, weil er schon vor Heidrun gesehen hatte, was der Kommissar immer noch nicht sah. Der Kommissar fühlte sich nichtswürdig und wertlos.

Bis auch er sie sah. Zwei winzige, bewegliche Punkte auf einer weiten Fläche. Aber die Fläche bestand nicht mehr aus

Schlick. Sie war an drei Seiten von Wasser eingefaßt. Noch nie hatte der Kommissar die Flut so schnell kommen sehen.

Die ersten kleinen Wellen umspielten Karins Beine. Sie rührte sich nicht. Sie sah das Wasser in die Siele spülen. Die Möwen schrien über ihnen, und weiter draußen heulte ein Schiffshorn; aber das Schiff war nicht zu sehen.

Georgette winselte.

Arne hatte sich Karin zugewandt und stand mit dem Rücken zum Meer. Er sah sie nicht an, sondern meterweit über sie hinweg Richtung Deich. Als wären dort so früh am Morgen und so spät im Jahr noch Menschen.

Deshalb sah er den Ballon nicht, der vom Wind beschleunigt auf sie zutrieb. Im letzten Augenblick mußte er doch etwas wahrgenommen haben, denn er drehte leicht den Kopf, und der Sandsack traf ihn an der Schläfe.

Karin warf Georgette in die Gondel und ergriff das Seil.

Arne streckte die Hand nach ihr aus, und zum ersten Mal in ihrem Leben war sie dankbar für ihre Kleinwüchsigkeit. Dann ergriff auch er ein Seil, und der Ballon stockte.

Karin kletterte an ihrem Seil empor. Sie sah nach unten. Arne hielt sein Seil in der Hand und grinste sie an.

Sie griff ganz unwillkürlich nach dem Sandsack, sie wußte gar nicht, was sie damit bezweckte.

Er öffnete sich, der Sand stob heraus, blähte sich auf und fiel abwärts wie ein aufgescheuchter Bienenschwarm. Arne Nissen schrie und legte beide Hände über die Augen.

Der Ballon machte einen Ruck und sauste in die Höhe. Arne versuchte noch, das Seil zu ergreifen, aber seine Stiefel saßen im Schlick. Er machte Sprungbewegungen. Der eine Fuß glitt aus dem Stiefel, und er schlug hin.

Dann kam das Wasser.

Der Ballon stand unbeweglich am Himmel, und die Gondel hing in den straffgespannten Halteseilen. Der rechte Fuß des Kommissars bohrte sich in den Schlick. Ein Lichtglitzern rieselte von der Gondel zur Erde hinab, dann glitt der Ballon aufzuggleich in die Höhe.

Die Gondel hing senkrecht unterhalb des Ballonkörpers, auch jetzt, als der Wind Gondel und Ballonkörper voll erfaßte und Richtung Deich trieb.

Heidrun Nissen war zwanzig Meter vor dem Kommissar, der Schritt für Schritt durch den Schlick watete. Immer wieder drehte sie sich um und winkte ihn heran.

Dann blieb sie stehen und blickte zur Gondel, die einen Moment lang direkt über ihr war und einen langen Schatten auf die Gestalt warf, die bis zu den Hüften im Wasser stand und mit den Armen fuchtelte.

Von oben konnte Karin genau sehen, wie das Wasser Arne in einer Zangenbewegung umfaßte und einschloß. Die beiden Wasserarme rauschten aufeinander zu und vereinigten sich. Arne lief auf seiner kleinen Insel inmitten des sich ausbreitenden Meeres hin und her. Dann warf er sich in die Fluten.

Karin hielt lange Ausschau, und ein einziges Mal meinte sie, seinen Kopf zu sehen. Dann war die Wasserfläche blank, aufgeraut von einzelnen Wellen.

Der Ballon trieb über den menschenleeren Deich hinweg Richtung Osten. Karin saß in eine Decke gehüllt in der Gondel. Sie drückte Georgette an sich und gab ihr einen Kuß.

Ein spärlicher, grau-oranger Schimmer lag über dem Horizont.

Darüber war der Himmel mitternachtsblau und dann kohlschwarz.

Das Dorf war noch nicht zu sehen. Aber Karin wußte, daß es auftauchen und der Ballon sie sicher nach Hause führen würde.